《诗经》分题材选讲

侯文学　冯方　编著

吉林大学出版社
·长春·

图书在版编目（CIP）数据

《诗经》分题材选讲 / 侯文学，冯方编著．——长春：
吉林大学出版社，2019. 9
ISBN 978-7-5692-5534-8

Ⅰ.①诗… Ⅱ.①侯… ②冯… Ⅲ.①《诗经》—诗歌
研究 Ⅳ.①I207.222

中国版本图书馆 CIP 数据核字（2019）第 201444 号

书　　名：《诗经》分题材选讲

《SHIJING》 FEN TICAI XUANJIANGAXUE YINGYU

作　　者：侯文学　冯　方　编著
策划编辑：朱　进
责任编辑：朱　进
责任校对：陶　冉
装帧设计：美印图文
出版发行：吉林大学出版社
社　　址：长春市人民大街 4059 号
邮政编码：130021
发行电话：0431-89580028/29/21
网　　址：http://www.jlup.com.cn
电子邮箱：jdcbs@jlu.edu.cn
印　　刷：三河市嵩川印刷有限公司
开　　本：787mm×1092mm　　1/16
印　　张：15
字　　数：225 千字
版　　次：2019 年 9 月第 1 版
印　　次：2023 年 5 月第 2 次
书　　号：ISBN 978-7-5692-5534-8
定　　价：48.00 元

前 言

《诗经》原名《诗》，又称《三百零五篇》，称《诗经》当是在战国中期以后。[1] 它的主要创作年代上起周初，下迄春秋中期，是目前所能见到的最早的一部乐歌总集，也是记录周代礼乐文化的经典文本。它开始应该是由周王朝的史官、乐官等编定，供仪式演唱之用，并作为贵族子弟学习礼乐的教材，以为日后礼仪场合的言语、聘问应对之用。《左传》记载了很多时人以《诗》聘问应对的例子，如襄公四年，鲁国的穆叔（叔孙豹）到晋国去聘问，晋侯设享礼招待他，“金奏《肆夏》之三，不拜；工歌《文王》之三，又不拜。歌《鹿鸣》之三，三拜”，韩献子派人问他，何以“舍其大，而重拜其细”，穆叔回答：“《三夏》，天子所以享元侯也，使臣弗敢与闻。《文王》，两君相见之乐也，使臣不敢及。《鹿鸣》，君所以嘉寡君也，敢不拜嘉？《四牡》，君所以劳使臣也，敢不重拜？《皇皇者华》，君教使臣曰：‘必谘于周。’……敢不重拜。”《文王》以下，都是《诗》中的篇目，它们构成春秋时期礼典的重要组成部分。对于周代贵族生活重要礼仪作出记录的《仪礼》对于时人用《诗》乐也有多处记载，如《燕礼》：

工歌《鹿鸣》《四牡》《皇皇者华》……笙入，立于县中，奏《南陔》《白华》《华黍》……乃间：歌《鱼丽》，笙《由庚》；歌《南有嘉鱼》，笙《崇丘》；歌《南山有台》，笙《由仪》。遂歌乡乐：《周南·关雎》《葛覃》《卷耳》，《召南·鹊巢》《采蘩》《采蘋》。

---

[1]《庄子·天运》：“孔子谓老聃曰：‘丘治《诗》《书》《礼》《乐》《易》《春秋》六经，自以为久矣，孰知其故矣。’”

《南陔》《白华》《华黍》《由庚》《崇丘》《由仪》六篇，不在今本《诗经》之内，或以为是笙曲，没有歌词，此处不论。我们关注的是，《鹿鸣》以下，诗篇的编排顺序与今本《诗经》的顺序完全一致，《诗》为礼仪而编排的目的非常明显。《诗》对于周代贵族的作用还不止此。《国语·楚语上》记载，楚国的申叔时谈到楚太子教育内容，《诗》也是其中之一："教之《诗》，而为之导广显德，以耀明其志。"《左传》记载了大量春秋时期贵族赋诗言志的现象，这大约就是在应对场合以《诗》"耀明其志"的表现。这都说明，《诗》在周代贵族社会生活中发挥着重要作用。

景仰周文化、主张"从周"的孔子对于《诗》格外倾心，说"《诗》三百，一言以蔽之，曰'思无邪'"（《论语·为政》），又说"不学《诗》，无以言"（《论语·季氏》），因此《诗》也构成他教学活动的重要内容。一般认为，上海博物馆藏战国楚竹书《孔子诗论》就是孔子讲《诗》的记录。孔子不但讲《诗》，晚年还对《诗》的文辞与乐谱做了校订整理的工作，他说："吾自卫反鲁，然后乐正，《雅》《颂》各得其所。"（《论语·子罕》）经过孔子的校订整理之后，《诗》便正式成为儒家的经典。

自汉武帝时代起，《诗经》又成为王朝的经典，被普遍视为圣人之道的载体，阐释之作层出不穷。历代经学家都试图从中发见圣人的微言大义，甚至以之为依据来进行讽谏断案等政治民事活动。自隋唐以来，《诗经》又成为历代科举制度的重要文本，对于士人的知识结构发生重要影响。这种情况一直延续到清末。正是因为《诗经》如此特殊的地位，催生出较多有价值的研究成果。举其要而言，《毛序》《毛传》《郑笺》等为代表的汉代《诗经》研究，保存了大量的古训，对相关文物制度颇多阐释。唐代《诗经》学可以孔颖达《毛诗正义》为代表，其说《诗经》虽以对毛、郑的遵循为主，所谓"疏不破注"，但也指出毛、郑的错误。宋代疑古风气盛行，欧阳修、王安石对《毛序》提出非议，郑樵、朱熹则力斥小序之非，朱熹《诗集传》是其中代表性成果。清代乾嘉以后，学风一变，重考据，尚征实，陈奂《诗毛氏传疏》、马瑞辰《毛诗传笺通释》、王先谦《诗三家义集疏》为杰出代表。要之，从汉到清的《诗经》学研究都可以归结为经学研究。虽然其间有对于《诗经》之所谓"文学性"的发现，也是以经学立场（经书文本被视为经典，圣人的载道之言）

为前提进行的阐释。

步入20世纪,《诗经》又成为文学的经典、文化的经典。顾颉刚于20世纪20年代著文《诗经的厄运与幸运》,提出"《诗经》是一部文学书",建议"用文学的眼光去批评它",此后呼应者不绝,近有学者认为,20世纪的《诗经》学最大的贡献,就是"揭去了历代经学家堆积在《诗经》之上的层层'瓦砾',恢复了《诗经》文学的本来面貌"(刘毓庆、郭万金《从经学到文学——先秦两汉诗经学史论·序》)。当《诗经》随着晚清的灭亡被揭去了经学的面纱之后,对它的研究开始呈现多样化趋势。《诗经》学研究融入了民俗学、社会学、文化人类学等学术方法。在这方面,闻一多《风诗类钞》、朱东润《读诗四论》(即后来出版的《诗三百篇探故》的主体部分)、孙作云《诗经与周代社会研究》等都是值得注意的成果。

时至今日,《诗经》已经基本褪去了经学时代赋予它的神圣意义,但其文化经典地位仍然不可动摇。《诗经》之成为古代文化的经典,与它所诞育的土壤即周代礼乐文化关系密切。我们说中国是礼仪之邦,即以此时为重要的历史起点。周代礼乐文化是中国传统文化的重要源头。《诗经》所反映的社会生活是以受过良好的礼乐文化熏陶的君子与淑女为主体的贵族生活。对此,我们需要略作申说。《诗经》中的三《颂》与二《雅》为贵族所作,主要反映贵族的政治生活和宗教生活,对此,学界没有争议。问题主要集中在十五《国风》。新中国成立之后的30年间,大陆学者倾向于认为《国风》是民歌。这既是对作者出身较低的确认,在某种程度上也是对诗中人物底层身份的确认。现在学者们愈来愈倾向于认为《国风》大部分诗篇是贵族所作,相当多的风诗展现的是士以上的贵族的生活世界。其实,早在20世纪40年代,朱东润《读诗四论》就提出"国风不出民间说"。论据大致有三:第一,《诗》以前及其同时著作,凡见于钟鼎简策者,皆王侯士大夫作品,何民间之作只见于此而不见于彼?第二,《关雎》之"君子""淑女"非民间通称;琴瑟、钟鼓非民间乐器;《葛覃》"师氏"非民间能有。第三,后代之文化高于前代,何以三千年前之民间,能为此160篇之国风,后世之民歌反远不及?朱氏由名物(如作诗人或与作诗人相关之人、歌咏之人的地位、境遇、服御、仆从诸端)确考其为统治阶级之诗凡80篇。但此说在新中国成立后较长时间没有被注意。数十年后，大陆才有学者申说此观点。袁宝泉、陈志贤《〈诗经〉民歌说考辨》进一步发扬朱东润的“《诗经》非民歌说”观点，列五点证据说明《诗经》全是贵族作品（《诗经探微》）。钱穆在《读诗经》中也强调：“国风之作者，殆甚多仍是列国之卿大夫，熏陶于西周之文教传统者犹深，其诗之创作与流行，仍多在上不在下。”（《中国学术思想论丛》卷一）

我们认为，《诗经》中的男女主人公大都受过周代礼乐文化的熏陶，他们在人物审美上，倾向于欣赏健壮的体态；在情感上，秉承着“险而不怼，怨而不怒”（《国语·周语上》）、“乐而不淫，哀而不伤”（《论语·八佾》）的中和原则；在彼此交好馈赠的活动中，也遵循着礼仪的规定；他们的服饰与言行，体现着周代等级制度下的“威仪”之美；他们的宴饮酬唱，反映周代亲亲、尊尊的“和而不同”的君子之风。这些美好的风姿仪态，即便是千载之后的今天，仍然感动人心，使人获得审美的愉悦。

本书在前人研究成果的基础上，大体按照题材分类的方式，选择其中文化含量与文学性较高的35首诗进行分析，由具体篇章入手，以点带面，分析其意义的生成与变化，落脚点在早期各种观念、思想、文化形态等方面，以期对我们先民的物质与精神生活做立体、形象的把握，并让读者在具体的文化情境中，欣赏先民的吟哦，体味他们的欢欣与痛苦。《诗经》作为中国文学的源头与文化的母体，具有文学与文化的发端意义，对此，我们也在诗篇的分析与各部分题材的小结中有所说明。诗篇的选择，不以文学性为唯一的考量标准，而是兼顾其文化信息的含量，期待达到管中窥豹、一叶知秋的效果。

具体而言，本书所探讨的内容主要包括三个方面。

第一，《诗经》与周代礼乐文化的关系。理解《诗经》必须将诗篇放回到那个时代。《诗经》中的绝大部分篇章产生在礼乐文化兴盛的西周春秋时期，后者构成前者的社会背景。礼乐文化的本质是周代政治制度，西周春秋时期的政治制度是一种血缘关系和政治关系相结合，而以血缘关系来决定政治上的等级地位的制度（或曰宗法等级制）。此制度以周天子为核心，其他人以其与天子宗法血缘的亲疏关系获得政治上的贵贱高低的地位。就其现实性来说，就是所谓“周公制礼作乐”。礼使这种宗法等级制获得行为仪表、车马仪仗、婚丧嫁娶、朝觐聘问等方面的落实。《诗》对礼必然有所反映。我们关注的重心是，《诗经》反映了哪些礼？《诗经》对礼的表现与礼学文献的记载有何不同（亦即《诗经》之为“诗”的特质何在）？

另外，周代礼乐文化未必如后世经学家所阐释的那样，一切都在道德伦理教化的轨道之内。《诗经》的时代，武力与怀柔并重，礼仪与风俗共存。以天子巡狩为例，《周颂·时迈》有云：“时迈其邦，昊天其子之。实右序有周，薄言震之，莫不震叠。”据《毛序》，此是“巡守告祭柴望”亦即周王巡狩之诗，但此诗提供的信息是“巡狩是到诸邦巡行，示以武力，使诸侯畏服”（赵伯雄《周代国家形态研究》）的目的，而非古代经学家所强调的“为天下巡行守牧民也，道德太平，恐远近不同化，幽隐有不得所者”“考礼义，正法度，同律历，叶时月，皆为民也”（《白虎通·巡狩》）。再以《左传》所记载的两性结合的实际为例，其中不但有贵族之间的媒聘之礼，还有许多烝（所谓“下淫上”）报（所谓“上淫下”）的现象。著名的许穆夫人就是卫国公子顽（昭伯）“烝”卫宣公夫人宣姜的结果：“初，惠公之即位也少，齐人使昭伯烝于宣姜，不可，强之。生齐子、戴公、文公、宋桓夫人、许穆夫人。”（《左传·桓公十六年》）齐国为了巩固齐出的卫惠公的地位，命惠公的庶兄公子顽与卫惠公的母亲宣姜结合，著名的女诗人许穆夫人等五人就是两人的子女。此类事例在《左传》中有多处记载。可见，春秋时期人们的观念与后世还是存在较大差异的。只是在后世经学家的视野中，很多在当时的礼乐制度下尚有生存空间的行为被解读为风衰俗乱的产物，成为讽刺的对象。

礼乐文化的核心概念“德”的内涵也经历了一个发展变化的过程。比如文王之德在后世儒家的诠释中，莫不强调其文治教化、道德操守。实际上，文王的武功在翦商的过程中发挥的作用更大。《史记·周本纪》没有回避这一点，详尽叙述文王在去世前几年的所为，云：“明年，伐犬戎。明年，伐密须。明年，败耆国……明年，伐邗。明年，伐崇侯虎。”但是，《史记》却接受了儒家的阐释逻辑，认为文王因为有“文德”，亦即“笃仁，敬老，慈少，礼下贤者”等“积善”的操行，所以“受天命”，然后才在天命的指派下，获得讨伐上述诸侯的权力。而今天的学者们已经通过大量的文献证据，得出结论：周初的“德”还属于“敬天”的范畴，“文王之德”就是文王所受的天命。西周的“德”则与宗法制度与分封制度关系密切，或者说宗法分封制度是“德”的表现形式。换言之，西周的“德”是制度之德，而非后世儒家所强调的侧重指人的精神操守的道德之德。这是我们在理解西周时期产生的《诗经》中的诗篇时不得不注意的问题。

《诗经》所反映的价值观念主要是周代传统价值观，它既是后世儒家思想的文化源头，也与后世的儒学有较大差异。后世儒家经学的阐释往往遮蔽了周代价值观的真实情形。在我们的文本分析中，我们的侧重点之一即是将后世儒家经学的阐释与《诗经》文本的表达予以剥离，尽量结合前人研究成果，复原《诗经》的本来面貌。在每一篇的讲析中，也对主要的经学阐释成果（这也是古人的知识）予以介绍，目的是使读者对何谓经学有一初步而具体的了解，同时这部分内容也构成对前者理解的参照。

第二，《诗经》的诗性特征。有学者如是说《诗经》：“‘诗’是她自身的素质，而‘经’则是社会与历史赋予她的文化角色。”（刘毓庆、郭万金《从文学到经学——先秦两汉诗经学史论》）这是摆脱经学束缚之后观照《诗》的必然结论。《诗经》丰富的情感、多样的主题、比兴的手法、双声叠韵等语言形式、多两句一韵的用韵模式，都鲜明标示出它的诗体特征。《诗经》是四言诗的典范，后世模拟之作较多，除曹操、陶渊明等人的四言诗外，罕有出其右者。《诗经》以其极高的艺术表现力，影响着后人的诗学观念。晋人挚虞就说：“雅音之韵，四言为正。”（《全上古三代秦汉三国六朝文·全晋文》卷七七《文章流别论》）意谓雅乐之诗，四字一句为正，这显然是基于《诗经》作出的论断。对于《诗经》具体篇章的文学性，我们一方面分析其带给我们审美愉悦的原因，同时也关注其作为中国古典文学之原型的价值阐发。

第三，《诗经》与今天相距两千五百年以上，社会、语言、文化都发生巨大变迁，而语言文字的释义亦即前人所强调的“训诂”是我们了解《诗经》与它所反映的时代首先需要破除的障碍，所以清人强调说治经要“先明训诂”，义理与文学则在其后。今人吴小如在《通训诂明诗旨——说〈诗经·关雎〉》一文中也讲：“讲《诗三百篇》中的作品，首先需通训诂，其次还要明诗旨。因为风、雅、颂距今较远，其可赏析处往往在字、词的训诂之中。”

(《名家讲古诗》)所以,对于字词的训释也是本书的重要内容。

需要说明的是,《诗经》各篇内容往往“交错缠杂”,并不能完全做出排他性的明晰分类。以我们的划分为例,审美篇中则多关乎爱情婚姻的诗篇。战争篇中的部分诗篇也可以视为乡思题材,颂祖篇中则有许多战争内容。因之,本书的分类也仅是就讨论的侧重点而做的权宜划分,目的是带出我们的问题,并予读者以关乎此问题的一些看法。

为了建设匡亚明文史实验班,吉林大学文学院开设了《原典精读》课程。因为本人一直承担《原典精读》(经部)的教学任务,所以撰写了课程讲义。本书就是在《原典精读》(经部)之《诗经》部分讲义基础上整理而成。讲义参考了很多前贤的成果,但不涉及引文之处,一般不加以说明。引文的版本信息见于书末“参考文献”(同类文献,以列在最前者为征引文献)。另外,部分参考文献因为疏于整理,未能体现于篇末所附“参考文献”当中,特此说明。

目 录

审美篇（上） …… 1

邶风·简兮 …… 1

卫风·淇奥 …… 6

郑风·叔于田 …… 11

郑风·大叔于田 …… 15

齐风·猗嗟 …… 20

豳风·狼跋 …… 26

本篇小结 …… 27

审美篇（下） …… 32

鄘风·君子偕老 …… 32

卫风·硕人 …… 37

唐风·椒聊 …… 42

陈风·泽陂 …… 45

小雅·都人士 …… 48

本篇小结 …… 52

婚恋篇 …… 58

周南·关雎 …… 58

周南·汉广 …… 68

召南・野有死麕……………………………………………… 74
鄘风・桑中……………………………………………………… 77
陈风・东门之枌………………………………………………… 82
本篇小结………………………………………………………… 85

宴饮篇……………………………………………………………… 96
小雅・鹿鸣……………………………………………………… 96
小雅・常棣……………………………………………………… 101
小雅・伐木……………………………………………………… 106
小雅・宾之初筵………………………………………………… 111
本篇小结………………………………………………………… 121

战争篇……………………………………………………………… 126
小雅・采薇……………………………………………………… 126
小雅・出车……………………………………………………… 132
小雅・六月……………………………………………………… 138
小雅・采芑……………………………………………………… 143
大雅・江汉……………………………………………………… 146
大雅・常武……………………………………………………… 152
本篇小结………………………………………………………… 157

乡思篇……………………………………………………………… 163
邶风・击鼓……………………………………………………… 163
魏风・陟岵……………………………………………………… 165
唐风・鸨羽……………………………………………………… 167
豳风・东山……………………………………………………… 169
小雅・黄鸟……………………………………………………… 172
本篇小结………………………………………………………… 174

颂祖篇 181
大雅·生民 181
大雅·公刘 189
大雅·緜 196
大雅·大明 205
本篇小结 212

参考文献 216

审美篇（上）

对于人物的审美，在不同时代与文化情境中，取向有所不同。魏晋时期，男子的审美以秀骨清相为标格，所以瘦弱不堪罗绮的卫玠从豫章到下都（建业），能够造成“观者如堵墙”（《世说新语・容止》）的效果。《诗经》时期，人们对于自身已经产生审美的观照，且表现出周代礼乐文化的独有特点。本部分以《诗经》中涉及男性审美的诗篇为主，考察这一时期人们对于男性的审美取向。

邶风・简兮

简兮简兮，方将万舞[一]。日之方中，在前上处[二]。
硕人俣俣，公庭万舞[三]。有力如虎，执辔如组[四]。
左手执籥，右手秉翟[五]。赫如渥赭，公言锡爵[六]。
山有榛，隰有苓[七]。云谁之思？西方美人[八]。
彼美人兮，西方之人兮。

注释：

[一] 简：鼓声大，犹言“咚咚”。《商颂・那》：“猗与那与，置我鞉鼓。奏鼓简简，衎我烈祖。”简简，即形容鞉鼓声音宏大。一说形容舞师勇武之貌。二说俱通。按，《毛传》但言“简，大也”，没有指出中心语。方将：将要。

万舞：舞名。殷商甲骨文有万舞，可见此舞由来已久。万舞在《诗经》中多次出现。《鲁颂·閟宫》写鲁僖公祭祀宗庙，其中有："万舞洋洋，孝孙有庆。"《商颂·那》："庸鼓有斁，万舞有奕。"一般认为万舞规模较大，分文舞、武舞两部分，文舞执籥羽，武舞执干戚。万舞可用于战备、宗庙祭祀等场合。《毛传》："以干、羽为万舞，用之宗庙山川。"《左传·隐公五年》："九月，考仲子之宫，将万焉。公问羽数于众仲。"《左传·庄公二十八年》："(子元)为馆于其宫侧而振万焉。夫人闻之，泣曰：'先君以是舞也，习戎备也。'"一说万舞为干戚之舞，不包括籥舞。《大戴礼记·夏小正》："万也者，干戚舞也。"《礼记·文王世子》："凡学世子及学士，必时：春夏学干戈，秋冬学羽籥，皆于东序。"郑玄注："干戈，万舞，象武也，用动作之时学之。羽籥，籥舞，象文也，用安静之时学之。"

［二］日之方中：太阳在正中，正当中午。在前上处：在前列的上头。

［三］硕人：身材高大的人。硕，大貌。俣俣(yǔyǔ)：壮大之貌，身躯魁梧。公庭：国君宗庙的庭前。庭，庙庭。

［四］执辔如组：手握缰绳如握柔软的丝带般自如。辔，马缰绳。组，丝织的带子。一说此句谓手握缰绳调控自如如织布。段玉裁《说文解字注·糸部》："诗意非谓如组之柔，谓如织组之经纬成文，御众缕而不乱，自始至终秩然，能御众者如之也。" 亦通。

［五］籥(yuè)：古乐器。形制如笛而三孔。《礼记·少仪》郑玄注："籥，如笛，三孔。"或曰六孔笛。《毛传》："籥，六孔。"秉翟(dí)：即秉翟而舞。具体则如杨伯峻《春秋左传注·隐公五年》所云："树之(翟)于竿，执之而舞。" 秉，持。翟，长尾野鸡的尾羽。

［六］赫：红色。渥：厚。赭(zhě)：赤褐色，赭石，红土。此句谓"硕人"面色红润如红土，是健康之象。《秦风·终南》赞美君子类之："颜如渥丹，其君也哉！"公：此指卫国国君。锡(cì)：赐。爵：青铜制酒器，用以温酒和盛酒。此处代指酒。

［七］榛：落叶灌木。花黄褐色，果实叫榛子，果皮坚硬，果肉可食。隰(xí)：低下的湿地。苓(líng)：甘草，亦名大苦，多年生草本植物，根有甜味，可入药。《毛传》："苓，大苦。"《尔雅·释草》："蘦，大苦。" 郭璞注："今

甘草也。”

［八］云：助词，用于句首，无义。西方：泛指卫国以西的地域；或曰指周，周在卫西。《毛传》：“乃宜在王室。”美人：与“硕人”同义，男女通用之词。

讲析：

此诗分章方式有两种：一是分三章，章六句。《毛传》《郑笺》《正义》主之。二是分四章，前三章章四句，末章章六句。朱熹《诗集传》主之。王力《诗经韵读》根据韵脚也定此诗为四章，此从朱熹、王力。

对于此诗的尾章，学者也有不同看法。问题的发生在于此诗尾章的章法、句法与前面三章不同。对此，阴法鲁《经书浅谈·诗经》一文认为，《诗经》中有些诗篇的尾声或引子，可能是选择一个独立小曲或其他乐曲的一段而移植过来的，移植时也可能把原歌词也带过来。《简兮》的尾声（第四章）也许就是连歌词一起移植过来，并非真有在场的人对舞师表示爱慕之情，因为在宫庭里不允许人们有这样的表示。另有学者提出“错简说”，以为此诗是两首诗的误合。春秋时期的宫廷里是否不允许有人对于舞师表示爱慕之情，还没有相应的佐证。至于错简的情形在《诗经》中确实存在，但此诗未必如此。一首诗中各章章法、句法不同，在《国风》中多有，如《周南·卷耳》《召南·行露》《召南·野有死麕》《郑风·子衿》等都是如此，不能仅仅从体式类型的不同就轻易得出错简的结论。我们这里仍然将这四章视为一个整体。

关于此诗的主题，旧说以为是讽刺卫君不能任贤授能、使贤者居于伶官之位。此说以《毛序》最有影响：“《简兮》，刺不用贤也。卫之贤者仕于伶官，皆可以承事王者也。”《郑笺》申之，其释“赫如渥赭，公言锡爵”云：“硕人容色赫然，如厚傅丹，君徒赐其一爵而已，不知其贤而进用之。”又“云谁之思，西方美人”以下四句，《郑笺》：“我谁思乎？思周室之贤者，以其宜荐硕人，与在王位。”“彼美人，谓硕人也。”郑玄认同《序》说，以此诗为第三者所作。朱熹《诗集传》谓“贤者不得志而仕于伶官，有轻世肆志之心焉，故其言如此，若自誉而实自嘲也”，依朱熹的理解，此诗乃诗人自嘲之作。又《诗集传》：“西方美人，讬言以指西周之盛王，如《离骚》亦以美人目其君也。又曰西方之人者，叹其远而不得见之词也。”“贤者不得志于衰世之下国，而思盛际之显王，其故言如此，而意远矣。”以“西方”为西周，“西方美人”指西周盛世的贤王。诸家都以“贤”释“美”，这是儒家经学的一贯特色。

今人陈子展主要承朱熹之说：“《简兮》是关于卫国伶官在公庭上演习《万舞》之诗……我以为不论是旁观赞叹、当场喝彩也好，自答自嘲、玩世不恭也好，诗人用意只有一个，就是要在西周王朝盛世时才配有这样出色可称硕人或美人的伶官，正像要在山上才有榛树、要在山下才有苓草一样。”“这个伶官生不逢时，偏生在周室东迁以后的卫国，令人有委曲了他做不到西周王朝盛时伶官的感慨。”（《诗三百解题》）

摆脱经学美刺之说，单从文辞来看，此诗重点写一位英武的男子在庙庭表演《万舞》，并引起旁观者对他的赞叹。诗的首章写国君宗庙庭前举行大型舞蹈——万舞。二章写舞师领舞时的雄壮勇武的风姿。“有力如虎，执辔如组”，是用比喻的手法虚写舞师的雄壮勇猛。三章实写舞师的英武风度。四章乃是旁观者对舞师的赞叹与倾慕。诗的最后四句回环复沓，“美人”与“西方”交错出现，颇有咏叹的情韵。

诗歌第四章“山有榛，隰有苓”的托兴方式比较引人注目。“山（阪）有……隰有……”句式在《诗经》中较为常见，如《郑风·山有扶苏》：“山有扶苏，隰有荷华。”《唐风·山有枢》：“山有枢，隰有榆。”《秦风·车邻》：“阪有漆，隰有栗。”《秦风·晨风》：“山有苞栎，隰有六驳。”对此，李炳海先生解释说：“以隰地及其生长物象征女子，是先秦时期常见的现象，女子本人也以隰自况。相反，先秦时期在提到男子时，却经常和高山联系在一起……山及其生长物所象征的都是男性，突出它的强大、稳固、威严。”“山和隰相比，一者高大，一者低洼；一者坚固，一者湿柔。山、隰的上述差别，在男女之间同样存在……以山喻男，以隰喻女，山、隰对举暗指男女之爱，夫妇之情，运用的是类比思维。”（李炳海《情感与哲理默契的复合象征——〈诗经〉山、隰对举发微》）《大戴礼记·易本命》之言类之：“丘陵为牡，溪谷为牝。”依此，则此诗是以山上之树隐喻男子，以隰地之草隐喻女子，托兴男女情思，下文“云谁之思？西方美人。彼美人兮，西方之人兮”的深情咏叹则出自旁观的女子之口。

我们认为，主人公“硕人”身份未必如旧说所云指乐官、乐吏，也可能是贵族子弟。我们知道，舞是周代贵族子弟的教育科目之一。对此，文献多有记载。如《周礼·春官·籥师》：“籥师掌教国子舞羽吹籥。祭祀则鼓羽籥之舞，宾客飨、食，则亦如之。”《大司乐》：“大司乐掌成均之法，以治建国之学政，而合国之子弟焉……以乐德教国子，中、和、祗、庸、孝、友；以乐语教国子，兴、道、讽、诵、言、语；以乐舞教国子，舞《云门》《大卷》《大咸》《大磬》《大夏》《大濩》《大武》……凡乐事大祭祀宿县，遂以声展之。王出入则令奏《王夏》，尸出入则令奏《肆夏》；牲出入则令奏《昭夏》。帅国子而舞。”《乐师》：“乐师掌国学之政，以教国子小舞。”《礼记·内则》谓贵族子弟13岁学乐，诵诗，舞《勺》；15岁成童，舞《象》。因之，周代贵族均能舞，周天子也不例外。干戚、羽旄与管籥是他们起舞的重要舞具。《礼记·祭统》记载，天子、诸侯在祭祀祖先的时候，也要亲自舞蹈：“君执干戚就舞位。君为东上，冕而摠干，率其群臣，以乐皇尸。是故天子之祭也，与天下乐之，诸侯之祭也，与竟内乐之。冕而摠干，率其群臣，以乐皇尸，此与竟内乐之之义也。”其他场合也不乏天子、诸侯舞蹈的情形。《礼记·乐记》记载，天子在大学举行食礼，从退休官员中选出年高德劭的三老、五更，要“冕而总干”，亲自舞蹈，以示慰问。普通贵族也以舞蹈传情达意，如《晏子春秋·外篇》记载晏子以舞谏君之事：“景公筑长庲之台。晏子侍坐。觞三行，晏子起舞曰：‘岁已暮矣而禾不获，忽忽矣若之何？……’舞三而涕下沾襟。”景公惭愧，为此罢掉长庲之役。即便是乐官，亦非低职。《周礼·春官·叙官》：“大司乐（国学主持者），中大夫二人。乐师，下大夫四人，上士八人，下士十有六人。”所以，旧说仅从舞者的身份地位来判断此诗立意是讽刺君主“不用贤”是靠不住的。

由“右手秉翟”“硕人俣俣”“赫如渥赭”“有力如虎”等形容描述之辞看，此诗所体现的男性审美取向为健康、魁伟、勇武。其中，后三句比较容易理解，而“秉翟”与勇武的关系还有待申说。按，秉翟是力量之象。上古少昊氏之族以雉鸟为图腾[1]，雉鸟成为勇敢和力量的象征。故战争、祭祀时人们或以雉羽为饰，或执雉羽而舞，以威吓敌人，显示力量。《左传·襄公十年》载，宋平公享晋悼公于楚丘，用桑林之舞，"师题以旌夏。晋侯惧而退入于房。去旌，卒享而还"。旌夏，据杨伯峻《春秋左传注》是旌旗的一种，"以雉羽置于竿首，又染以五色"。这一舞具，蕴含着舞者的勇武与力量，让晋侯望而生"惧"。在日常生活中，人们或以此作为装饰，表示对勇力的崇尚。《史记·仲尼弟子列传》就说颇有侠义之气的子路"性鄙，好勇力，志伉直，冠雄鸡，佩豭豚"。冠雄鸡，大概就是在帽子上插上野鸡的羽毛。赵武灵王胡服骑射，将"鹖冠"定为武士冠，汉代则称鹖冠为武冠、大冠，其形制是在冠的两侧各竖一支翟翎，都是以雉羽为勇敢、力量的象征之观念的反映。

卫风·淇奥

瞻彼淇奥，绿竹猗猗[一]。有匪君子，如切如磋，如琢如磨[二]。瑟兮僩兮，赫兮咺兮[三]。有匪君子，终不可谖兮[四]！

瞻彼淇奥，绿竹青青[五]。有匪君子，充耳琇莹，会弁如星[六]。瑟兮僩兮，赫兮咺兮。有匪君子，终不可谖兮！

瞻彼淇奥，绿竹如箦[七]。有匪君子，如金如锡，如圭如璧[八]。宽兮绰兮，倚重较兮[九]。善戏谑兮，不为虐兮[十]！

注释：

[一] 淇：淇水，卫国水名，经卫都朝歌东，主要流经今河南北部。奥（yù）：通"澳""隩"，《礼记·大学》即引作"澳"。水岸深曲之处。绿竹：

[1] 图腾，是氏族的守护神，也是氏族力量的来源。少昊氏之族以鸟为图腾，故用鸟来称呼各种官职。《左传·昭公十七年》载，郯子朝鲁，鲁国的叔孙昭子询问传说中的帝王少皞氏以鸟名官的原因，郯子回答："我高祖少皞挚之立也，凤鸟适至，故纪于鸟，为鸟师而鸟名。"少皞，即少昊。

绿竹：绿色的竹子。旧说为两种草名。《毛传》："绿，王刍也。竹，萹竹也。"郦道元《水经注·淇水》："今通望淇川，无复此物。唯王刍编草，不异毛兴。"按，萹竹，又名萹蓄，一年生草本，叶狭长似竹，初夏于节间开淡红或白色小花。王刍，菉草的别称。一年生细柔草木，高二尺，叶似竹。《离骚》以为恶草："薋菉葹以盈室兮。"《文选》李善注："菉，王刍也。"朱熹《诗集传》否定郦道元之说："绿，色也。淇上多竹，汉世犹然，所谓'淇园之竹'是也。"朱熹所说，见于《史记·河渠书》："是时东郡烧草，以故薪柴少，而下淇园（今河南淇县）之竹以为楗。"裴骃《集解》引晋灼曰："卫之苑也，多竹筱。"当以朱说为是。猗猗（ēē）：高大美好。

［二］有匪：犹"匪匪"，即斐斐。有文采，风度翩翩。有，形容词词头，表示形容词的重叠，《诗经》中多有用例。匪，通"斐"，《毛传》："文章貌。"君子：贵族的通称，此指卫武公。切磋琢磨：四种器物加工的工艺名称。《尔雅·释器》："金谓之镂，木谓之刻，骨谓之切，象谓之磋，玉谓之琢，石谓之磨。"郭璞注："六者皆治器之名也。"此处用加工器物（治器）比喻人格修养的锻炼。

［三］瑟：矜持庄重。僩（xiàn）：威严。朱熹《诗集传》："瑟，矜庄貌。僩（即僩），威严貌。"赫兮咺兮：轩昂堂皇。《毛传》："赫，有明德赫赫然。咺，威仪容止宣著也。"按，此二句前句言内威，后句言外仪。

［四］终：永。谖：忘。《毛传》："谖，忘也。"马瑞辰《毛诗传笺通释》："《说文》：'藼，令人忘忧之草也。或从煖作蕿，或从宣作萱。'引《诗》'安得藼草'。今《毛诗》作谖草，谖即藼及蕿、萱之假借。"

［五］青青（jīngjīng）：茂盛貌。《毛传》："青青，茂盛貌。"青，通"菁"。

［六］充耳：亦名瑱。耳旁饰物。旧说以为是垂在冠冕两侧以塞耳的玉（当耳之饰）；扬之水《诗经名物新证》以为"充耳的佩戴方式应该是穿耳"。琇（xiù）：美石。莹：玉色晶莹。会（kuài）：皮帽两缝的相合处。弁：皮弁（《毛传》）。古冠名，以白鹿皮制成，用以束髻，形状略似后世的瓜皮帽。皮弁服，天子视朝时服之，诸侯朝见天子、视朔（诸侯每月朔日祭告祖庙后在太庙听政）、自相朝聘时亦服皮弁。《仪礼·士冠礼》"主人玄冠朝服"郑玄

注："天子与其臣，玄冕以视朔，皮弁以日视朝；诸侯与其臣，皮弁以视朔，朝服以日视朝。"《礼记·玉藻》："（诸侯）皮弁以听朔于大庙。"如星：皮帽缝隙处镶嵌的玉石闪亮如星。《郑笺》："会，谓弁之缝中，饰以玉，皪皪而处，状似星也。"

［七］箦：通"积"。堆积。《毛传》："箦，积也。"

［八］金：铜。锡：一种白色金属。闻一多《风诗类钞》："古人铸器的青铜，便是铜与锡的合金，所以二者极被他们重视，而且每每连称。"圭：古代一种玉制礼器，天子、诸侯举行隆重仪式时所用。形状或上尖下方或上圆下方，形制大小因爵位和用途不同而有异。璧：古代贵族用于朝会、祭祀、丧葬等礼仪场合的玉器，也用作装饰品。形制平圆而正中有孔。

［九］宽：宽宏而能容人。绰：宽缓。倚（yǐ）：依靠。重较（chóng jué）：车厢两侧的高扶手，有防止倾倒的作用。《毛传》："重较，卿士之车。"古代卿士所乘的车，车舆四边除后边留出一个车门外，四周都是纵横交合的矮栏。车厢前设一横木称为"轼"，车厢两旁设木称为"輢"，輢上各有钩形弯曲向外反出的扶手称为"较"，其形如耳，故又名"重耳"，亦名"重较"。较高于轼。《说文·车部》："较，车輢上曲钩也。"段玉裁注："较高五尺五寸，高于轼者二尺二寸也。戴先生曰：'左右两较。'"后人亦称"较"为"旁式"。按，"倚较"与"伏轼"含义不同。倚较为休闲之态，伏轼则表敬。《史记·魏世家》："文侯受子夏经艺，客段干木，过其闾，未尝不轼也。"《吴越春秋·勾践伐吴外传》载越王勾践为鼓舞士气而轼怒蛙之事："（勾践）道见蛙张腹而怒，将有战争之气，即为之轼。其士卒有问于王曰……勾践曰：'吾思士卒之怒久矣，而未有称吾意者。今蛙虫无知之物，见敌而有怒气，故为之轼。'于是军士闻之，莫不怀心乐死，人致其命。"

［十］戏谑：开玩笑；虐：过分。

讲析：

关于此诗的主题，《毛序》说："美武公之德也。有文章，又能听其规谏，以礼自防，故能入相于周，美而作是诗也。"认为此诗主要是赞美卫武公（约前 812—约前 758 年在位）之德，作于卫武公为周王卿士（"入相于周”）之后。据《史记·卫康叔世家》，卫武公（名和）曾弑兄（共伯馀）自立，但即位后很有作为，成为西周末春秋初的贤君。《国语·楚语上》载，卫武公九十五岁时，还告诫国人说：“自卿以下至于师长士，苟在朝者，无谓我老耄而舍我，必恭恪于朝，朝夕以交戒我；闻一二之言，必诵志而纳之，以训导我。”为了能够时时警醒自己，卫武公在各种场合都安排人员对自己予以监督讽谏，“在舆有旅贲之规，位宁有官师之典，倚几有诵训之谏，居寝有亵御之箴，临事有瞽史之导，宴居有师工之诵，史不失书，矇不失诵，以训御之”，卫武公犹以为不足，“于是乎作《懿》诗（即《大雅·抑》），以自儆也”。可以说卫武公在当时及稍后的人看来是个好善不倦的典型。今人对此基本没有异议。但诗人的赞美与史家的称颂毕竟有所不同。史家重其德业，诗笔所及，全是仪态与光色等视觉感官印象。

此诗共三章，章九句，结构整齐。首章用一系列的比喻虚写“君子”文质彬彬的风姿仪态。次章写“君子”在太庙听政时（或曰朝见天子时）的庄重仪态。三章写“君子”闲暇时和悦可亲的风采。

此诗比兴的手法比较引人注目。全诗三章，各章均以水曲处的翠竹起兴，引出对君子的赞美。首章称颂竹子的高大，次章渲染竹子的叶茂，末章写竹子的密集，用绿竹来映衬贵族君子的美好姿仪，人与竹相映生辉。以竹喻人，亦见于《礼记·礼器》：“礼器，是故大备。大备，盛德也。礼释回，增美质，措则正，施则行。其在人也，如竹箭之有筠也，如松柏之有心也，二者居天下之大端矣，故贯四时而不改柯易叶。”《礼记》主要赞扬竹子的青翠，它经历四季而不改本色，具有天下万物的大本大节。论者由此联想到以礼修身的君子，把他们比作翠竹青松，或由此诗提炼升华而来。

在以竹兴喻人的过程中，诗人显示出开阔的视野，角度多有转换，从不同侧面把绿竹与君子沟通，令读者对“君子”之“匪”展开多方联想。以竹喻人之外，诗人还采用博喻的手法来多方表现贵族君子的美好：第一章用四种治器方式比喻君子应该经过后天的熏陶、增饰；第三章又以金、锡两种经过冶炼的贵金属，圭、璧两种经过雕琢的美玉来比喻君子的纯粹与温润，它们与竹子的天然不同，而是经过了人的加工。这与作者对于贵族君子的审美理想一致：既要有先天的美质，又要有后天礼仪的加工修饰。

此诗还运用了虚实结合的手法。“如切如磋”“如金如锡”“如圭如璧”，是虚写“君子”纯粹、温润与有礼的修饰；“充耳琇莹”，是实写其服饰之盛；“倚重较兮”“善戏谑兮，不为虐兮”，实写其温和有度。虚实相间，富于变化。

此诗对贵族君子的美好品格、修养和风度（威仪之美）从多方面进行赞美。与相传为卫武公所作的《大雅·抑》篇并读，我们可以获得对于《诗经》时代君子风度更为全面的认知。就二诗来看，《诗经》时期，人们所推重的君子风度之一，是言语谨慎，不要多说话。《抑》：“慎尔出话，敬尔威仪，无不柔嘉。白圭之玷，尚可磨也。斯言之玷，不可为也。”诗人自警说：你说话要小心，你态度要恭敬，这样就处处安宁。白玉上面的污点，还可以磨去，说错了话，就不好办了。“无易由言，无曰苟矣。莫扪朕舌，言不可逝矣。无言不雠，无德不报。”诗人建议不要轻易说话，不要说话太快。虽然没人拴住我们的舌头，但话一旦说出口，便谁也追不上了。因为没有说话无回答的，没有不产生影响的行为。以此，“从周”的孔子反对“佞人”（即口才好的人），说“佞人殆”（《论语·卫灵公》）。孔子也反对别人对于学生冉雍“仁而不佞”的评价，他说：“焉用佞？御人以口给，屡憎于人。不知其仁，焉用佞？”（《论语·雍也》）

君子风度之二，表现为中和之美。此诗对于贵族君子的美好品质从多个方面进行了赞美，其中许多因素都具有互补性而使人物形象不失于偏坠。如“瑟兮僩兮，赫兮咺兮”，写“君子”威严庄重，光彩照人；“宽兮绰兮，倚重较兮，善戏谑兮，不为虐兮”，说他宽大温和，善于戏谑又适度。金锡与圭璧之喻亦然：强调“君子”既有先天的美质，又经过修养锻炼，既精粹，又温润，文质彬彬。孔子的一生都以君子作为修养目标。从其弟子的描述来看，孔子确实达成了修养的目标。《论语·子张》载子夏云：“君子有三变：望之俨然，即之也温，听其言也厉。”此“君子”自然包含孔子而论：远远望着，庄严可畏；向他靠拢，温和可亲；听他讲话，严厉不苟。《述而》直接评价孔子：“子温而厉，威而不猛，恭而安。”孔子的人格修养境界与此诗的“君子”颇有相通之处。

君子风度之三：服饰华美，合乎自身等级身份。“充耳琇莹，会弁如星”“倚重较兮”俱是这种规定的文辞表现。这是因为，周代各级服饰，均有明文规定，严禁僭越。《周礼》是战国儒生以周代制度为基础做出的理想化设计，保留了周代等级制度的基本精神，其中《夏官·弁师》所述便是其服饰等级之一角，可以参看：“弁师掌王之五冕，皆玄冕，朱里延，纽，五采缫十有二就，皆五采玉十有二，玉笄，朱纮。诸侯之缫斿九就，瑉玉三采，其馀如王之事。缫斿皆就，玉瑱，玉笄。王之皮弁，会五采玉璂，象邸，玉笄。王之弁绖，弁而加环绖。诸侯及孤、卿、大夫之冕、韦弁、皮弁、弁绖，各以其等为之，而掌其禁令。”同样是冕服，天子的冕有五彩丝绳做成的十二旒，每旒有五彩玉珠十二颗；诸侯的冕有三彩丝绳做成的九旒，每旒有三采瑉玉珠九颗。数字的多寡，彰显等级的高低。”

郑风·叔于田

叔于田，巷无居人[一]。岂无居人？不如叔也，洵美且仁[二]。
叔于狩，巷无饮酒[三]。岂无饮酒？不如叔也，洵美且好[四]。
叔适野，巷无服马[五]。岂无服马？不如叔也，洵美且武[六]。

注释：

[一]叔：表明男子排行的字。《诗经》中类似的称呼还有伯、仲、季等，多是女子对情人或丈夫的爱敬之称。如《卫风·伯兮》是思妇怀远：“伯兮朅兮，邦之桀兮。伯也执殳，为王前驱。”《郑风·将仲子》是女子拒绝情人之诗：“将仲子兮，无踰我园。”于：往。田：同“畋”。打猎。巷：古代聚居区（“里”）中的道路。

[二]洵：确实。仁：一般以为指仁德，即厚道谦让的道德品格。按，“仁”最初并非纯粹的道德概念。“仁”字不见于甲骨文，亦不见于春秋以前的金文。《尚书》中，“仁”字仅一见于《金縢》：周武王病，周公祭祷先王，愿代武王死，去侍奉祖先。他祷告说：“予仁若考，能多材多艺，能事鬼神。”

《史记·鲁周公世家》作"旦巧,能多材多艺,能事鬼神",似以"巧"解"仁"与"考"。阮元《揅经室集》也以"巧佞" 解"仁":"《书·金縢》曰'予仁若考',者,言予旦之巧若文王也。'巧'义即'佞'也。'佞'从'仁'得声,而义随之,故'仁'可为'佞'借也。古者事鬼神当用'佞',《金縢》之以'佞'为美,借'仁'代'佞'者,因事鬼神也。故《论语》孔子谓祝鮀之佞治宗庙,即《金縢》仁巧多材多艺能事鬼神之义也。" 又按,"佞"有口才好之义。如此则"美且仁"句谓"叔"既英俊又会说话。另,仁、夷古通。于省吾《泽螺居诗经新证》卷中:"实则仁字应该读作夷,仁与𡰥古同字,古文从人从尸往往无别……《汉书·高祖本纪》'司马𡰥将兵北定楚地',颜注谓'𡰥,古夷字'。《论语·子罕》称'子罕言利与命与仁',仁应读作'夷'。章炳麟《文始》谓'仁、夷同属舌音,故得相借',又谓《海内西经》的仁羿即夷羿。"如此则此句谓"叔"既英俊又和气。夷有"大"义。《诗经·周颂·有客》:"既有淫威,降福孔夷。"朱熹《诗集传》:"夷,易也,大也。"马瑞辰《通释》:"《说文》:夷,从大从弓。古夷字必有大训。降福孔夷,犹云降福孔大耳。"与"夷"音同义通的"仁" 亦当有"大"义。如此则"美且仁"句谓"叔"英俊又高大。三解并通。

[三] 巷无饮酒:巷子里无人称得上能饮酒了。

[四] 好:指容貌好。

[五] 野:郊外。服马:驾马。

[六] 武:英武。

讲析:

关于此诗的主旨,《毛序》说:"刺庄公也。叔处于京,缮甲治兵以出于田,国人说而归之。"以为是讽刺春秋时期的郑庄公。欧阳修《诗本义》稍有不同,谓"诗人言大叔得众,国人爱之""皆爱之之辞"(鲁洪生主编《诗经集校集注集评》卷三)。虽然两者有"刺郑庄公说"与"赞美叔段说"诗旨说解的不同,但都认为此诗的男主人公为叔段。这都是以史解诗、附会《左传》的结果。据《左传·隐公元年》的记载,郑庄公母弟太叔段勇而有才干,并深得其母武姜的宠爱，被封于京地后，整顿武备，举兵进攻郑庄公，最终失败外逃。若诗中之“叔”为太叔段，则此诗当为其拥护者所作，但按验文本，并无明证。崔述《读风偶识》驳斥较为痛快：“大抵毛诗专事附会。仲与叔皆男子之字。郑国之人不啻数万，其字仲与叔者不知几何也。乃称叔即以为共叔，称仲即以为祭仲，情势之合与否皆不复问。然则郑有共叔，他人即不得复字叔；郑有祭仲，他人即不得复字仲乎？”朱熹《诗集传》接受欧阳修的说法，谓“段不义而得众，国人爱之，故作此诗”，又以或疑的方法表达自己的另一重思考，“或疑此亦民间男女相说之词也”。这种骑墙的态度，反映出《毛序》的强大影响力，朱熹倡言废《序》背后的拘谨。

放弃经学美刺政治、伦理教化的立场来看，此诗旨在赞美一位贵族猎人。当是出自女子口吻，赞美所爱恋男性，一位青年猎手。朱熹“男女相说之词”的猜测是有道理的。而陈子展对朱熹的指责显得保守，其云：“不知道朱老夫子为什么对于民间男女相悦最感兴趣，本来看不出是涉及男女关系的诗，他偏嗅觉灵敏，认出它是男女相悦之词！”（《诗三百解题》）

此诗在艺术上颇值得称道。诗人运用设问自答、对比夸张的手法，表现“叔”的各种美好。诗分三章，每章由“叔于田（于狩、适野）”领起，接下来第二句便说“巷无居人（饮酒、服马）”，这显然是夸张之语，于是诗人在第三句对第二句作出反诘：“岂无居人（饮酒、服马）？”第四句、第五句诗人又自作解人，说不是巷子里真的没有人（没有称得上会喝酒的人、没有称得上会驾车的人），只是其他人都不如“叔”那般“洵美且仁（好、武）”。吴闿生《诗义会通》对此诗构思评价较高，谓“故撰奇句而自解释之，文章家之逸致也”。钱钟书《管锥编》指出：唐韩愈《送温处士（温造）赴河阳军序》“伯乐一过冀北之野而马群遂空。夫冀北马多天下，伯乐虽善知马，安能空其群邪？解之者曰：‘吾所谓空，非无马也，无良马也’”数句，句法正出自此诗。此诗对后世的影响由此可见一斑。

诗中“叔”的形象较为鲜明，他高大英俊，酒量好，御艺好，并因此得到隐藏在诗语背后的女子的爱慕。

虽然周代有《尚书·酒诰》之类的戒酒之文，但在世俗生活中周人仍重视人的酒量。据统计，《诗经》中至少有三十余篇讲到喝酒。“巷无饮酒”

之语，透出对“叔”之酒量好的倾心悦慕。孔子的酒量极好，《论语·乡党》说他“惟酒无量，不及乱”。酒之于英雄、名士，犹如鸟之一翼。曹操亦然，一方面出于政治需要禁酒，一方面高唱“对酒当歌”（《短歌行》）。世俗审美、文学艺术的表现与官方立场有较大差距。

此诗反映了周人对御艺的重视。御艺，是周代贵族君子必备的艺能。《左传》中御者的选择甚至决定战争成败。如宣公二年的宋郑大棘之战：宋国统帅华元战前“杀羊食士”，“其御羊斟不与”，故大战在即，羊斟挟私报复，打马“与入郑师”，导致宋师败绩。《左传》多处记载君主、将帅战前卜御者，都是出于对御艺的重视。春秋时期的贵族均善御。《左传·成公二年》载，齐晋鞌之战中，晋国韩厥为司马，本应在车左，主射，但因为梦中得到亡父“旦辟左右”的告诫，故“中御而从齐侯”，代替御者立于中央，负责驾车。可见御艺也为韩厥所擅。《周礼》将贵族的基本艺能概括为“六艺”，即礼、乐、射、御、书、数，御居其一。会驾车甚至成为周代贵族君子的学识与身份的标志。《礼记·曲礼下》：“问大夫之子：长，曰能御矣；幼，曰未能御也。”“从周”的孔子自然也善御。《论语·子罕》：“达巷党人曰：‘大哉孔子！博学而无所成名。’孔子闻之，谓门弟子曰：‘吾执御乎？执射乎？吾执御也。’”虽然这几句话历来有歧解，但孔子善御总是能够从中提炼出的信息。西周春秋时期以车战为主要作战方式，士以上的贵族是战争的主力，重视御艺其实是尚武的表现。至战国以后的儒家，始以诗、书、礼、乐、易、春秋为“六艺”，表现出明显的重文倾向。在战国礼学文献的记载中，单纯的射、御便成为贱业。《礼记·王制》就表示出不屑的态度：“凡执技论力，适四方，赢股肱，决射御。凡执技以事上者，祝、史、射、御、医、卜及百工。凡执技以事上者，不贰事，不移官，出乡不与士齿（论长幼、辈分）；仕于家者，出乡不与士齿。”

郑风·大叔于田

叔于田，乘乘马[一]。执辔如组，两骖如舞[二]。叔在薮，火烈具举[三]。襢裼暴虎，献于公所[四]。将叔无狃，戒其伤女[五]。

叔于田，乘乘黄[七]。两服上襄，两骖雁行[八]。叔在薮，火烈具扬[九]。叔善射忌，又良御忌[十]。抑磬控忌，抑纵送忌[十一]。

叔于田，乘乘鸨[十二]。两服齐首，两骖如手[十二]。叔在薮，火烈具阜[十三]。叔马慢忌，叔发罕忌[十四]。抑释掤忌，抑鬯弓忌[十五]。

注释：

[一]田：同“畋”。打猎。乘乘（chéngshèng）马：驾驭四马拉的车。前一“乘”为动词。后一“乘”为名词，古时一车四马叫一乘。按，阮元刻本《毛诗正义》首句“叔”上有“大”字，陆德明《释文》：“叔于田，本或作‘大叔于田’者，误。”此据《释文》删。

[二]执辔如组：参见《邶风·简兮》注释。两骖：驾车的四马中外侧的两匹马。此兼中间的两匹服马而言。如舞：像跳舞一样动作协调一致，合乎音乐的节拍。朱熹《诗集传》：“如舞，谓谐和中节。皆言御之善也。”按，古舞尚齐。《礼记·乐记》载子夏与魏文侯论乐：“今夫古乐，进旅退旅，和正以广，弦匏笙簧，会守拊鼓。”郑玄注：“旅犹俱也。俱进俱退，言其齐一也。”

[三]薮：指草木畅茂、禽兽富集的地带。周宏伟《云梦问题的新认识》一文认为：“先秦时代中原一带称为薮的地方，大体是积水不多、草茂原阔、禽兽富集之区。”火烈具举：猎火一齐烧起。火烈，打猎时放火烧草，遮断野兽的逃路。烈，通“迾”，遮。具举，火光四面升起。具，同“俱”。举，起。

[四]襢裼（tǎnxī）：亦作“袒裼”。周代贵族行礼时，开出上服前襟，袒出上服左袖，以左袖插于前襟之右，而露出中衣。襢，袒露。《仪礼·乡射礼》：“大夫与士射，袒薰襦（露出绛色短衣）。”“君在，大夫射则肉袒（露

出左臂之肌肤)。”裼,裼衣。古代贵族行礼时覆加在裘外之衣,也称中衣。《仪礼·聘礼》“裼降立”贾公彦疏:“凡服四时不同。假令冬有裘,儭身襌衫,又有襦袴,襦袴之上有裘,裘上有裼衣,裼衣之上又有上服,皮弁祭服之等。”襢裼或简称为“裼”。《仪礼·聘礼》“裼降立”郑玄注:“裼者,免上衣见裼衣……凡襢裼者左。”《礼记·内则》:“不有敬事,不敢袒、裼。”陈澔《陈氏礼记集说》卷五:“袒与裼皆礼之敬,故非敬事不袒裼也。”袒指肉袒,裼指袒裼。按,“襢裼”与“肉袒”不同。肉袒,或单称“袒”,即褪去左边衣袖露出手臂,表敬(下级于上级前的行为)。如《左传·宣公十二年》:楚围郑,三月克郑,郑伯“肉袒牵羊以逆”,示将臣服于楚。《汉语大词典》释“肉袒”为“脱去上衣,裸露肢体”,实误。又按,周代贵族无裸身时。《史记·陈丞相世家》中陈平裸身刺船之举(“乃解衣裸而刺船”),必不会发生在春秋时期的贵族身上。《礼记·曲礼上》:“冠毋免,劳毋袒,暑毋褰裳。”暴(bào):徒手搏击。《毛传》:“暴虎,空手以搏之。”《毛传》的解释不无现实依据。《汉书·武五子传》言广陵厉王刘胥“壮大,好倡乐逸游,力扛鼎,空手搏熊彘猛兽”。一说“暴虎”为徒步持戈搏虎。裘锡圭认为,甲骨文、今文中的“虣(bào)”字均像用戈、钺之类武器搏虎,而“虣”正是“暴虎”之“暴”的初文。由此字形可知,“暴虎”可以有兵杖(参阅裘锡圭《玄衣朱襮裣——兼释甲骨文“虣”字》)公所:国君的宫室。

[五]将(qiāng):请,愿。狃(niǔ):习惯,反复地做,因熟练而麻痹大意。戒:警惕。

[六]乘(shèng)黄:四匹黄马。黄,黄马。

[七]两服:驾车的四马中间的两匹。此兼两骖言。上襄:奔马抬起头。襄,同“骧”,奔马抬头。雁行:骖马比服马稍后,四马排列像飞雁的行列。按,两服、两骖,互文(上下文义互相阐发,互相补足)。

[八]具扬:火光四面升起。扬,起。

[九]忌:语助词。《毛传》:“忌,辞也。”良御:驾车很在行,善于驾车。

[十]抑:发语词。磬控:御者止马的姿态。弯腰如磬,勒马使之缓行或停步。纵送:放马奔跑。二句谓御者既会收缰控马,又会纵马驰逐。

[十一]鸨(bǎo):有黑白杂色的马。其色如鸨(似雁而略大的鸟,颈背

灰黑色，腹白），故以乌名马。《尔雅·释畜》："鸨，今之乌骢也。"

［十二］齐首：并头齐趋。二句谓四马两两并头齐趋，像人的手指那样错落整齐。

［十三］具阜：火光熊熊。阜，旺盛。

［十四］发：射箭。罕：稀少。

［十五］释：打开。掤（bīng）：箭筒盖。鬯（chàng）：弓囊。此处用做动词，将弓放进袋里。

讲析：

古今学者对此诗篇名多有讨论。一般以为，"大"字乃后人所加，以区别于前面的《叔于田》。朱熹《诗集传》于"《大叔于田》三章，章十句"下云："苏氏曰：二诗皆曰'叔于田'，故加'大'以别之。不知者乃以段有'大叔'之号，而读曰'泰'，又加'大'于首章，失之矣。"依朱《传》文例，此乃释篇题之言。如其于"《小旻》六章，三章章八句，三章章七句"下亦引苏氏曰："《小旻》《小宛》《小弁》《小明》四诗，皆以'小'名篇，所以别其为《小雅》也。其在《小雅》者谓之'小'，故其在《大雅》者，谓之《召旻》《大明》，独'宛''弁'阙焉。意者孔子删之矣。虽去其大，而其小者犹谓之小，盖即用其旧也。"也是就《诗经》的篇名而引论。按，《诗经》中有许多同名歌诗，《王风》《郑风》《唐风》都有《扬之水》；《邶风》《鄘风》都有《柏舟》；《郑风》《唐风》《桧风》都有《羔裘》；《唐风》《秦风》都有《无衣》。那么《诗经》中何以会出现同题诗呢？陈子展《诗三百解题》论此诗："似是改写之《叔于田》，或是二者出于一母题之歌谣。"赵敏俐也从演唱方式上推测同名歌诗之间的关系："最初的某一乐歌是依诗而配乐的，一旦定型之后就成为一支固定的曲调，如鼓吹曲中的《有所思》，横吹曲的《折杨柳》，相和歌中的《陌上桑》，以及词中的《念奴娇》《何满子》等等。《诗经》的乐歌中虽然我们还没有发现这类明显的例证，但是却有许多的同题之作……以往人们认为它们仅仅是采取了相同的比兴手法，其实古老的手法可能往往源自于同一首古老的歌谣，它们虽然还没有形成典范的法式，在各地还会形成不同

的变体，但是还有一个大致相同的乐歌的传统在起作用。”（《中国古代歌诗研究——从〈诗经〉到元曲的艺术生产史》）

关于此诗的主旨，古今说解差异较大。《毛序》：“刺庄公也。叔多才而好勇，不义而得众也。”认为“叔”即庄公之弟共叔段，孔颖达《正义》申之：“叔负才恃众，必为乱阶，而公不知禁，故刺之。”从《诗集传》“叔，亦段也”来看，朱熹也从《序》说，以为是讽刺郑庄公对太叔段不能防患于未然的诗，没有脱离《毛序》讽刺的论调。吴闿生《诗义会通》：“此诗意旨与上篇有别，上篇夸其田狩饮酒，辞近讽刺；此则极表其田猎射御之能，而无讥刺之意。且‘将叔无狃’二语，乃知公之将有异图，不敢明言，而微词以感讽太叔者。殆亲爱太叔者之所为也。”吴闿生以为此诗是亲爱太叔者之为，也是以史解诗的《毛诗》思致。

今人多认为此诗与上一篇同是赞美贵族猎手之作。我们也是同样的看法。与前篇不同者，前篇虚写，此篇实写。诗分三章，每一章表现的重点不同：首章写“叔”徒手搏虎的勇武，二章重点写“叔”的善御，三章侧重写“叔”的善射。与一般的写射不同，此诗第三章侧重表现其射猎收束时的从容，其驾车驰射时百发百中的情形则由读者自己去想象，诗歌也得以顺利收束。可见诗人善于选材布局。

此诗“叔”的形象较之上一篇，显得极丰满生动。概言之，“叔”的身份高贵，孔武有力，射艺御艺高超。具体而言，后二章之首二句“叔于田，乘乘黄”“叔于田，乘乘鸨”，既表现出“叔”畋猎时的气势，也写出他的高贵身份。首章“叔在薮，火烈具举”以下数句，则将“叔”放在一个十分壮观的背景之中。周围大火熊熊燃烧，猛虎被堵在深草之地，“叔”袒露左臂中衣，站在困兽之前，人虎对峙的紧张情形可以想见。最终“叔”将猛虎活捉捆缚“献于公所”，一个赤手搏虎的勇士形象如在目前。诗人夸赞“叔”，为他而自豪，又替他担心，希望他不要掉以轻心，这种复杂的感情隐约透出女子的口吻。

叔不但是赤手搏虎的勇士，而且擅长驾驭车辆和射箭。诗对“叔”的射艺没有具体描写，而是将重点放在御艺的渲染上。对于“叔”的御艺，诗人主要从两个方面加以描写。一是展示他驾驭车辆的轻松从容，出之以“执辔如组”的比喻形容。二是通过对于驾车马匹的描写加以凸显。“两骖如舞”，是用跳舞合乎节拍形容马匹的协调一致。“两骖雁行”“两服齐首，两骖如手”，同样是赞美马匹的整齐有序。这一切都得益于“叔”的熟练驾驭。“两服上襄”，写马的阔步昂首奔跑的姿态，突出马的生命活力，借以衬托驾驭者“叔”的孔武有力与高超的御艺。

此诗从多个方面展现出当时的狩猎习俗。全诗三章都提到以烈火焚烧草木的情节，这是当时冬季狩猎的重要方式。可以与礼书记载相互印证。《礼记·王制》出之以制度的规定：“昆虫未蛰，不以火田。”孙希旦《礼记集解》对此解释说：“昆虫未蛰，谓未十月时。十月则得火田。《司马职》云春‘火獘’。从十月以后至仲春，皆得火田也。”选择在冬季实施火猎，先民是有充分的考虑的。时至冬月，部分动物已经蛰居，这时放火狩猎，把部分野兽从草木中驱赶出来，以便猎取，才不会竭泽而渔。诗与礼都反映出先民有节制的捕猎态度，对于山林川泽资源的保护性措施。这是我们在理解此诗时必须注意的背景。

诗中提到的“襢裼暴虎”，是一项风险极大的狩猎方式。这种场面在先秦典籍中多有记载，但古人的态度前后有所不同，反映出思想观念的变化。《穆天子传》卷五：“有虎在于葭中。天子将至，七萃之士曰高奔戎请生搏虎，必全之，乃生搏虎而献之天子。天子命之柙，而畜之东虢，是曰虎牢。天子赐奔戎畋马十驷，归之太牢。”这段记载说明“搏（暴）虎”于早期是勇武之举，受到称赞。《诗经·小雅·小旻》先言朝纲紊乱，君主惑于邪谋，故正人君子们“不敢暴虎，不敢冯河；人知其一，莫知其他。战战兢兢，如临深渊，如履薄冰”。诗人以“不敢暴虎”为不作为，为羞。《孟子·尽心下》亦有关于冯妇的记载，但态度有所不同：“晋人有冯妇者，善搏虎，卒为善，士则之。野有众逐虎，虎负嵎，莫之敢撄。望见冯妇，趋而迎之。冯妇攘臂下车。众皆悦之，其为士者笑之。”然则在战国时期儒家学者的视野中，徒手搏虎已经被摒弃在士所应有的行为之外。孔子已发其端倪：“子曰：‘暴虎冯河，死而无悔者，吾不与也。必也临事而惧，好谋而成者也。’”（《论语·述而》）孔子认为，士人不该鲁莽犯险，以“暴虎冯河”为戒。类似理念的表达还有：“子曰：‘骥不称其力，称其德也。’”（《论语·宪问》）显示出尚文轻武的倾向。周人文武兼备的精神在儒家这里逐渐跌落。南朝士大夫则堕落为一种病态："梁世士大夫皆尚褒衣博带，大冠高履，出则车舆，入则扶侍，郊郭之内，无乘马者。周弘正为宣城王所爱，给一果下马，常服御之。举朝以为放达。至乃尚书郎乘马，则纠劾之。及侯景之乱，肤脆骨柔，不堪行步，体羸气弱，不耐寒暑，坐死仓猝者，往往而然。建康令王复，性既儒雅，未尝乘骑，见马嘶歕陆梁，莫不震慑，乃谓人曰：'正是虎，何故名为马乎？'"（颜之推《颜氏家训·涉务》）此一世风，恐怕是尚"文"的孔子也始料未及。

主人公巧御善射，又能徒手搏虎，必然是敏捷而壮健的英武之士，是时人审美取向之所归。

齐风·猗嗟

猗嗟昌兮，颀而长兮[一]。抑若扬兮，美目扬兮[二]。巧趋跄兮，射则臧兮[三]。

猗嗟名兮，美目清兮，仪既成兮[四]。终日射侯，不出正兮，展我甥兮[五]。

猗嗟娈兮，清扬婉兮[六]。舞则选兮，射则贯兮[七]。四矢反兮，以御乱兮[八]。

注释：

[一]猗嗟：叹美之词。按，"猗"亦有大、美盛之义，《诗》每用于句首，表赞叹。《商颂·那》："猗与那与！置我鞉鼓。"马瑞辰《通释》："按，猗、那二字叠韵，皆美盛之貌。"昌：大，盛壮貌。颀：长大，身材高长貌。《毛传》："颀，长貌。"

[二]抑：通"懿"。美。《毛传》："抑，美色。"陈奂《诗毛氏传疏》："《烝民》传：'懿，美也。'抑、懿古同声。"若：而。《尚书·金縢》："予仁若考。"王引之《经义述闻·尚书上》"予仁若考"条："'考''巧'古字通。'若''而'语之转。'予仁若考'者，予仁而巧也。"扬：清澈，清亮，目美貌。

[三]巧趋跄：行步紧凑而有节奏。巧，灵敏。趋，小步疾走（以表示敬

意)，是贵族行礼时的步法。跄，步履有节奏。射：射箭。臧：好。

［四］名：大，昌盛。《礼记·礼器》："因名山升中于天。"郑玄注："名，犹大也。"仪：礼仪。此指各种射礼前均有的贵族彼此相见、宴饮等仪式。成：完备。

［五］侯：箭靶。按，侯与射者之间的距离因身份不同而有异。任慧峰《先秦军礼研究》："《仪礼·大射仪》云：'司马命量人量侯道与所射乏以狸步：大侯（即熊侯，诸侯用）九十，参七十，干五十。'郑注：量侯道，谓去堂远近也……狸之伺物，每举足者，止视远近，为发必中也。是以量侯道取象焉。《乡射》记曰'侯道五十弓'，《考工记》曰'弓之下制六尺'，则此狸步六尺明矣。按郑说，一弓为六尺，当时一尺又约合今 23.1 厘米，那么大射时，君距侯靶至少有 125 米。以此推知，卿大夫与三耦分别离靶 97 米与 70 米。要在这么长的距离外射中靶心，且要求'不贯不释'，其对射箭之人勇力的要求可想而知。"正（zhēng）：箭靶的中心。《周礼·天官·司裘》："王大射，则共虎侯、熊侯、豹侯，设其鹄（gǔ）。诸侯则共熊侯、豹侯，卿大夫则共麋侯，皆设其鹄。"郑玄注引郑司农曰："方十尺曰侯，四尺曰鹄，二尺曰正，四寸曰质。"据此可知，侯中有鹄，鹄中有正，正中有质。《小尔雅·广器》："侯中者谓之鹄，鹄中者谓之正，正方二尺，正中谓之槷，槷方六寸。"一般以为，"槷"即"质"，"六"为"四"之误。按，关于侯及侯中的鹄、正、质的关系，亦有其他诸说，如郑玄注《礼记·中庸》认为，大射用皮侯有鹄，宾射用采侯有正，燕射用兽侯，兽侯只是在正、鹄处画以兽形。展：诚。甥：外甥。

［六］娈：健壮美好。《毛传》："壮好貌。"清扬：犹美目。扬，黑眼珠。扬雄《方言》卷二："黸瞳之子谓之䁖，宋卫韩郑之间曰铄，燕代朝鲜洌水之间曰盱，或谓之扬。"婉：美。

［七］舞：舞姿。周代射礼有舞蹈一节，《仪礼》未载，然其他文献多有记载。《周礼·春官·乐师》云："燕射，帅射夫以弓矢舞。"《地官·乡大夫》言及射礼"五物（事）"即评价射者的五项标准："一曰和（身心和谐），二曰容（仪容），三曰主皮（射中并穿靶），四曰和容（和容即和颂，合乎雅颂的音乐节奏），五曰兴舞（舞姿）。"都谈到舞蹈。选：整齐合拍。俞

樾《群经平议·毛诗》:“选从‘巽’声,得与‘践’通。《尧典》‘巽朕位’,《史记·五帝纪》作‘践朕位’,是其例也。毛公训‘选’为‘齐’,训‘践’为‘行列貌’,其义不殊。《仲尼弟子传》‘任不齐,字子选’,‘宓不齐,字子贱’。‘贱’即‘践’也。可知‘选’‘践’之同义矣。舞有舞之位,故以齐为贵。”贯:射中并穿侯。贯,同“毌”。桂馥《说文解字义证·毌部》:“毌,穿也。”按,早期习武之射(包括礼射),不但主张射中的,而且要求贯革。贯革的意义在于射伤、射死猎物或敌人,强调的是力量,与《仪礼》所记乡射礼、大射礼三番射的“不贯不释”(箭不穿靶则不得释筹,即不穿靶不计数)同。与儒家视阈下的礼射片面讲究形体动作合于礼有所不同。后者如《仪礼·乡射礼·记》:“礼射不主皮。”在儒家看来,礼射讲究形体合于礼,动作合于乐,射中箭靶即可,不过分追求力度。

[八]四矢反兮:四箭反复射中一点。四矢,周代射箭以四支箭为节。《仪礼·乡射礼》每有“搢三挟一个”(三支插在腰间,一支挟在右手指间)、《大射仪》每有“将乘矢”(用四支箭)的记载,都是强调每人每番必射四箭。反,反复(射中靶心)。以御乱兮:以其才干足以抵御外侮。

讲析:

关于《猗嗟》一诗的主题,历史上主要有主刺与主美两种说法。认为主刺的学者的意见又分为三种,即刺鲁庄公,刺齐襄公淫妹,刺鲁桓公不能禁其妻非礼。尤以齐人刺鲁庄公的意见影响为最。此说《毛序》主之:“《猗嗟》,刺鲁庄公也。齐人伤鲁庄公有威仪技艺,而不能以礼防闲其母,失子之道,人以为齐侯之子焉。”此说的背景源于齐襄公兄妹乱伦故事。据《左传·桓公十八年》,鲁桓公携夫人文姜(齐襄公之妹)至齐。文姜归国之后,与齐襄公通奸,鲁桓公知悉后责骂文姜,文姜告诉了齐襄公。为掩盖其丑行,齐襄公命公子彭生将鲁桓公杀死。桓公死后,其子同继位,史称鲁庄公。庄公在位期间,对于齐国并没有复仇的举动,后来还娶了齐国之女(哀姜)为妻。《毛序》的作者将此诗附会这个历史故事,对后世影响很大。陈奂《诗毛氏传疏》:“吴惠士奇《春秋说》云:庄四年春二月,夫人姜氏飨齐侯于祝丘。其年冬，公及齐人狩于禚。齐有《猗嗟》之诗，为庄公狩而作也。”王先谦《诗三家义集疏》：“《春秋》庄公四年冬，及齐人会于禚。故齐人赋之。”至于其中的讽刺之意，后人多致力于言外之意的挖掘。朱熹《诗集传》：“齐人极道鲁庄公威仪技艺之美如此，所以刺其不能以礼防闲其母，若曰：惜乎其独少此耳！”徐光启《毛诗六帖》历来是以诗说《诗》的典范，其实也是朱熹之说的发挥：“（《邶风·二子乘舟》）刺宣姜，（《齐风·猗嗟》）刺鲁桓，但言服饰容貌，威仪伎艺之美，而不言其阙。若曰惜乎其独少此耳……皆所谓诗在言外者也。”徐氏在朱熹的基础上进一步指出此诗“言在诗外”的艺术性，但以美刺说诗的经学立场并没有改变。“四矢反兮，以御乱兮”的赞美，在经学家看来，恰是诗人的微词，谓刺庄公貌美艺高，但忘了报父仇。清人方玉润不同意《毛序》主刺的解释，其《诗经原始》说：“愚于是诗，不以为刺而以为美，非好立异，原诗人作诗本意盖如是耳。”他解释诗人作诗的本意说：“此齐人初见庄公而叹其威仪技艺之美，不失名门子，而又可以为戡乱材。诚哉，其为齐侯之甥也！意本赞美，以其母不贤，故自后人观之而以为刺耳。于是纷纷议论，并谓‘展我甥兮’一句以为微词，将诗人忠厚待人本意尽情说坏。是皆后儒深文苛刻之论有以启之也。”此诗的主人公，诸家多以鲁庄公解之，有一定的现实依据。

历史上的鲁庄公确实勇武善射。《左传·庄公十一年》载，鲁宋乘丘之役，鲁庄公以金仆姑之箭射中宋国勇士南宫万，并将之俘获。南宫万之勇武，于《左传·庄公十二年》的叙事可见：“秋，宋万弑闵公于蒙泽。遇仇牧于门，批而杀之……南宫万奔陈，以乘车辇其母，一日而至。宋人……请南宫万于陈，以赂。陈人使妇人饮之酒，而以犀革裹之，比及宋，手足皆见。宋人皆醢之。”据杜预注，宋至陈二百六十里，能“一日而至”，足见南宫万之多力。以南宫万之勇力，鲁庄公能射而伤之，足见其善射。

就诗论诗，此诗主要赞美一个贵族男子的俊美与精湛射艺。

在写法上，此诗由远及近，层层推进，且章法整齐。诗的第一章以“射则臧兮”一句总括贵族男子的射技之精。第二章则以“终日射侯，不出正兮”一语赞美他射则必中的技艺。第三章赞美他的孔武有力和百发百中的连射技术。清人姚际恒《诗经通论》评此诗“三章皆言射，极有条理，而叙法错综入妙”，正是基于上述特点而立论。

此诗人物形象十分鲜明。全诗三章，每章内容均可分为两个部分，前半部分赞美男子形貌之美（眼睛、体态），后半部分赞美其技艺之高。两部分关系密切。诗人在赞颂男子形貌之美时，首先突出他高大健壮的特点。诗开篇就写道：“猗嗟昌兮，颀而长兮。”昌，壮硕之谓；颀、长，高大之谓。二章首句之“名”、三章首句之“娈”意思亦近之。马瑞辰《通释》说得明白：“三章首句皆赞美其容貌之盛大。”身材高大健壮是成为一名优秀射手的必备条件，诗人反复称道这一点，正是着眼于其高超的射艺。每章写完男子的形体之美，诗便转写其眼睛的明亮特点。“抑若扬兮”“美目扬兮”“美目清兮”“清扬婉兮”，都是刻画他目光明亮，清澈美好。而清明的目光，也是一位优秀射手所必不可少的生理条件。

除以上体健、目明两个方面外，诗人还赞美男子的步态与舞姿：“巧趋跄兮”，行步紧凑而有节奏，走起路来步态灵活；“舞则选兮”，身体灵活，舞姿优美。这一方面是说此贵族男子身体协调性好，另外也是强调他的举止合乎礼法的规定。这些也是周代礼乐文明视阈下一位优秀射手不可缺少的素质。贵族男子的形貌之美、优雅之态与其射箭技术相辅相成，缺一不可。

诗的各章后半部分都正面表现贵族男子的精湛射艺。“射则臧兮”“终日射侯，不出正兮”“射则贯兮”等都是立足于此的赞叹。末章“四矢反兮”，说他连续四箭都能射中一点，可见是一位百发百中的射手。具有这种高超射技的人，自然是国家的栋梁之材。“以御乱兮”一语，是全诗的结束，也是诗人对男子的总体评价。至此，一个俊美、多力、善射的贵族男子形象呼之欲出。

此诗是古人重射风气的反映。周代社会保持浓厚的尚武风气，各级贵族普遍重视射猎技能并经常举行不同规模与形式的射猎训练。射为《周礼》“六艺”之一，是贵族男子教育的重要科目。弓矢甚至成为男性的代名词。《礼记·内则》对此犹有记载：“子生，男子设弧于门左，女子设帨于门右。三日始负子，男射女否。”我们这里需要强调的是，周代十分重视“射”的实用价值，强调贯革之射，重视射击穿透皮甲的力度。据胡新生《两周时期三类不同性质的射礼及其演变》一文的研究，西周金文记载中的“射庐”“学宫”中的军事性习射，就属于“贯革之射”“主皮之射”，与此诗赞美贵族男子“射则贯兮”的取向相同。这种取向在春秋时期仍具有普遍性。《左传·成公十六年》载，晋楚鄢陵之战前，“潘尪之党与养由基蹲甲而射之，彻七札焉。以示王，曰：‘君有二臣如此，何忧于战？’王怒曰：‘大辱国。诘朝尔射，死艺。’及战，晋人吕锜射中共王目，王召养由基，与之两矢，使射吕锜，中项，伏弢，以一矢复命。”此段文字纯为展示养由基之善射而为，并没有否定其多力善射的意思。潘党、养由基“蹲甲而射之，彻七札焉”（把皮甲重叠七层来射它，穿透了七层），说明春秋时期人们习射惯以穿透力度相炫耀，是典型的贯革之射（主皮之射）。

早期儒家承之，亦重射。《礼记·郊特牲》：“孔子曰：‘射之以乐也，何以听！何以射！’孔子曰：‘士使之射，不能则辞以疾，县（悬）弧之义也。’”悬弧之义，谓作为男子生下来就当在门外左边悬挂弓弧，以显示将来必有善射的本领。但儒家忽视周代传统的尚武倾向，寓“射”以“德”。孔子虽然善射，却说：“射不主皮，为力不同科。”（《论语·八佾》）与主皮之射相比，孔子更重视礼射。《礼记·射义》“孔子射于矍相之圃”即是孔子礼射表演的记载：“孔子射于矍相之圃，盖观者如堵墙。射至于司马，使子路执弓矢，出延射曰：‘贲军之将，亡国之大夫，与为人后者不入，其馀皆入。’盖去者半，入者半。又使公罔之裘、序点，扬觯而语，公罔之裘扬觯而语曰：‘幼壮孝弟，耆耋好礼，不从流俗，修身以俟死，者不？在此位也。’盖去者半，处者半。序点又扬觯而语曰：‘好学不倦，好礼不变，旄期称道不乱，者不？在此位也。’盖仅有存者。”要求参与者具有极高的儒家伦理道德素养，至于射技本身则不在要求之列。《射义》还反复强调“射”与“德”的关联：“故射者，进退周还必中礼，内志正，外体直，然后持弓矢审固；持弓矢审固，然后可以言中。此可以观德行矣。”“射者，所以观盛德也。”“发而不失正鹄者，其唯贤者乎！若夫不肖之人，则彼将安能以中！”《礼记·乐记》明确反对贯革之射：“散军而郊射，左射《貍首》，右射《驺虞》，而贯革之射息也。”说周武王取得天下之后，为表示文治的决心，解散了军队，在国都郊区举行射礼，奏《貍首》《驺虞》乐章来节射，从而停止了贯穿铠甲的射击。贯革之射似乎成了滥用武力的象征。

豳风·狼跋

狼跋其胡，载疐其尾[一]。公孙硕肤，赤舄几几[二]。

狼疐其尾，载跋其胡。公孙硕肤，德音不瑕[三]。

注释：

[一] 跋：踩。胡：颔下肉袋。载：又，再。疐（zhì）：同“踬”。牵绊，踩。《说文·叀部》：“疐，碍不行也。”

[二] 公孙：对贵族的称呼。硕：大。肤：肥。赤舄（xì）：红鞋，贵族用以配衮衣礼服。在西周策命金文的赐服品类中，赤舄较为常见，且往往与玄衮衣相配。《周礼·天官·屦人》郑玄注：“著服各有履也。复下曰舄，禪下曰屦，古人言屦，以通于复”“凡履、舄，各象其裳之色……王吉服有九，舄有三等，赤舄为上，冕服之舄，《诗》云‘王赐韩侯，玄衮赤舄’。则诸侯与王同。下有白舄、黑舄。”赤舄也可以单独作为一种权力的象征而赐予受命者。《师虎簋》：“易女赤舄，用事。”舄，以木为复底的鞋。几几：鲜明，鲜亮。《广雅·释训》：“几几，盛也。”一说鞋尖弯曲貌。《毛传》：“赤舄，人君之盛屦也。几几，絇貌。”

[三] 德音：声誉，好名声。朱熹《诗集传》：“德音，犹令闻也。”不瑕：传播很远。不，助词，用以足句或加强语气。俞樾《古书疑义举例》：“不，语词。‘瑕’与‘遐’通，远也。言其德音之远也。”（《古书疑义举例五种》）《小雅·车攻》：“萧萧马鸣，悠悠旆旌。徒御不惊，大庖不盈。”《毛传》：“不惊，惊也。不盈，盈也。”

讲析：

关于此诗主题，旧说多以为是周人赞美周公。《毛序》：“美周公也。周公摄政，远则四国流言，近则王不知。周大夫美其不失其圣也。”按，周公摄政四国流言事，见《尚书·金縢》："武王既丧，管叔及其群弟乃流言于国，曰：'公将不利于孺子。' 周公乃告二公曰：'我之弗辟，我无以告我先王。' 周公居东二年，则罪人斯得。"《史记·周本纪》亦载其事："成王少，周初定天下，周公恐诸侯畔周，公乃摄行政当国。管叔、蔡叔群弟疑周公，与武庚作乱，畔周。"从《毛序》到清代学者，大多认定此诗所说的"公孙"即周公。《郑笺》申《序》："不失其圣者，闻流言不惑，王不知不怨，终立其志，成周之王，功致大（太）平，复成王之位，又为之大师，终始无愆，圣德著焉。"朱熹《诗集传》以为诗以"狼"的"进退有难"比喻周公摄政"虽遭疑谤，然所以处之不失其常"。《毛传》则以"公孙"为成王，这是《序》《传》不同的一例，可藉以考察《序》《传》的关系。

就诗而论，此诗赞美一位贵族身广体胖，德行高妙。主人公为高层贵族，由"公孙"之称、"赤舄"之饰可见。诗共二章，章四句。首章通过服饰之盛写公孙地位高贵，身份尊重。次章写公孙名声之盛。

此诗以狼的跋前疐后兴喻公孙缓急得宜的沉稳风度，表达诗人的赞美之意。后人或以为狼性贪婪凶残，诗人以此起兴，只能是对贵族丑态的讽刺，进而论定此诗的基调为讽刺或揶揄。这里我们需要略作申说。《诗经》取譬兴喻，往往只注意局部的类似而不及其他。如《周南·螽斯》："螽斯羽，诜诜兮。宜尔子孙，振振兮。"以蝗虫起兴祝福他人多子多孙。再如《小雅·都人士》："彼君子女，卷发如虿。"以蝎子尾比喻女子的美发。周人非但对于狼予以正面的观照，对于其他兽类亦然。《尚书·牧誓》载武王誓师之词："勖哉夫子！尚桓桓，如虎如貔，如熊如罴，于商郊。"武王希望武士们如虎豹熊罴般勇武雄壮，对于虎豹熊罴的凶猛持肯定的态度。狐狸，先秦时期亦用为男性、君主之象。《卫风·有狐》是一个女子对于意中人的忧念："有狐绥绥，在彼淇梁。心之忧矣，之子无裳。"狐狸是女子意中人的象喻。《左传·僖公十五年》韩之战，秦人卜战，辞曰："千乘三去，三去之馀，获其雄狐。"卜辞中的狐狸，是晋惠公的象喻。狐成为魅惑人的象喻，似在魏晋以后。至唐乃有骆宾王为徐敬业所作《讨武曌檄》中的"掩袖工谗，狐媚偏能惑主"之喻。这当中体现的是时代文化的不同，观照视角的差异，我们不能以今律古。

本篇小结

将《诗经》中表现男性之美的诗篇与《左传》等文献相互印证，我们得到如下认识。

第一，《诗经》时期，贵族男子以体魄的壮大雄健、技艺高超（尤以射御艺能为主）为美。《简兮》之“硕人俣俣”“有力如虎，执辔如组”“赫如渥赭”，《叔于田》之“洵美且仁”“洵美且武”，《大叔于田》之“执辔如组，两骖如舞”“襢裼暴虎”“叔善射忌，又良御忌”，《猗嗟》之“猗嗟昌兮，颀而长兮”“猗嗟名兮”等，都是直接咏叹男子多材力的句子。

这种审美取向，可以在同时期的其他文献中获得印证。《左传·昭公元年》郑国徐吾犯之妹的择偶叙事也反映这种倾向：

郑徐吾犯之妹美，公孙楚聘之矣，公孙黑又使强委禽焉。犯惧，告子产。子产曰：“是国无政，非子之患也。唯所欲与。”犯请于二子，请使女择焉。皆许之。子皙盛饰入，布币而出。子南戎服入，左右射，超乘而出。女自房观之，曰：“子皙信美矣，抑子南，夫也。夫夫妇妇，所谓顺也。”适子南氏。

徐吾犯的妹妹放弃高位盛饰的子皙，而选择勇武善射的子南作为自己的夫婿，与《诗经》中众多女子对于异性的审美眼光一致，可见崇尚男子的勇武是春秋时期的社会风气。当才貌分离时，男子的善射等才艺也可单独受到肯定。《左传·昭公二十八年》叔向讲述的故事就是这方面的案例：“昔贾大夫恶，娶妻而美，三年不言不笑。御以如皋，射雉，获之，其妻始笑而言。贾大夫曰：‘才之不可以已。我不能射，女遂不言不笑夫！’”贾大大貌丑，令漂亮的新婚妻子非常不快，但当妻子发现丈夫善射的本领时，便对丈夫刮目相看，欢欣起来。贾大夫也由此深刻领会“才”对于家庭幸福的重要性。

上述审美取向是先民基于生存需要而自然形成，很多早期习俗都与此有关。《仪礼·士昏礼》所载的婚礼用雁（婚礼“六礼”中除纳徵外，其他几个步骤如纳采、问名、纳吉、请期、亲迎都要用雁）习俗，就是在社会高度重视射猎技能和勇武品质的背景下产生的礼俗。

后世儒家则相对忽略周代人物审美中对于勇武的关注，对于《诗经》相关篇章的解读也相应遮蔽了这一点。如《简兮》一诗，“硕人俣俣”之句称赞男子的魁梧，《毛传》释“硕人”则曰：“硕人，大德也。”表现出以“德”释美的倾向。再如《猗嗟》一诗，“射则贯兮”“不出正兮”强调的正是射箭的力度与准确，是尚武风气的反映。《毛传》“贯，中也”的诠释则削弱了这方面的认识。婚礼用雁，后世儒家经学也从人伦的角度阐发：“贽用雁者，取其随时而南北，不失其节，明不夺女子之时也。又是随阳之鸟，妻从夫之义也。又取飞成行、止成列也，明嫁娶之礼，长幼有序，不相逾越也。”（《白虎通·嫁娶》）早期尚武重艺的底色消失殆尽。周代传统与后世儒学的分野由此可见一斑。

进一步偏离周代传统的审美取向的是道家。道家对于人物的审美偏于纤弱柔美的取向。如《庄子·逍遥游》中的藐姑射神人：“肌肤若冰雪，淖约若处子。不食五谷，吸风饮露。乘云气，御飞龙，而游乎四海之外。”《列子·黄帝》也有类似的描述：“列姑射山，在海河洲中，山上有神人焉，吸风饮露，不食五谷，心如渊泉，形如处女。”这种偏于柔美的风姿，成为后世道家人物的标志。《史记·留侯世家》的叙事中，司马特别拈出张良“如妇人好女”的形象特征，意在表明张良的形貌与其崇尚道家的思想相辅相成[2]。需要指出，道家人物审美并非想象，而是春秋后期至战国兴起的新风尚。《战国策·楚策》载，莫敖子华对楚威王讲：“昔者先君灵王好小腰，楚士约食，冯而能立，式而能起。食之可欲，忍而不入；死之可恶，然而不避。”《墨子》亦有类似记载。据此，这种偏于纤弱柔美的男性审美取向，首先兴起于春秋后期的楚地，楚灵王以其高位鼓舞了这种风气的形成。战国后期这种风气的影响愈加广泛，并引起荀子的关注，他曾以批判的态度谈到这种审美追求：“今世俗之乱君，乡曲之儇子……血气态度，拟于女子。”（《荀子·非相》）

第二，《诗经》时期，贵族社会崇尚男子的威仪，认同并践行周代等级

[2] 按，张良有道家倾向。《老子·第九章》：“持而盈之，不如其以……功成、名遂、身退，天之道。”《史记·留侯世家》载张良自入关后，便“导引不食谷”，且言：“今以三寸舌为帝者师，封万户，位列侯，此布衣之极，于良足矣。愿弃人间世，欲从赤松子游耳。”其言行与老子主张不异。

制度。换言之，威仪就是以等级制度为核心的礼在人物精神气质、仪态举止等方面的表现。《诗经》中多次提到“威仪”，如《大雅·假乐》赞美成王：“威仪抑抑，德音秩秩。无怨无恶，率由群匹。”《大雅·烝民》称赞仲山甫：“令仪令色，小心翼翼。古训是式，威仪是力。”《诗经》中比较形象地反映出这一时期贵族威仪之美的诗篇是《卫风·淇奥》《豳风·狼跋》，二诗在前面已经有了比较充分的讨论。除此之外，《左传·襄公三十一年》卫国北宫文子论威仪之美也颇为详尽：

有威而可畏谓之威，有仪而可象谓之仪。君有君之威仪，其臣畏而爱之，则而象之，故能有其国家，令闻长世。臣有臣之威仪，其下畏而爱之，故能守其官职，保族宜家。顺是以下皆如是，是以上下能相固也。《卫诗》曰：“威仪棣棣，不可选也。”言君臣、上下、父子、兄弟、内外、大小皆有威仪也。……故君子在位，施舍可爱，进退可度，周旋可则，容止可观，作事可法，德行可象，声气可乐，动作有文，言语有章，以临其下，谓之有威仪也。

竹添光鸿《左氏会笺》：“威者，和顺积中，英华发外，自然之威德风采也；仪者，正衣冠，尊瞻视，动容周旋中礼者也。”简单说，威侧重于内在的精神气质，仪侧重于外在的举止容态。君子的威仪，需要借助仪仗、器物、服饰、动作、言语来体现。《左传·昭公十一年》的叙事可以作为上述讨论的印证：

单子会韩宣子于戚，视下，言徐。叔向曰：“单子其将死乎！朝有著定，会有表，衣有襘，带有结。会朝之言，必闻于表著之位，所以昭事序也。视不过结、襘之中，所以道容貌也。言以命之，容貌以明之，失则有阙。今单子为王官伯，而命事于会，视不登带，言不过步，貌不道容，而言不昭矣。不道，不共；不昭，不从。无守气矣。”

参与诸侯盟会的单子表现不佳，目光向下，说话迟缓。晋国贵族叔向根据朝会场合君子应该有的仪表风度来比照单子的言行，并预言单子将要死亡。《左传》作者以单子稍后的死亡叙事（此年十二月，“单成公卒”）来印证叔向此语的正确性。可见在时人与作者看来，一个人若不能持守自己的等级身份，必然导致死亡等恶果。又《定公十五年》：

春，邾隐公来朝，子贡观焉。邾子执玉高，其容仰；公受玉卑，其容俯。子贡曰：“以礼观之，二君者，皆有死亡焉。夫礼，死生存亡之体也：将左右、周旋、进退、俯仰，于是乎取之；朝、祀、丧、戎，于是乎观之。今正月相朝，而皆不度，心已亡矣。嘉事不体，何以能久！高、仰，骄也；卑、俯，替也。骄近乱，替近病。君为主，其先亡乎？”

杨伯峻注：“五月定公死，哀七年以邾子益归。”邾隐公与鲁定公在行为举止上都没有表现出自己的等级风度，两个人缺乏威仪的行为适成其生命力衰亡的预兆。两段文字承载的是《左传》作者对于周代等级制度的认同态度。

受周代传统影响，后世儒家强调文质彬彬的君子风度。《论语·雍也》：“质胜文则野，文胜质则史。文质彬彬，然后君子。”所谓文，落在后天的礼仪方面。所谓质，落在忠信等内在品质方面。文质彬彬，即强调内质与外修相互配合，相得益彰。《论语·颜渊》：“棘子成曰：‘君子质而已矣，何以文为？’子贡曰：‘惜乎，夫子之说君子也！驷不及舌。文犹质也，质犹文也。虎豹之鞟犹犬羊之鞟。’”棘子成认为君子保持自然天性就可以了，不必用礼来修饰，子贡认为，如果不以礼修身，君子小人就没有区别了。礼的目的就是彰显人与人之间区别。需要注意的是，周代传统对人与人之间的区别强调的是身份等级的差异，后世儒家则强调道德人格的修养境界的高低。社会环境的变化推动了学说的发展。

道家人物审美与此适成反对，差异较大。道家崇尚天然质朴，认为礼乐乃道之贼，是对人的美好天性的戕害，因此主张去文守质。《庄子·大宗师》：“朴素而天下莫能与之争美。”以素朴为美。《缮性》：“文灭质，博溺心，然后民始惑乱，无以反其性情而复其初。”认为以恬淡的性情、自然的本初为圆满自足的人类初始状态，也是理想状态。《山木》：“不求文以待形。”认为自然形体不需要外在的修饰。《应帝王》：“雕琢复朴。”《山木》：“既雕既琢，复归于朴。”雕琢，即去掉天性之外的所有附加物。以复朴为雕琢的目的，强调用力而不见用力之功。《庄子》甚至以怪为美，以丑为美（见《大宗师》、《德充符》），如《大宗师》推崇“畸人”，认为畸人“畸于人而侔于天”。

审美篇（下）

美与女性关系密切。古希腊的希庇阿斯曾经告诉苏格拉底："美就是一个漂亮的小姐。"（柏拉图《大希庇阿斯篇》）我们的先民也很早便注意到女性的美，并将其感受记录于诗章。对女性美的描绘，构成《诗经》的一个亮点。后世文学对于女性的描写，多趋于表现红香翠软、风姿绰约等纤弱苗条的美感，与《诗经》时期的审美取向构成较大差异。

鄘风·君子偕老

君子偕老，副笄六珈[一]。委委佗佗，如山如河，象服是宜[二]。子之不淑，云如之何[三]？

玼兮玼兮，其之翟也[四]。鬒发如云，不屑髢也[五]。玉之瑱也，象之揥也，扬且之晳也[六]。胡然而天也？胡然而帝也[七]？

瑳兮瑳兮，其之展也[八]。蒙彼绉絺，是绁袢也[九]。子之清扬，扬且之颜也[一〇]。展如之人兮，邦之媛也[一一]！

注释：

[一]君子：贵族男子。偕老：共同生活到老者。偕，同，俱。副笄六珈（jiā）：安副的横笄上面有六块美玉。副，贵妇的头饰。《毛传》："副者，后夫人之首饰，编发为之。"《周礼·天官·追师》说追师的执掌，即有"为副"

一项。笄，簪。副笄，安副的横笄的别名。珈，用以装饰笄的玉。

［二］委委佗佗（wēiwēituótuó）如山如河：高大丰腴，如高山大河。一说举止雍容华贵、落落大方，象山一样稳重、似河一样深沉。按，《诗》的时代，人们观照山河，侧重其高大、宽广的视觉特征。美女与山河，异质同构。佗，同“蛇”“迤”。于省吾《泽螺居诗经新证》：“按‘委委佗佗’，应读作‘委佗委佗’，即《羔羊》之‘委蛇委蛇’。委佗古人謰语。金文、石鼓文及古钞本周秦载籍，凡遇重文不复书，皆作 = 以代之。如敦煌写本……《羔羊》‘委蛇委蛇’作‘委 = 蛇 =’。此篇‘委委佗佗’，作‘委 = 佗 =’。”委佗，即委蛇，本指蛇神，是先民以蛇为原型而想象出来的一种精灵。《庄子·达生》：“委蛇，其大如毂，其长如辕，紫衣而朱冠。”如毂言其粗，如辕言其长，这说明委蛇是蛇类中的庞然大物。引申为形容词，基本义项有二：大，屈曲。用来形容人的体态，指向宽广高大。《尔雅·释训》：“委委、佗佗，美也。”郭璞注：“皆佳丽美艳之貌。”邢昺疏：“李巡曰：‘皆宽容之美也。’孙炎曰：‘委委，行之美；佗佗，长之美。’”此二句谓女主人公体形高大、富于曲线，如高山大河，是赏心悦目的对象。象服：盛服。曾钊《诗毛郑异同辨》：“惠式《礼说》谓‘象’象‘襐’之省，其说是也。《说文》：‘襐，饰也。’《急就篇》：‘襐饰刻画无等双。’……据此诸文，则襐服当斥副笄言之，象服犹言盛装之服耳。”（鲁洪生《诗经集校集注集评》卷二）按，《急就篇》颜师古注：“襐饰，盛服饰也。”宜：适合。

［三］子：女主人公。淑：美。《九章·橘颂》：“淑离不淫，梗其有理兮。”蒋骥《山带阁注楚辞》：“淑，美也。”《盐铁论·非鞅》：“淑好之人，戚施之所妒也。”云：发语词，用于句首。如之何：奈之何。二句谓这样的人若不美好，那还有谁是美好的呢？

［四］玼（cǐ）：玉色鲜明，此处形容翟衣花纹绚烂。翟（dí）：翟衣，绣着山鸡彩羽的礼服。按，翟衣有三种，即袆衣、揄翟（又作揄衣、揄狄）、阙翟（又作阙狄）。《周礼·天官·内司服》：“掌王后之六服，袆衣、揄狄、阙狄、鞠衣、展衣、缘衣。”郑玄注：“狄，当为翟。翟，雉名，伊洛而南，素质，五色皆备成章曰翚；江淮而南，青质，五色皆备成章曰摇。王后之服，刻缯为之形，而采画之，缀于衣以为文章。袆衣画翚者，揄翟画摇者，阙翟刻而不画，此三

者皆祭服，从王祭先王则服袆衣，祭先公则服揄翟，祭群小祀则服阙翟。”袆衣只有王后可以服用，揄翟以下，诸侯国君夫人可以服用。《礼记·玉藻》：“王后袆衣，夫人揄狄。”

[五] 鬒(zhěn)：黑发。《毛传》：“鬒，黑发也。”如云：形容发多。髢(tì)：假发。此处用为动词，用假发装饰。按，前言“副笄”，此言“不屑髢也”，并不矛盾。前面是远观，以其发多如副之盛，故云“副笄六珈”；此则近视，知其为真发，故云“鬒发如云，不屑髢也”。

[六] 瑱(tiàn)：充耳。耳饰，佩戴方式为穿耳；一说是笄上垂在两耳旁的玉。象：象牙。揥(tì)：发钗一类的首饰。扬：形容颜色之美。且(jū)：助词，无实义。皙：形容词用为名词，指白净的肤色、脸色。王先谦《诗三家义集疏》引苏舆说：“‘皙’与下‘颜’并列，皆状女貌，此虚字实用例也。”

[七] 胡：何，怎么。然：这样。而：如，象。天：天神。帝：帝女。

[八] 瑳(cuó)：玉色鲜明洁白，此处形容展衣之白。展：展衣，古代后妃或命妇的一种礼服，是三翟以下的吉服，白纱制成，为王后等贵妇礼见国君与宾客之服(参阅《周礼·天官·内司服》郑注)。

[九] 绉絺(zhòuchī)：葛之精细者，可做夏衣。绉，极精细的葛布。《毛传》：“絺之靡者为绉。”絺，细葛布，较为贵重。《汉书·高帝纪》记载，汉八年(前199)刘邦颁布一道抑商的诏令：“贾人毋得衣锦、绣、绮、縠、絺、纻、罽、操兵，乘骑马。”可见絺为贵物。绁袢(xièfán)：夏天穿的亵衣、内衣，白色，即上面说的绉絺，在展衣之内。

[一〇] 清扬：清澈的眼眸。颜：额。引申为面容、脸色。

[一一] 展：诚，的确。之人：这人。媛：美女。

讲析：

关于此诗的主旨，《毛序》认为是讽刺卫夫人：“刺卫夫人也。夫人淫乱，失事君子之道。故陈人君之德，服饰之盛，宜与君子偕老也。”《郑笺》点出：“夫人，宣公夫人，惠公之母也。人君，小君也。”《序》《笺》所说的卫夫人宣姜，《左传》《史记》均载其行事。《左传·桓公十六年》："初，卫宣公烝于夷姜，生急子，属诸右公子。为之娶于齐，而美，公取之。生寿及朔，属寿于左公子。夷姜缢。宣姜与公子朔构急子。"《闵公二年》："初，惠公（朔）之即位也少，齐人使昭伯烝于宣姜。不可，强之。" 急子，《史记·卫康叔世家》作"伋"："初，宣公爱夫人夷姜，夷姜生子伋，以为太子，而令右公子傅之。右公子为太子取齐女，未入室，而宣公见所欲为太子妇者好，说而自取之，更为太子取他女。宣公得齐女，生子寿、子朔，令左公子傅之。太子伋母死，宣公正夫人与朔共谗恶太子伋。宣公自以其夺太子妻也，心恶太子，欲废之。及闻其恶，大怒，乃使太子伋于齐，而令盗遮界上杀之。与太子白旄。而告界盗见持白旄者杀之。且行，子朔之兄寿，太子异母弟也，知朔之恶太子而君欲杀之，乃谓太子曰：'界盗见太子白旄，即杀太子，太子可毋行。'太子曰：'逆父命求生，不可。'遂行。寿见太子不止，乃盗其白旄而先驰至界。界盗见其验，即杀之。寿已死，而太子伋又至，谓盗曰：'所当杀乃我也。'盗并杀太子伋，以报宣公。宣公乃以子朔为太子。十九年，宣公卒，太子朔立，是为惠公。" 据上引《左传》《史记》，宣姜本是卫宣公之子急子的未婚妻，不幸被宣公霸占，后来又因"齐人"之命与庶子顽（昭伯）结合，生卫文公、许穆夫人等数子（女）。虽为子谋求君位为不贤，但未见淫荡之性。而《毛序》以为宣姜既寡而好淫，不合君子偕老、从一而终的礼教，所以作诗之人塑造一个具有服饰仪容之美的理想的小君（国君之妻）形象以为刺。

郑玄、朱熹之说与《毛序》稍有不同。孔颖达《正义》申说郑玄之意："郑以为，由夫人失事君子之道，故陈此夫人既有举动之德，服饰之盛，宜应与君子俱至于老，反为淫佚之行，而不能与君子偕老，故刺之。此人君之德，谓宣姜服饰之盛，行止有仪，不谓内有其德也。"朱熹《诗集传》："言夫人当与君子偕老，故其服饰之盛如此，而雍容自得、安重宽广，又有以宜其象服。今宣姜之不善乃如此，虽有是服，亦将如之何哉？言不称也。""见其徒有美色，而无人君之德也。" 是郑玄、朱熹以为此诗实写宣姜的服饰仪容之美，诗所以写服饰仪容之美乃是反衬宣姜人品行为之丑，亦即以"丽辞写丑行"。

抛开经学的美刺之说，从文本来看，这是一首赞美一个新婚的贵族女子诸般美好的诗。或者就是在庆颂仪式上歌唱的颂诗。

此诗在写法上，绮密回环，次第有序。全诗三章，首章七句，次章九句，末章八句，错落有致。每一章都是先叙事，后抒情。叙事中又有观察视角、场合的变化。首章"君子偕老"句总括全诗，表达祝愿之意。继写女主人公服饰美好，体态美好，是远观。末二句表示赞叹之意："子之不淑，云如之何？"以反问的语气表达肯定之意。第二章先写女子身穿祭服与"君子"拜见先公先祖。按，周代贵族的婚礼，有同居前祭祖庙的程序。《左传·隐公八年》："四月甲辰，郑公子忽如陈逆妇妫。辛亥，以妫氏归。甲寅，入于郑。陈鍼子送女。先配而后祖。"杨伯峻注："配，指同床共寝；祖，指返国时告祭祖庙。依礼，郑公子忽率妇返国，当先祭祖庙，报告其迎娶归来之事，然后同居。乃公子忽则先同居而后祭祖。详见沈钦韩《补注》。刘毓崧《通义堂文集》卷三有'大夫以上庙后成昏'说。"由女子穿"翟"可知，第二章表现的是女子初至在宗庙祭祖的情形。诗人赞叹其祭服华美、容貌美好。是近观。之后抒情："胡然而天也！胡然而帝也！"表明旁观者惊为天人的视觉感受。第三章结构如第二章，写女子服饰之华美、容貌之美丽，但场合发生变化。第二章写其初至之时庙见祭祖，此章写夫人以礼见君及宾客。最后抒情："展如之人兮，邦之媛也！"许此女子为国家级的美女。

诗中女主人是个贵族女子，体态丰满："委委佗佗，如山如河"；服饰华美："副笄六珈""象服是宜""玼兮玼兮，其之翟也""玉之瑱也，象之揥也""瑳兮瑳兮，其之展也。蒙彼绉絺，是绁袢也"。天生丽质，不需脂粉香膏等人工修饰："鬒发如云，不屑髢也"，"扬且之皙也"，"子之清扬，扬且之颜也"。概言之，这个女子既丰腴又美丽。"君子偕老"则是对女子上述诸种形貌之美的身份上的肯定。

卫风·硕人

硕人其颀，衣锦褧衣[一]。齐侯之子，卫侯之妻，东宫之妹，邢侯之姨，谭公维私[二]。

手如柔荑，肤如凝脂，领如蝤蛴，齿如瓠犀，螓首蛾眉[三]。巧笑倩兮，美目盼兮[四]。

硕人敖敖，说于农郊[五]。四牡有骄，朱幩镳镳，翟茀以朝[六]。大夫夙退，无使君劳[七]。

河水洋洋，北流活活[八]。施罛濊濊，鳣鲔发发，葭菼揭揭[九]。庶姜孽孽，庶士有朅[十]。

注释：

［一］硕人：身材丰满高大的人。颀：长。锦：锦衣。绘有花纹的丝质之衣，是地位尊贵者的美服。《礼记·玉藻》："君衣狐白裘，锦衣以裼之。""锦衣狐裘，诸侯之服也。""裘之裼（裼，阮刻本原文误作"饰"，此据注文改）也，见美也。"此指周代贵族女子出嫁途中所着之服。《郑笺》："国君夫人翟衣而嫁，今衣锦者，在涂之所服也。"褧衣：即《仪礼·士昏礼》之"景"。麻纱单衣。女子出嫁途中所穿，以遮蔽风尘。《仪礼·士昏礼》："女次，纯衣纁袡，立于房中，南面。姆纚笄宵衣，在其右。女从者毕袗玄，纚笄，被纇黼，在其后……御妇车，授绥，姆辞不受。妇乘以几，姆加景，乃驱，御者代。"

［二］齐侯：齐庄公。西周后期齐国君主，齐桓公与鲁桓公夫人文姜的祖父，齐僖公之父。子：女儿。卫侯：卫庄公，卫武公之子，春秋前期卫国君主。东宫之妹：东宫太子的妹妹。此强调庄姜为齐庄公嫡女。东宫，据《左传·隐公三年》，指齐国东宫太子得臣。邢侯：邢国国君，姬姓。姨：妻子的

姐妹。谭公：谭国国君。维：是。私：古代女子称姊妹的丈夫为私。末句说谭公是她的姐夫。

［三］柔荑（tí）：柔嫩的白茅芽。荑，茅的嫩芽。《邶风·静女》："自牧归荑。"《毛传》："荑，茅之始生也。"凝脂：凝固的脂肪，细腻白皙。领：颈，脖子。蝤蛴（qiú qí）：天牛的幼虫。黄白色，身长足短，呈圆筒形。蛀食树木枝干，是森林、桑树和果树的主要害虫。此处借以比喻女子脖颈洁白丰润的美。瓠（hù）犀：瓠瓜的籽。此用以形容庄姜的牙齿整齐、洁白。瓠，瓠瓜，葫芦。一年生草本植物，爬蔓，夏天开白花，果实长圆形，嫩时可吃。螓（qín）首：方正的额头。螓，蝉的一种，体小，方头，广额而有文彩。此处用以比喻女子的额头方正。蛾眉：如蚕蛾触须般细而弯的眉。

［四］巧笑：微微一笑。倩：美笑貌，笑靥美好的样子。盼：眼睛黑白分明。《说文·目部》："盼，白黑分也。"

［五］敖敖：长。说（shuì）于农郊：停车在国都的近郊（并在此与作为新郎的卫国国君见面）。说，同"税"，停车休息。农郊，国都的近郊。按，春秋时期，诸侯国君迎娶夫人不出国境，由卿或大夫代君到女家迎娶。《左传·隐公二年》："纪裂繻来逆女，卿为君逆也。"《桓公三年》："公子翚如齐逆女。"春秋时期唯一一次亲迎，就是庄公二十四年鲁庄公亲迎妇姜于齐。（见《左传·庄公二十四年》）

［六］牡：雄性的马匹。有骄：骄骄。高大雄壮貌。有，形容词词头，表示形容词的重叠。骄，高大。幩（fén）：系在马口两旁的丝绸饰物。镳镳（biāobiāo）：色彩鲜明，美盛。翟茀（fú）：绘有山鸡图案的遮车席子。翟，山鸡。茀，车厢遮蔽物。朝：拜见国君。

［七］大夫夙退：大夫们早早退下。夙，早。《公羊传·庄公二十四年》："礼，夫人至，大夫皆郊迎。"王先谦《集疏》释此二句："此大夫为卫大夫，（庄）姜税于郊，大夫随君出迎，正与礼合……谓既见夫人，早罢退也。"

［八］河：黄河。洋洋：水势盛大。活活（guō guō）：流水声。犹哗哗。

［九］罛（gū）：渔网。濊濊（huò huò）：象声词。形容撒网入水的声音。鳣（zhān）：大鲤鱼。《说文·鱼部》："鳣，鲤也。""鲤，鳣也。"段玉裁注："凡鲤曰鲤，大鲤曰鳣。"鲔（wěi）：鲟类大鱼。《说文·鱼部》："鲔，鮥

也。”段玉裁注引陆玑《毛诗鸟兽草木虫鱼疏》：“鲔鱼，形似鳣而青黑，头小而尖，似铁兜鍪，口亦在颔下，其甲可以磨姜，大者不过七八尺。”闻一多《说鱼》认为，鱼是配偶的象征，以其繁殖力强的缘故。此处写到鱼，含有祝其婚姻美满、子孙众多之意。(《诗经研究》) 发发（bō bō）：众多。《毛传》：“盛貌。”葭（jiā）：芦苇。菼（tǎn）：芦荻。揭揭：高貌。

［一〇］庶姜：陪嫁的姜姓女子。孽孽：高大。王先谦《集疏》：“韩‘孽’作‘巘’，云：长貌。”“《说文》‘孽’下云：‘庶子也。从子，辥声。’无‘盛饰’义。‘巘’下云：‘载高貌。从车，巘省声。’《释训》：‘孽孽，戴也。’郭注：‘头戴物。’故《传》以为‘盛饰’。但上文‘颀颀’‘敖敖’皆以高长美硕人，则此亦以高长美庶姜，非谓盛饰也。头戴物则高，与‘巘’之‘载高’正同，故字从‘巘’为正，引申之为人高长义。《吕览·过理篇》‘宋玉筑为孽台’，高注：‘孽当作巘，孽与巘音同。《诗》曰：庶姜巘巘，高长貌也。’张衡《西京赋》：‘飞檐巘巘。’《广雅·释训》：‘巘巘，高也。’高、张皆用鲁诗，是鲁作‘巘’与韩同。‘孽’，一为‘巘’，犹《说文》引《书·盘庚》‘孽’一为‘巘’。《文选·鲁灵光殿赋》‘飞陛揭孽’，正用此诗‘揭揭’、‘孽孽’之文。李注：‘揭孽，高貌。’明汉人读‘孽’为‘巘’也。”句谓众多陪嫁的姜姓姑娘，也都高大丰满。有朅（qiè）：朅朅。朅，健壮勇武。

讲析：

关于此诗的创作动机与诗旨，歧说较多，较有影响的说法当属《毛序》。《毛序》：“《硕人》，闵庄姜也。庄公惑于嬖妾，使骄上僭。庄姜贤而不答，终以无子，国人闵而忧之。”《毛序》以为，此诗为卫国人因为国母庄姜贤惠而不被礼遇，出于对她的同情而创作了这首诗。此说是对《左传》传文的曲解与误读。我们看《左传》的原文：

卫庄公娶于齐东宫得臣之妹，曰庄姜，美而无子，卫人所为赋《硕人》也。又娶于陈，曰厉妫，生孝伯，早死。其弟戴妫，生桓公，庄姜以为己子。(《左传·隐公三年》)

庄姜“贤而不答”于《左传》未见。据杨伯峻《春秋左传注》，庄姜新婚距隐公三年已有33年，则《左传》所谓“卫人所为赋《硕人》也”，意思是卫国人当年（庄姜初嫁时）就是为她赋写了《硕人》一诗，并非说卫国人后来见庄姜“美而无子”而出于同情才赋了《硕人》。《左传》强调庄姜之“美”，没有评价庄姜的道德品格，但《毛序》却在前面误读的基础上，进一步将《左传》中的“美”替换为“贤”，客观上消释了庄姜的美，同时强化了“闵而忧之”的动机与主题的阐释。朱熹《诗集传》与《毛序》同，也以此诗为忧悯庄姜之作。

刘向《列女传·母仪传》“齐女傅母”以为是齐国庄姜初嫁，有冶容之行、淫佚之心，其傅母忧之，作诗以警戒之：

傅母者，齐女之傅母也。女为卫庄公夫人，号曰庄姜。姜交好（“交”、“姣”同字）。始往，操行衰惰，有冶容之行，淫泆之心。傅母见其妇道不正，谕之曰：“子之家世世尊荣，当为民法则；子之质聪达于事，当为人表式；仪貌壮丽，不可不自修整。衣锦絅裳，饰在舆马，是不贵德也。”乃作诗曰。

以为此诗乃庄姜的傅母因庄姜德行不称其身世容貌，徒有其表而作，目的是警戒庄姜。王先谦《集疏》以此为汉代四家诗的鲁说。

无论是《毛序》还是刘向，在说解此诗时，都侧重发掘其伦理道德内涵。经学的解说力量是强大的。即便是重情的明人，也不能摆脱其影响。徐光启《毛诗六帖》说《硕人》在内的诸诗，都以经学的讽刺为基调：“（《硕人》）悯庄姜亦但言族类容貌，有可贵重，而不言其德，若曰此尚足取，况其他乎？皆所谓诗在言外者也。”徐氏的意思是，庄姜身份高贵、容貌美好，德行自然也好（不需说），只是德行好这点在诗语之外，靠读者去体会。徐氏所以如此解说，乃是受限于旧说给予他的视阈与历史知识，但他对于“言在诗外”艺术的理解，还是有独到之处的。

摆脱经学的立场来看，此诗乃是为庆颂庄姜的婚礼而作。描写庄姜的身份之贵、容貌之美，其出嫁时车媵之盛，形象生动。诗共四章，每章七句，但各章内容不同：首章主要从社会关系角度写庄姜身份之高贵；次章工笔细描，写庄姜的容貌之美；三章主要写庄姜出嫁的车服之盛；四章写女主人公媵从之盛。

庄姜的形象是美丽、高贵的。全诗以此为基调，从多个角度予以呈现：

“硕人其颀”，写出她身材的高大；“手如柔荑，肤如凝脂，领如蝤蛴”写出她肤色的白皙；“螓首蛾眉”“巧笑倩兮，美目盼兮”写出她五官的明艳美好；“齐侯之子，卫侯之妻，东宫之妹，邢侯之姨，谭公维私”，是通过她的社会关系直接交代她的高贵出身；“衣锦褧衣”“朱幩镳镳”“翟茀以朝”，“庶姜孽孽，庶士有朅”等，则是通过服饰、车马、仪从之盛烘托她的高贵。

此诗第二章的手法最受称道：先是连用五个比喻，做静态的描写，五个比喻或取象于动物，或取象于植物，把人的生命与动植物的生命相贯通，反映了早期先民的思维特点。末二句表现其动态：嫣然一笑，唇齿动人，眼睛黑白分明。此诗对庄姜所作的描写，在文学史上具有原型意义。宋玉《登徒子好色赋》描写东家之子的美貌时有：“眉如翠羽，肌如白雪，腰如束素，齿如含贝。”赋文连用几个比喻，显然是受了《硕人》的启发。《硕人》中的比喻，以其生动形象为后人沿用不衰。如凝脂，成为美女肌肤的代指；蛾眉，成为美女、女性的代称。以瓠犀写齿，后世亦时时而有。如权德舆《杂兴五首》：“新妆对镜知无比，微笑时时出瓠犀。”

此诗对周代媵妾婚有所反映。媵是陪送的意思。女子出嫁，父母送之以人（男为仆，女为妾）、物，都可以称为“媵”。此特指遣女陪嫁。《左传·成公八年》先言：“卫人来媵共姬，礼也。”嗣后总结说：“凡诸侯嫁女，同姓媵之，异姓则否。”《公羊传·庄公十九年》将之细化为具体的数字：“媵者何？诸侯娶一国，则二国往媵之，（各）以侄娣从。侄者何？兄之子也。娣者何？弟也。诸侯壹聘九女。”虽未必有九女的定制，但周代诸侯娶一国之女为夫人，女方以侄娣随嫁的情形确实存在。除广继嗣外，这种婚姻方式也有扩大政治联盟、稳固统治的作用。从女方家族来说，新娘出嫁以侄娣相从，是为弥补婚姻中无子的缺失，巩固双边关系的权宜之计。春秋时期这种婚姻形式在高层贵族中间较为流行。《左传·僖公二十三年》载，重耳至秦，“秦伯纳女五人，怀嬴与焉。奉匜沃盥。”杨伯峻注：“怀嬴，晋怀公之妻嬴氏……嫁文公后为辰嬴，见《文》六年传。”“依《士昏礼》，新郎入室，新妇之从者曰媵，为新郎沃盥……此秦穆公以文嬴妻文公，怀嬴为媵，故为文公沃盥。”从《诗经》来看，以侄娣随嫁之风由来已久。《大雅·韩奕》：“韩侯取妻，汾王之甥，蹶父之子。韩侯迎止，于蹶之里。百两彭彭，八鸾锵锵，不显其光。诸娣从之，祁祁如云。韩侯顾之，烂其盈门。”诗中写西周后期当周宣王时的韩侯去蹶父家迎娶他的新娘，新娘的侄娣随同出嫁，女多如云。韩侯回望之际，觉得满门都是丽服的女子。数千年之下，我们仍可以体会到诗语中的惊喜。

此诗赞美庄姜，除门第身份，还着眼于身材的高大，体现的是时人对自然生命力的崇拜。诗歌对其他事项的描写，也渗透这种理念。如驾车的马，陪嫁的女性和男子，无一不是体魄健壮，富于生命活力。景物描写同样凸显动植物的旺盛生命力，其茂盛鲜活的样态，成为对人的自然生命力的衬托。而后世的审美或趋于病态，于植物，则云“梅以曲为美，直则无姿，以欹为美，正则无景；以疏为美，密则无态”（《病梅馆记》）；于人，则曰“弱柳扶风”“骨感美”。今天我们读这首诗，在获得文学的审美愉悦的同时，是否能够重拾这个时代对于女性美的体认呢？

唐风·椒聊

椒聊之实，蕃衍盈升[一]。彼其之子，硕大无朋[二]。椒聊且，远条且[三]。

椒聊之实，蕃衍盈匊[四]。彼其之子，硕大且笃[五]。椒聊且，远条且。

注释：

[一] 椒：花椒。是我国原产的一种干、枝、叶、实俱富浓郁辛香的落叶灌木或小乔木。聊：语助词。蕃衍：繁盛，众多。盈：满。升：量器名。据《汉语大词典》附《中国历代量制演变测算简表》，战国时各国 1 升约容 200 毫升，此前的春秋时期亦当相去不远。

[二] 彼其（jì）之子：此句在《诗经》中凡 14 见。《韩诗外传》卷二、《左传·僖公二十四年》《襄公二十七年》等引作“彼己之子”，《礼记·表记》、《大雅·崧高》郑笺作“彼记之子”。男女通用，意思是他（她）那样一个人。其，语助词，用在“彼”后。硕：大。朋：比。

[三] 且（jū）：语末助词。远条：长长的枝条。朱熹《诗集传》："远条，长枝也。""椒聊且，远条且，叹其枝远而实益蕃也。"

[四] 匊（jū）："掬"的古字。两手合捧。一说为容器名，可容二升。《周礼·考工记·陶人》贾公彦疏引《小尔雅》云："匊，二升。"亦通。

[五] 笃：厚重，结实。此形容人体丰满高大。

讲析：

此诗的主旨，旧说以为是讽刺春秋初期的晋昭侯。据《史记·晋世家》，昭侯即位之初，便将曲沃一地封给叔叔姬成师，即曲沃桓叔，埋下了曲沃与翼（晋君都邑）对立的伏线。昭侯七年，大臣潘父杀昭侯，迎立曲沃桓叔，晋人攻之，桓叔败退回曲沃，晋人立昭侯子平为君，是为孝侯。若干年后，曲沃桓叔之孙曲沃武公（晋献公之父）伐晋侯缗，灭之，尽以其宝器赂献于周釐王。周釐王命曲沃武公为晋君，列为诸侯，于是武公尽并晋地而有之。《毛序》即将此诗的本事附会为晋国此段史事，以为此诗意在讽谏晋昭侯不能防范曲沃桓叔势力盛大。《毛序》："刺晋昭（公）[侯]也。君子见沃之盛强，能修其政，知其蕃衍盛大，子孙将有晋国焉。"《郑笺》承之，其释首章首二句并《毛传》"兴也"："椒之性芬香而少食，今一捄之实，蕃衍满升，非其常也。兴者，喻桓叔晋君之支别耳，今其子孙众多，将日以盛也。"又释次二句："之子，是子也，谓桓叔也。"严粲《诗缉》亦云："此诗言桓叔之强，而不及昭公，其意则忧昭公之弱，而非主桓叔，言在此而意在彼也。"（《诗经集校集注集评》卷四）持此论者以为"彼其之子"之"彼"，显示出诗人以桓叔为外的态度。朱熹疑之，以为"此诗未见其必为沃而作也"（《诗序辨说》），但又表示"未知其所指"（《诗集传》）。今人多不信《序》说。

从文辞来看，这是一首赞扬女子硕大丰腴，健康而多子的诗。诗的两章均从花椒树结着繁盛的花椒子写起，以此起兴作比，赞美那个高大健壮的女子，人丁兴旺，子孙像花椒树上的果实那样众多。后两句又回到了对花椒的抒写上，因有了中间比喻部分的过渡，人椒互化，前后呼应，对人物的赞美进一步深化，诗意含蓄隽永。

此诗以花椒起兴，兴喻女子硕大丰腴、健康多子。诗人所取于花椒者，主要在其“蕃衍”。承此，后世后妃的居所往往用花椒和泥涂墙壁，故后妃的住所又有“椒房”之称，寄托皇室多子多孙的期待。应劭《汉官仪》：“皇后称椒房，取其蕃实之义也。《诗》云：‘椒聊之实，蕃衍盈升。’以椒泥涂室，取温暖除恶气也。”（见孙星衍等辑《汉官六种》）《后汉书·第五伦传》“窦宪，椒房之亲”李贤注：“后妃以椒泥涂壁，取其蕃衍多子，故曰‘椒房’。”各家的解释与《诗经》的取兴一脉相承。

花椒，在楚文化中用为敬神的香物。《离骚》四处提到“椒”，一处象征美好的人才与品格：“苏粪壤以充帏兮，谓申椒其不芳。”作者借灵氛之口揭示世间黑白颠倒，取芳香的申椒为美好人格的象征；一处比喻贤才：“昔三后之纯粹兮，固众芳之所在。杂申椒与菌桂兮，岂维纫夫蕙茝。”主人公以“三后”的正面事例激励君王用贤为治，洪兴祖《补注》谓“椒与菌桂木类也，蕙茝草类也，以言贤无大小，皆在所用”，得之。椒为“众芳”之一，点出其为香物。另外两处中，一处用为迎神的物品：“巫咸将夕降兮，怀椒糈而要之”；一处用来比喻人才的变质，谓“椒专佞以慢慆兮”，提椒而未及其芳香之气，但结合《离骚》之写植物，多取其香气（“芳”）来看，此二处也是着眼于它的香气。《九歌·东皇太一》铺陈敬神之物，先云“蕙肴蒸兮兰藉，奠桂酒兮椒浆”，后文则曰“芳菲菲兮满堂”，可见也是取包括椒在内的植物的芳香。《九歌·湘夫人》写湘君为湘夫人准备的水下宫殿，有“播芳椒兮成堂”。后世文学中的椒意象，取《楚辞》内涵者居多，并积淀为一种文学传统，即香居配美人的观念。曹植《洛神赋》写洛神：“竦轻躯以鹤立，若将飞而未翔。踐椒涂之郁烈，步蘅薄而流芳。”鲍照《拟行路难》：“璇闺玉墀上椒阁，文窗绣户垂绮幕。中有一人字金兰，被服纤罗蕴芳藿……宁作野中之双凫，不愿云间之别鹤。”李贺《巫山高》：“碧丛丛，高插天，大江翻澜神曳烟。楚魂寻梦风飔然，晓风飞雨生苔钱。瑶姬一去一千年，丁香筇竹啼老猿。古祠近月蟾桂寒，椒花坠红湿云间。”境界湿冷香艳。

[3] 花椒开黄绿色的小花，果实红色。此以果实为花，故称“椒花”。

椒花[3]是神女庙的伴生物，也是神女的伴生物。是对椒意象内涵的丰富。

陈风·泽陂

彼泽之陂，有蒲与荷[一]。有美一人，伤如之何[二]？寤寐无为，涕泗滂沱[三]。

彼泽之陂，有蒲与蕑[四]。有美一人，硕大且卷[五]。寤寐无为，中心悁悁[六]。

彼泽之陂，有蒲菡萏[七]。有美一人，硕大且俨[八]。寤寐无为，辗转伏枕[九]。

注释：

[一]泽：池塘。陂：池塘边的堤岸、斜坡。蒲：香蒲。俗称蒲草。生长水边或池沼，叶子狭长可以织席。荷：此指荷叶。《说文·艸部》："荷，芙蕖叶。"按，《诗经》中以低湿之地的植物来起兴的诗通常与女子有关，亦即用低湿之地的植物象征女性。

[二]伤：鲁诗、韩诗作"阳"。《尔雅·释诂》："阳，予也。"郭璞注："《鲁诗》曰：'阳如之何？'今巴濮人自呼阿阳。"一说为伤心。二句谓漂亮的姑娘，叫我怎么办！一说谓有美一人而不可见，想她伤心没奈何。

[三]无为：无聊赖。涕：泪。泗：鼻涕。滂沱：涕泪俱下貌。

[四]蕑（jiān）：兰草。按，蕑一作"莲"，谓莲实。《郑笺》："蕑，当作莲。莲，芙蕖实也。"陈乔枞《毛诗郑笺改字说》："《御览》九百七十五引作'有蒲与莲'，《尔雅·释草》疏亦引《泽陂》曰'有蒲与莲'……郑君破'蕑'为'莲'，盖据三家以改毛也。"（鲁洪生《诗经集校集注集评》）

[五]卷（quán）：美好。

[六]悁悁（yuān yuān）：忧郁、忧懑貌。

[七]菡萏（hàn dàn）：荷花。

［八］俨：双下颔。陈奂《诗毛氏传疏》："俨，《御览人事部》九，引《韩诗》作 3。薛君《章句》云：'4，重颐也。" 硕大且俨，赞叹这个女子身材高大丰腴，双下颏。王先谦《集疏》以后世审美观否之："案俨训矜庄，非状妇人之美，重颐丰下，斯为男子之貌。" 是以今律古，没能跳出自己时代乃至个人审美取向的圈囿。

［九］辗转：翻来覆去。

讲析：

关于此诗的主旨，旧说多以为是讽刺春秋时陈灵公君臣宣淫的事。《左传》载此事：

陈灵公与孔宁、仪行父通于夏姬，皆衷其衵服，以戏于朝。(《宣公九年》)

陈灵公与孔宁、仪行父饮酒于夏氏，公谓仪行父曰："徵舒似女。"对曰："亦似君。"徵舒病之。公出，自其厩射而杀之。二子奔楚。(《宣公十年》)

夏姬是个妖艳的女子，在丈夫御叔去世后，同时与陈国两个贵族孔宁、仪行父及国君陈灵公发生两性关系，并且分别赠送了比较私密的贴身内衣作为礼物，表示对每个人的亲密之意。君臣三人先是互戏于朝，又同到夏姬家去游荡淫乐，侮辱夏姬与御叔之子夏徵舒，结果，国君被徵舒所杀，两个贵族逃亡。陈灵公君臣宣淫是陈国历史上最值得讥刺的历史事件。善于以美刺说诗的《毛序》的解说正是附会这段历史而来："《泽陂》，刺时也。言灵公君臣淫于其国，男女相说，忧思感伤焉。" 后世的阐发，大多不离此事。孔颖达《正义》总括《毛传》《郑笺》："作《泽陂》诗者，刺时也。由灵公与孔宁、仪行父等君臣并淫于其国之内，共通夏姬，国人效之，男女递相悦爱，为此淫泆。" 陈奂《传疏》："女，谓夏姬。" 然又云："有美一人谓有礼者"，以为"有美一人，伤如之何"乃"有礼者"见"陈君臣淫说无礼之甚而为之感伤也"。陈子展《诗经直解》以为此诗乃"悯伤夏姬，盖其女奴所作"，谓叹"红颜薄命"，也是受了经学以史解诗思路的影响。唯勇于质疑《序》说的朱熹提出别解，其《诗集传》谓"此诗大旨与《月出》相类"，其释《月出》

曰："此亦男女相悦而相念之辞。"朱熹摆脱了陈灵公君臣宣淫的历史附会，将其视为一般的男女相悦之辞，这是他的诗经学贡献之一。

单从文辞来看，此诗表现的是一个男子思念意中人的情怀，完全没有讥刺的意思。诗的首章写男子对美人思而不得的伤心之态，二章写男子对美人思而不得的愁苦，三章写其思美人而不得的饱受煎熬的情态。诗之三章，从不同角度写出男子的相思之态，以见其思念之深且久。

诗中令男子"涕泗滂沱""中心悁悁""辗转伏枕"的女子是男子心中的美人，她"硕大且卷""硕大且俨"，身材高大丰腴。

荷是诗中反复出现的植物意象。此诗及《诗经》中其他诗篇中出现的荷意象与《楚辞》中的荷意象内涵不同。《诗经》对于荷的关注，在其茎叶、花朵的繁茂、硕大，是以荷的旺盛的生命力与形态的美丽来兴喻女子，衬托女子的生命活力。《郑风·山有扶苏》写一个女子与情人的戏谑："山有扶苏，隰有荷华。不见子都，乃见狂且。"女子开玩笑说："山上有茂树，洼地有荷花，没见到漂亮的子都，却遇到个狂夫。"女子用扶苏比喻其意中人，用荷花比喻自己。楚辞中的莲取其芳香。《九歌·湘夫人》言湘君为湘夫人营造水下宫殿，荷是重要的用物："筑室兮水中，葺之兮荷盖。""芷葺兮荷屋，缭之兮杜衡。"《九歌·河伯》写多情的河神与女伴出行，荷叶车盖是其舆服的要素："乘水车兮荷盖，驾两龙兮骖螭。"《离骚》主人公表达"退将复修吾初服"之志，而云："制芰荷以为衣兮，集芙蓉以为裳。""不吾知其亦已兮，苟余情其信芳。"以植物的芳香喻人格之高洁。佛教传入中国，荷花出淤泥而不染的洁净之性得到开掘，关注的是荷的内部机制，这也影响了以后的文学创作，周敦颐的《爱莲说》即是其中的经典作品。

小雅·都人士

彼都人士，狐裘黄黄[一]。其容不改，出言有章[二]。行归于周，万民所望[三]。

彼都人士，台笠缁撮[四]。彼君子女，绸直如发[五]。我不见兮，我心不说[六]。

彼都人士，充耳琇实[七]。彼君子女，谓之尹吉[八]。我不见兮，我心苑结[九]。

彼都人士，垂带而厉[一〇]。彼君子女，卷发如虿[一一]。我不见兮，言从之迈[一二]。

匪伊垂之，带则有余[一三]。匪伊卷之，发则有旟[一四]。我不见兮，云何盱矣[一五]。

注释：

都：美。马瑞辰《通释》："按，《逸周书·大匡解》云：'士惟都人，孝悌子孙。'是都人乃美士之称。《郑风》'洵美且都''不见子都'，都皆训美。美色谓之都，美德亦谓之都。都人，犹言美人也。"狐裘黄黄：狐裘上黄色的罩衣很鲜亮。《礼记·玉藻》："君衣狐白裘，锦衣以裼之。君之右虎裘，厥左狼裘。士不衣狐白。君子狐青裘，豹褎，玄绡衣以裼之；麛裘，青豻褎，绞衣以裼之；羔裘，豹饰，缁衣以裼之；狐裘，黄衣以裼之。锦衣狐裘，诸侯之服也。犬羊之裘不裼。"狐裘，狐皮制的外衣，较为贵重。《左传·襄公十四年》卫人欲杀右宰穀，穀为自己申辩说："余狐裘而羔袖。"杜预注："言一身尽善，唯少有恶。"黄黄，黄色很鲜艳。

[二]容：仪容，容貌态度。改：改变。章：合乎礼仪，有条理。周人强调作为统治者，仪容举止要从容有规律。

[三]行归于周：将要到京都去。行，将。周，周京。按，"周"泛指京师，

可指东周都城洛阳，非必为西都镐京。如《左传·隐公六年》："冬，京师来告饥。""郑伯如周，始朝桓王也。"《隐公七年》："初，戎朝于周，发币于公卿，凡伯弗宾。" 此数"周"都是就东都而言。望：仰望。

［四］台笠缁撮（zī cuō）：草笠用黑布带系在头上。台笠，用莎草编制的帽子。台，莎草。缁撮，固定帽子的黑色缨带。缁，黑色。撮，用以束发或固定帽子的绸带或布带。

［五］彼君子女：那个大家的女郎。君子，指女子的父亲。绸：通"髯"。《说文·髟部》："髯，发多也。"如发：犹言""其发"。她的头发。如，其。

［六］说（yuè）：同"悦"。

［七］琇（xiù）：一种美石。实：美。

［八］尹吉：即尹姞。姞姓尹氏的姑娘，或特指某一位姑娘。按，尹为氏，姞为姓，尹氏出自姞姓。王符《潜夫论·志氏姓》："姞氏之别，有阚、尹、蔡、光、鲁、雍、断、密须氏。" 尹氏是西周春秋时期王畿之内比较活跃的巨家大族。记载西周史的文献往往有"尹氏"。《逸周书·和寤解》："王乃厉翼于尹氏八士，唯固允让。"《武寤解》："王食无疆，王不食言，庶赦定宗，尹氏八士，太师三公"。《小雅·节南山》："尹氏大师，维周之氐（本）。"可见尹氏对于西周政治的影响。《春秋·隐公三年》："夏四月辛卯，尹氏卒。"《公羊传》解释说："夏四月辛卯，尹氏卒。尹氏者何？天子之大夫也。其称尹氏何？贬。曷为贬？讥世卿，世卿非礼也。外大夫不卒，此何以卒？天王崩，诸侯之主也。" 由《左传》记载可知，尹氏的政治地位，一直维持到鲁昭公时期。又按，氏与所自出的姓并称构成女子的称谓（氏在前，姓在后），在先秦文献中较为常见。如《左传·桓公十一年》："宋雍氏女于庄公，曰雍姞。" 杜预注："雍，氏。姞，姓。" 雍姞为宋国姞姓的雍氏大夫之女，故以母家的氏加姓为称。他如《左传·僖公十七年》之宋华子（宋国子姓、华氏大夫之女）、《昭公四年》之国姜（齐国姜姓、国氏大夫之女）、《哀公十一年》之孔姞（卫卿孔圉之女），都是以此原则构成的女子称谓。吉，同"姞"。

［九］苑（yù）：一本作"菀"。郁结。

［一〇］垂带而厉：垂下的腰带带子长又长。带，腰带。按，古人冠带称缨、纮等，一般不以"带"称。而，如。厉，腰带下垂貌。按，带是古代贵族男子

的重要装饰。以腰间佩大带为仪容之美，在《诗经》中较为普遍。《曹风·鸤鸠》称美一个贵族君子："淑人君子，其带伊丝。"诗人称赞君子的素丝腰带，就是称赞他的仪容美好。男子的"带"也受到来自异性的瞩目。《卫风·有狐》写一个女子忧念心上人："有狐绥绥，在彼淇厉。心之忧矣，之子无带。"男子无带，是女子的忧思。《礼记·玉藻》对贵族之带多有讨论："绅长制士三尺。""子游曰：'参分带下，绅居二焉。'"绅，大带系后下垂的部分。绅长有定制，士绅长三尺。依子游的说法，将腰带至脚的长度分三段，绅长约三分之二。

[一一] 卷（quán）发：美发；一说女子鬓边的卷发。虿（chài）：蝎类的一种。长尾曰虿，短尾曰蝎。"卷发如虿"的形容，有实物可征。据扬之水《诗经名物新证》，故宫博物院藏一件商周时代的玉人，头上一圈辫发，两鬓齐齐垂下来的余发在耳朵下边弯弯打出两个卷，正是"卷发如虿"的形象；传说洛阳金村周王室墓葬出土的一对战国雕玉舞女，深衣垂足，舞袖翩跹，头上似乎别无装饰，唯鬓边垂将及肩的余发夭蟜外卷，可知这样的装束流行了很长的时期——大约始终于殷商和两周。

[一二] 言：发语词。迈：行。此句如言：带我一起走吧！

[一三] 匪：非。伊：是。二句谓不是他要垂下它，带子本来就很长。

[一四] 有旟（yú）：犹旟旟。扬起貌。

[一五] 云：句首助词。盱（xū）：病。

讲析：

关于此诗的主旨，旧说差异不大。《毛序》云："周人刺衣服无常也。古者长民，衣服不贰，从容有常，以齐其民，则民德归壹。伤今不复见古人也。"《郑笺》申之："服，谓冠弁衣常也。古者，明王时也。长民，谓凡在民上倡率者也。变易无常谓之贰。从容，谓休燕也。休燕犹有常，则朝夕明矣。"又说："古明王时，都人之有士行者，冬则衣狐裘，黄黄然取温裕而已。其动作容貌既有常，吐口言语又有法度文章。疾今奢淫，不自责以过差。"朱熹《诗集传》略同："乱离之后，人不复见昔日都邑之盛，人物仪容之美，而作此诗，以叹惜之也。”均以此诗为疾俗奢淫、抚今追昔之作。

此诗第一章，汉代三家诗均无。据孔颖达《正义》，《左传·襄公十四年》引此诗“行归于周，万民所望”二句，服虔注“逸诗也”。《礼记·缁衣》：“子曰：‘长民者，衣服不贰，从容有常，以齐其民，则民德壹。《诗》云：彼都人士，狐裘黄黄。其容不改，出言有章。行归于周，万民所望。’”虞万里《从简本〈缁衣〉论〈都人士〉诗的缀合》一文推定《毛诗·都人士》系两首句式相近、意义有别的诗误合而成，即《都人士》首章亦即《缁衣》所引诗为一诗（称《彼都人士》），《都人士》二、三、四、五章另为一诗。有一定道理。

考虑到此诗千百年来在流传过程中以一个整体出现，我们这里仍将第一章与后面四章视为一诗来看待。我们认为，此诗“咏某贵家女出嫁于周”（屈万里《诗经诠释》）。首章写一个贵族男子（“都人士”）的威仪之美，是万民仰望的对象。次章写“都人士”的服饰与“君子女”的稠发之美及“我”对二人的留恋。三章写“都人士”的服饰之美、“君子女”出身的高贵以及“我”对二人的思慕。四章写男子的腰带之美以及女子发式之美及“我”的追慕。五章写“我”因思慕而生疾。诗歌对于主人公心曲与行动的描写层层递进。从第二章到第五章，每章末尾一句都抒发与“都人士”“君子女”离别的感慨和举措，先是内心的“不说”，既而是“苑结”，既而是表示愿意与之同行，最后是因思慕而成疾，失意惆怅之情愈加深重。

诗中的女子（“君子女”），出身高贵，容貌美丽。诗中首先出现的却是“都人士”，他是一位贵族君子，诗人对他的刻画，着眼于服饰冠带。他身穿黄色狐裘，头戴莎草编的帽子，头的两侧是玉制的充耳，腰带多余的端头自然下垂，显示出威仪之美，得到诗人的敬仰赞叹。诗人除了敬仰这位君子，还赞叹与他同行的女子。也可以说，“都人士”的威仪之美，构成对女子美好仪容风采的衬托。对这位贵族女子（“君子女”）的描写，诗人突出她门第的高贵：“谓之尹吉”；发式的优美：“绸直如发”“卷发如虿”。

诗篇采用前后照应的手法刻画人物。诗歌先是展示贵族男子腰带的下垂，后面加以解释，说明这不是刻意追求的结果，而是腰带本来就有余。前面显示君子之女的发型卷曲而美，后面加以解释，指出不是出于故意盘卷，而是头发本来就自然上扬。诗语不但展示两个人的服饰发式之美，而且还揭示了这种美的自然合理性，可谓妙语天成。

本篇小结

翻检《诗经》我们不难发现，《诗经》时期对于男性与女性之美，往往使用相同的词语表达。如《卫风·硕人》中以“硕人”指称庄姜，此词亦出现于《邶风·简兮》，指称一个健壮的舞师：“硕人俣俣，宫廷万舞。有力如虎，执辔如组。”《郑风·有女同车》用“都”赞美一个叫孟姜的女子：“彼美孟姜，洵美且都。”《郑风·山有扶苏》为女子对情人的戏谑之辞：“不见子都，乃见狂且。”子都，为男子的美字。以“都”状男子之美，在其他文献中也可以见到。《国语·楚语上》载，楚灵王耗巨资兴建章华台，伍举论台美而楚殆：“今君为此台也……使富都那竖赞焉，而使长鬣之士相焉，臣不知其美也。”韦昭注：“富，富于容貌。都，闲也。那，美也。竖，未冠者也。言取美好不尚德。”《鄘风·干旄》的作者赞美一位男子，表示愿意与他结交：“彼姝者子，何以畀之？”“姝”，是对男子的赞誉之词。《齐风·东方之日》则以男子的口吻称许一位女子与自己的室家之好，亦以“姝”为赞：“东方之日兮，彼姝者子，在我室兮。在我室兮，履我即兮。”

与《诗经》反映的历史部分重合之《左传》亦然。《左传·文公十六年》说宋公子鲍“美而艳”，与《桓公元年》华父督对孔父嘉之妻的评语完全相同。表现男女之美的用语在《诗经》等文献中部分相同，从侧面说明，彼时两性的审美诉求在很多方面是共通的。带着这样的认识，我们再具体总结《诗经》中的女性美的具体表现。

首先，从前面具体篇章的文本分析来看，《诗经》对女性的审美取向是以高大丰壮为美。表现男女之美的用语在《诗经》等文献中部分相同，也在一定程度上支持这一结论。

在更为早期的人类审美中，以女性的丰硕健壮为美尤其普遍，这是先民基于对自身繁衍、生存需要而产生的审美期待和审美原则。这在考古发现中已经被证明。1979 年，辽宁西部喀左县大凌河西岸的东山山嘴祭祀遗址发现两件较完整的女神雕像。雕像夸张强调女性的大腹、肥臀与粗腿特征（也有人认为这是孕妇）。[4]1983年，辽宁牛河梁红山文化遗址出土了最早的中国石器时代的女神雕像群。这些女神像的特征是裸体、丰乳、肥硕。[5]

西周春秋时期部族林立，方国之间的战争既消耗人口，又需要人口。由于生存条件、医疗条件的限制，古代人口不多。有学者推算，“西周时人口较春秋为少。武王伐纣，‘革车三百两，虎贲三千人’（《孟子·尽心下》），以甲骨文用兵不过万人校之，‘商周之不敌’，则周军自不过数千人，虽尚有留守本土者，即以五倍计，亦不过一万五千人。以一家五口出一兵计，则周邦人口不能过十万，彼时全‘中国’人口，扫数计之，恐亦不过一、二百万而已。西周时经济发展，至末年，人口当有增加，然‘宣王既丧南国之师，乃料民于太原’，民而可料，则周‘国人’之数尚不能过多也。”（童书业《春秋左传研究·左传札记》）基于种类的生存需要而产生的生殖渴求一直是古人生活的重心。《诗经·大雅·思齐》赞美周文王之妻大姒所取的角度可以为证：“大姒嗣徽音，则百斯男。”大姒从婆母大任、大姜那里继承了好的声誉，生下的男儿以百数。咏叹中，表达着审美风尚与生殖需要之间的密切关系。周代统治者一直致力于人口的增殖，这也体现在对于婚恋的干预态度上。《周礼·地官·媒氏》：

媒氏掌万民之判。凡男女自成名以上，皆书年月日名焉。令男三十而娶，女二十而嫁。凡娶判妻入子者，皆书之。中春之月，令会男女。于是时也，奔者不禁。若无故而不用令者，罚之。司男女之无夫家者而会之。凡嫁子娶妻，入币纯帛无过五两。禁迁葬者与嫁殇者。

媒氏的执掌，在于按时组织适龄男女的欢会，并以行政手段敦促没有配偶的适龄男女参与此类活动。这种行政干预主要目的在于“蕃育人民”（《诗经·卫风·有狐》毛序）。正因为有官方的许可乃至支持，才有《诗经》中丰富多彩的婚恋事项，才有男子无所忌惮的欣赏的眼光以及这种眼

[4] 参见郭大顺等：《辽宁省喀左县东山嘴红山文化建筑群址发掘简报》，《文物》1984年第11期。

[5] 参见辽宁省文物考古研究所：《辽宁牛河梁红山文化“女神庙”与积石冢群发掘简报》，《文物》1986年第8期。

光之下的女性之美。然于时人的审美眼光中，我们仍可以强烈感受到欣赏主体对于族类繁衍的兴趣与责任。

春秋时期各国统治者普遍注意到人口蕃育对于增强国力的重要作用，用各种手段增殖本国人口。最典型者，莫过于越王勾践。《国语·越语上》记载，勾践战败后，为了复国报仇，也将人口繁育作为首要大事来做：

勾践之地，南至于句无，北至于御儿，东至于鄞，西至于姑蔑，广运百里。乃致其父兄昆弟而誓之，曰："寡人闻，古之贤君，四方之民归之，若水之归下也。今寡人不能，将帅二三子夫妇蕃。"令壮者无取老妇，令老者无取壮妻；女子十七不嫁，其父母有罪；丈夫二十不娶，其父母有罪。将免者告，公令医守之。生丈夫，二壶酒，一犬；生女子，二壶酒，一豚；生三人，公与之母；生二人，公与之饩。

勾践认为自己没有能力吸引四方的民众归趋自己，以实现国家的富强，只能在增殖本国人口方面作出努力。除了如《周礼·媒氏》一般保证适龄者最大程度地发挥蕃育能力以外，他还制定了相应的对于产妇的福利政策。生男子，公家奖励两壶酒，一条狗；生女子，公家奖励两壶酒，一头小猪。《礼记·王制》："诸侯无故不杀牛，大夫无故不杀羊，士无故不杀犬豕，庶人无故不食珍。庶羞不逾牲，燕衣不逾祭服，寝不逾庙。"无故，谓非祭祀与宴享时。对于士而言，犬豕是比较贵重的食物，平时不能食用。此处文字似乎不分犬豚，但《礼记·坊记》又说："大夫不坐羊，士不坐犬。"不坐，谓无故不能吃其肉，坐其皮。说明只有大夫平日才能吃狗肉。由此来看，犬是周代贵族祭祀或宴享时的重要食物，贵于豚。生男奖犬、生女奖豚的规定背后透出勾践的政策固然是男女俱重，但尤其重视男性的蕃育。究其底里，男子才是战争的主力。这是不可不辨的细节。勾践对于女性的关注与奖励，全在其蕃育能力上。

由上述分析可见，《诗经》时期人们对于女性的欣赏重心在于其"功"，即生殖的能力。旺盛的生殖力表现在体态上，自然是丰硕健壮。这与重视男性的健壮魁梧，颇有相近之处。

但《诗经》中对于男女的审美亦并非全无差别。如形容男子，往往伴随"孔武有力"（《郑风·羔裘》）、"有力如虎"（《邶风·简兮》）的描写，及对“赫如渥赭”（《邶风·简兮》）、“颜如渥丹”（《秦风·终南》）等红润的肤色的赞叹。与女性相伴随的描写往往是肤白发密，所谓“肤如凝脂”（《卫风·硕人》）、“鬒发如云，不屑髢也”（《鄘风·君子偕老》）、“绸直如发”“卷发如虿”（《小雅·都人士》）是也。浓密的头发是健康的标志，给人带来生机与美感。在《诗经》的赋写中，美发成为表现女性美好的专利。

注重女性鬒发的美感，此风由来已久。《左传·昭公二十八年》载，时人追述上古有仍氏之女的美艳，着眼点即落在稠黑的美发上，说她“黰黑而甚美”。黰黑，即鬒黑，言其发稠密乌黑。以稠黑之发为女性美的要件，周代尤其如此，甚至产生了装饰性的假发髻。《左传·哀公十七年》载，卫庄公蒯聩见戎人己氏之妻发美，就剃掉她的头发，以为夫人吕姜的假发“髢”。假发，在周代礼饰中占有一席之地。《周礼·天官·追师》：“掌王后之首服，为副、编、次。”副、编、次，即以他人头发编成的假发髻，是当时贵族女性的三种首饰。郑玄注：“编，编列发为之”，“次，次第发长短为之”。所谓“为之”，即为髻。至于编、次有何区别，则语焉不详。又据郑玄注，副是王后跟随王祭祀时戴的首饰，编是养蚕时戴，次是燕居或见王时戴。据王念孙《广雅疏证·释器》说，三者都是取他人之发合己发编成的髻，副上另有饰物，编、次则无。次，在当时的贵族女性中施用较为普遍。《仪礼·士昏礼》有“女次”，即新娘在出嫁日要戴上“次”这种发饰，目的是为增加头发密厚的效果。

乌黑稠密的头发是周代女子之美的构成要素，这也相沿成为古代审美与文学的传统。汉代卫子夫初蒙武帝的恩幸，即因其发黑密而美。《汉武故事》：“上见其（子夫）美发，悦之。”《西京赋》也有类似的赋写：“卫后兴于鬒发。”东汉明德马皇后也以发美著称。《东观汉记》：“明帝马皇后美发，为四起大髻，但以发成，尚有余，绕髻三匝，复出诸发。”说马后发髻四叠，余下的长发，还可以盘绕发髻三圈。《陈书·张贵妃传》言张丽华之美：“发长七尺，鬒黑如漆，其光可鉴。”后世文学作品，写美女则每每出之以“云髻”“云鬟”“青髻”，不遗余力表现女性的青春美好。与此相异的是，《诗经》对于男子则无发美的描绘，后世文学作品写男子但言“颓鬓”“衰鬓”而已，借以叹老嗟卑。

其次，《诗经》对于女性，还关注其出身，即以贵为美。

西周至春秋时期，是礼乐文明兴盛的阶段。所谓“礼”，其实质就是等级秩序。这种等级秩序也影响了人们对于婚姻的态度、对于女性的审美观照。就贵族而言，婚姻不但是两个人的结合，更是两个家族的联合。借助婚姻可以获得现实的政治经济利益，壮大家族的力量，维持现有的秩序。《左传·桓公十一年》记载，郑昭公为世子时，齐君曾想嫁女于他，被他拒绝，对此，大臣祭仲表示反对，理由是世子忽的兄弟们都很强悍，有为君的可能性，世子应该通过娶大国之女来获得外援，他说：“必取之。君多内宠，子无大援，将不立。三公子皆君也。”祭仲的观念正是当时贵族对于婚姻的普遍理解。而事实也印证了这一点：世子忽最后娶了小国陈国的女子，最后在兄弟争位的惨剧中落败。这种观念投射于女性的审美，便是重视女子的门第出身，以贵为美。《卫风·硕人》反复强调女主人公的社会关系，主要落脚点在其高贵的出身。《小雅·都人士》强调“彼君子女，谓之尹吉”，也是同样的立意。

周代重视门第之风亦可征之于《诗经》其他诗章。如《召南·何彼襛矣》：

何彼襛矣？唐棣之华。曷不肃雝？王姬之车。

何彼襛矣？华如桃李。平王之孙，齐侯之子。

其钓维何？维丝伊缗。齐侯之子，平王之孙。

诗人正面赞美新娘出自名门：齐侯之女，平王的外孙。

《陈风·衡门》似乎是个例外。男主人公的所爱是个蓬门小户的女子：

衡门之下，可以栖迟。泌之洋洋，可以乐饥。

岂其食鱼，必河之鲂？岂其取妻，必齐之姜？

岂其食鱼，必河之鲤？岂其取妻，必宋之子？

男主人公以设问的语气表示自己要违反潮流，不娶名门大姓之女。这种设问的语气正可说明当时的门第观念之重。

周代服饰文化已经非常发达，有不同规制的服饰以适应不同的等级和场合。就一般情形而言，地位愈高，服饰愈华美。《诗经》对女性的服饰，着重其华美、富丽及品类之高。如《鄘风·君子偕老》对于女主人公的描写，出之以“副笄六珈”“玼兮玼兮，其之翟也”“瑳兮瑳兮，其之展也”“蒙彼绉絺，是绁袢也”等诸多诗句，《卫风·硕人》也强调庄姜“衣锦褧衣，裳锦褧裳”，重视服饰铺写的背后，是对其门第身份的重视。

综上，《诗经》中的女性美，是丰硕、美艳与高华的美，其内涵主要指向形体、容色等感性特征，是感官的对象。其主体多是上层社会的女性。做出上述结论，并不意味着我们否认《诗经》中表现女性美的范畴包含道德评价，而是强调在当时的话语体系中，并未如后来以汉儒为代表的经学家解说的那样，对感性美表现出冷漠的态度。相反，感性的美是《诗经》女性美的主要构成。

婚恋篇

爱情与婚姻，是文学永恒的主题。近现代研究者论及《诗经》的思想内容，爱情诗也是最热门的话题之一。《诗经》对于爱情婚姻的表现种类繁多，有单相思的，有两情相悦的，有别后相思的，有祝颂新婚的，有琴瑟和鸣的，有夫妻反目的。这类诗歌，在后世讳言情爱的经学家的解说中，曾一度被赋予政治美刺、经学伦理的内涵，其原生面貌或黯然不彰。即便今天，这类题材的部分诗篇的背景、题旨等问题也还不易说清。

周南·关雎

关关雎鸠，在河之洲[一]。窈窕淑女，君子好逑[二]。
参差荇菜，左右流之[三]。窈窕淑女，寤寐求之[四]。
求之不得，寤寐思服[五]。悠哉悠哉，辗转反侧[六]。
参差荇菜，左右采之。窈窕淑女，琴瑟友之[七]。
参差荇菜，左右芼之[八]。窈窕淑女，钟鼓乐之[九]。

注释：

[一] 关关：鸟鸣声；一说形容水鸟的雌雄和鸣的象声词。雎鸠：水鸟名。一名王雎。雕类猛禽，常在江渚边食鱼。或以为即鱼鹰，学名鸬鹚。通常以对为单位营巢于人迹罕至的悬崖上、小岛或湖边，雌雄亲鸟共同育雏。

洲：水中陆地。

［二］窈窕：姿容美好貌。主要指视觉印象的美感，即形容体态、容色的好而非品德的善。然美有健硕、苗条之异，容貌与体态的侧重，早期窈窕的内涵为何？从字形来看，窈窕二字字均从穴，凿地为穴，以供居住，这是华夏族较早的居住方式，也是周人在代商之前主要的居住条件。《大雅·緜》："古公亶父，陶复陶穴，未有家室。"言文王祖父古公亶父的时代周人犹以穴居为主。《说文·穴部》："窈，深远也。""窕，深肆极也。"《广雅·释诂》："窈，深也。""窕，宽也。"窈窕连言，本指建筑物的深邃宽广，是对视觉空间开广印象的表达。顺此以推，窈窕用以形容女性，最初当指高大健壮的视觉感受，后来方指向容色，但始终没有脱离视觉范畴。窈窕的这种用法至战国、汉代犹然。李斯《谏逐客书》："所以饰后宫、充下陈、娱心意、说耳目者，必出于秦然后可……而随俗雅化、佳冶窈窕赵女不立于侧也。"（《史记·李斯列传》）《后汉书·列女传》："出则窈窕作态。"李贤注："窈窕，妖冶之貌也。"淑：美好。君子：贵族男子，主要就地位而言。逑：配偶。

［三］参差：长短不齐貌。荇菜：今名杏菜，又名水荷。水生植物，叶圆形，浮在水面，茎白可食。左右：左边右边（这边那边）。流：捞取。朱熹《诗集传》："顺水之流而取之也。"一说（荇菜）流动。

［四］寤：睡醒；寐：睡着。

［五］思：语助词；一说思念。服：思念，牵挂。

［六］悠哉悠哉：形容思念深长。辗转反侧：翻来覆去，孤枕难眠之状。

［七］琴：木制弦乐器，多为七弦。目前考古发现的最早古琴器物为战国时物。瑟：木质弦乐器，多为二十五弦。友：亲近，亲爱。

［八］芼（mào）：选择，采摘。《毛传》："芼，择也。"一说"以荇菜覆蔓于牲上以为祭品"（王先谦《集疏》）。一说为以菜杂肉为羹。戴震《毛郑诗考正》："'芼'从草毛声，菜之亨（烹）于肉湆者也。考之礼，羹、芼、菹、醢，凡四物。肉谓之羹，菜谓之芼；肉谓之醢，菜谓之菹。菹醢生为之，是为豆实。芼则湆烹之（《礼》注：'湆，肉汁也。'）。芼之言用为铏芼。孔冲远《义疏》以《周官·醢人》陈四豆之實，无荇菜，而谓《诗》咏时事用殷礼。由'芼'字失其义，故不知《诗》中已明言为芼，非为菹也。菹与醢相从实诸

豆……芼与羹相从实诸铏，《仪礼》：'铏芼：牛藿，羊苦，豕薇。'《昏义》：'牲用鱼，芼之以蘋藻。'《内则》：'雉兔，皆有芼。'是也。"按，如果取后二义，则此句似写女子嫁前三月受教教成之祭。《礼记·昏义》："是以古者妇人先嫁三月，祖祢未毁，教于公宫，祖祢既毁，教于宗室。教以妇德、妇言、妇容、妇功。教成，祭之。牲用鱼，芼之以蘋藻，所以成妇顺也。"

［九］钟鼓：两种乐器。钟，青铜敲击乐器。鼓，木质敲击乐器。按，钟鼓之乐在周代是高层贵族的专利。《仪礼·乡饮酒礼》："宾出奏《陔》。"郑玄注："《陔》，《陔夏》也……《周礼·钟师》'以钟鼓奏《九夏》'，是奏《陔夏》则有钟鼓矣。钟鼓者，天子、诸侯备用之。大夫、士鼓而已。"《左传·襄公十一年》："郑人赂晋侯以师悝、师触、师蠲……歌钟二肆。晋侯以乐之半赐魏绛……魏绛于是乎始有金石之乐。"杜预注："礼：大夫有功则赐乐。"（《春秋左传正义》）竹添光鸿《左氏会笺》："乡饮乡射，公事也，士不得私用金石已。卿大夫亦当赐而后用之，故少牢礼、特牲礼无奏乐之文。"乐（yào）：使快乐。

讲析：

据《仪礼》，此诗与《葛覃》《卷耳》《鹊巢》《采蘩》《采蘋》诸诗，一道用于乡饮酒礼、乡射礼、燕礼的合乐（演奏终结部分）演奏。刘宝楠《论语正义·泰伯》："凡乐之大节，有歌有笙，有间有合，是为一成。始于升歌，终于合乐。是故升歌谓之始，合乐谓之乱。《周礼·太师职》：大祭祀，帅瞽登歌。《仪礼》《燕》及《大射》，皆太师升歌。挚为太师，是以云'师挚之始'也。合乐，《周南·关雎》《葛覃》《卷耳》《召南·鹊巢》《采蘩》《采蘋》，凡六篇。"

大约因为《关雎》在诸礼中的重要地位，编《诗》者将之列于三百篇之首。孔子论《诗》，也以《关雎》为重，屡有论说。他说："《关雎》乐而不淫，哀而不伤。"（《论语·八佾》）又说："师挚之始，《关雎》之乱，洋洋乎盈耳。"（《泰伯》）又评论包括《关雎》在内的二南："人而不为周南、召南，其犹正墙面而立欤？"（《阳货》）战国儒家对此诗也十分重视，认为此诗是"以色喻于礼"（《孔子诗论》）。儒家虽然讳言情爱，但并不排斥两性的结合，相反，他们认为男女的结合，是一切人伦的起点，赋予其极高的伦理意义。《礼记·昏义》就说："敬慎重正而后亲之，礼之大体，而所以成男女之别，而立夫妇之义也。男女有别，而后夫妇有义；夫妇有义，而后父子有亲；父子有亲，而后君臣有正。故曰'昏礼者礼之本也。'"后世受儒学熏陶的学者由此格外强调《关雎》"正始之道""王化之基"及"思无邪"的政治伦理意义。《史记·外戚世家》曾经记述说："自古受命帝王及继体守文之君，非独内德茂也，盖亦有外戚之助焉。夏之兴也以涂山，而桀之放也以末喜。殷之兴也以有娀，纣之杀也嬖妲己。周之兴也以姜原及大任，而幽王之禽也淫于褒姒。《易》基《乾》《坤》，《诗》始《关雎》，《书》美釐降，《春秋》讥不亲迎。夫妇之际，人道之大伦也。"司马迁总结历代帝王的婚姻，从帝王的婚姻中理出历代兴亡的原因。以此为依据，司马迁赋予《诗》以《关雎》为首以重要意义，认为它显示了古人对于夫妇关系的重视。《汉书·匡衡传》记载匡衡上疏成帝："臣又闻之师曰：'妃匹之际，生民之始，万福之原。'婚姻之礼正，然后品物遂而天命全。孔子论《诗》，以《关雎》为始。言太上者民之父母，后夫人之行不侔乎天地，则无以奉神灵之统而理万物之宜。故《诗》曰：'窈窕淑女，君子好仇。'言能致其贞淑，不贰其操，情欲之感无介乎容仪，宴私之意不形乎动静，夫然后可以配至尊而为宗庙主。此纲纪之首，王教之端也。"匡衡以《诗》以《关雎》开篇作为依据，认为此诗体现了古人对于婚姻与妇德的重视，劝谏成帝重视妃后的人选。

汉代其他学者赋予此诗的伦理意义大体不出上论，但对诗旨的理解存在差异。《史记·十二诸侯年表序》："周道缺，诗人本之衽席，《关雎》作。"王充《论衡·谢短》："周衰而《诗》作，盖康王时也。康王德缺于房，大臣刺晏，故诗作也。"《后汉书·明帝纪》载明帝诏："昔应门失守，《关雎》刺世。"王先谦《集疏》以上述诸说为三家义，且总括诸说曰："盖康王时，当周极盛。一朝晏起，应门之政不修，而鼓柝无声。后夫人璜玉不鸣，而去留无度。固人君倾色之咎，亦后夫人淫色专宠致然。毕公，王室荩臣，睹衰乱之将萌，思古道之极盛，由于贤女性不妒忌，能为君子和好众妾，其行侔天地，故可配至尊为宗庙主。今也不然，是无以奉神灵之统，而理万物之宜。陈往讽今，主文谲谏，言者无罪，闻者足戒。"王先谦认为此诗的作者是王室的忠臣毕公,毕公因为周康王耽于女色,贻误朝政,王朝有走向衰败的苗头,故作此诗来讽谏康王,目的是防微杜渐。然则在三家诗的阐释者看来,此诗乃借古讽今之作。诗中这位女主人公“能致其贞淑,不贰其操,情欲之感无介乎容仪,宴私之意不形乎动静”,是一位恬淡贞静、少情寡欲的理想女性,能够节制康王的好色之心。这样,“淑女”的形象便成为康王的行为对照,可以起到“刺”的作用,使他翻然知悔。

《毛序》以《关雎》为美诗,即赞美后妃进贤(颂扬后妃之德):“《关雎》,后妃之德也。风之始也,所以风天下而正夫妇也。故用之乡人焉,用之邦国焉……乐得淑女以配君子。忧在进贤,不淫其色,哀窈窕,思贤才,而无伤善之心焉,是《关雎》之义也。”

无论是三家诗还是《毛诗》都认为诗中的“淑女”是个品德高尚的女子,是经学视野下的理想女性。为了说明这个淑女品格高尚,经学家们在“关关雎鸠,在河之洲”二句的阐释上费尽工夫。《毛传》:“雎鸠,王雎也。鸟挚而有别。”“后妃说乐君子之德,无不和谐。又不淫其色,慎固幽深,若关雎之有别焉,然后可以风化天下。”认为雎鸠是诗人兴喻淑女的对象,所取于雎鸠者,在于这种鸟“挚而有别”,既情深义厚又知道雌雄之别。后人不断发挥附会此说。《郑笺》:“谓王雎之鸟,雌雄情意至,然而有别。”宋人王铚《默记》载,“(李公弼)见所谓鱼鹰者飞翔水际,问小吏。曰:‘此关雎也。’仲修(公弼字)令探其巢观之,皆一巢二室,盖雌雄各异居也。因悟所谓和而别者以此也……仲修且叹:‘村落犹呼曰关雎,而和而别,学者不复辨矣。’”朱熹《朱子语类》卷八一:“王鸠,尝见淮上人说,淮上有之,状如此间之鸠,差小而长,常是雌雄二个不相失。虽然二个不相失,亦不曾相近而立处,须是隔丈来地,所谓‘挚而有别’也。”根据他们的解释,雎鸠非常懂得两性之别,并不于人前有亲密的表现,即使它们关关和鸣,以声相求,也要选择在河洲蔽隐无人之处。在经学家看来,这些就是诗人对“淑女”美德的象征与比喻,也就是所谓的“比兴”。

对于淑女的身份与品行,经学家的解释也是愈演愈烈。“窈窕淑女,君子好逑”,《毛传》:“言后妃有关雎之德,是幽闲贞专之善女,宜为君子之好匹。”以“幽闲贞专”释“窈窕”。“参差荇菜,左右流之”,《毛传》:“后妃有关雎之德，乃能共荇菜，备庶物，以事宗庙也。”据此，《毛传》以为，此淑女有“幽闲贞专”之性，可以助君行祭，为后妃。郑玄将后妃、淑女一分为二，言后妃欲求此淑女，以其能为君子和好众妾之怨，使众妾不嫉妒，又能助己采荇菜，供职事。孔颖达《正义》申郑玄说：“是以《关雎》之篇，说后妃心之所乐，乐得此贤善之女，以配己之君子；心之所忧，忧在进举贤女，不自淫恣其色；又哀伤处窈窕幽闲之女未得升进，思得贤才之人与之共事君子。劳神苦思，而无伤害善道之心，此是《关雎》诗篇之义也……此诗之作，主美后妃进贤。”以为“寤寐求之”的行为主体是后妃，意谓《关雎》是颂美后妃之德的。这位性不妒忌的后妃，不贪恋、独专“君子”的宠爱，而是希望得到一位“淑女”辅助自己，共同作为“君子”的贤内助，在《毛传》的基础上又为后妃加上了一条“不妒忌”的美德。

儒家经学对于后妃的上述期待，也成为史家品评后妃贤否的标准、史传叙事的潜在立场。据《后汉书》，汉代后妃颇有能够以儒者的要求自励者。《后汉书·皇后纪》言明德马皇后：“后常以皇嗣未广，每怀忧叹，荐达左右，若恐不及。后宫有进见者，每加慰纳。若数所宠引，辄增隆遇。”又说和熹邓后：“时帝数失皇子，后忧继嗣不广，恒垂涕叹息，数选进才人，以博帝意。”欣赏赞许之意，溢于笔端。

这种解释与叙事，显然是男权文化的产物。在经学衰微之际，并不受到睿智女性的认可。据说谢安的妻子刘夫人颇为妒忌，谢安欲置妓妾而不敢，侄子们了解他的心意，便找个机会在谢安夫人面前称颂《关雎》《螽斯》有不忌之德。刘夫人知道他们的意思，却故意问道：“此诗是谁所撰？”答曰：“周公。”夫人回敬说：“周公是男子，相为尔，若使周姥撰诗，当无此也。”（《艺文类聚》卷三五）

需要格外指出的是，以善于发现“淫诗”著称的朱熹解释此诗时也基本遵循《毛序》《毛传》的说法，云：“周之文王生有圣德，又得圣女姒氏以为之配。宫中之人于其始至，见其有幽闲贞静之德，故作是诗。”（《诗集传》）其释“窈窕淑女，君子好逑”：“窈窕，幽闲之意。淑，善也。女者，未嫁之称，盖指文王之妃大姒为处子时而言也。”“君子，则指文王也。”将后妃具体化为文王之妃太姒。朱熹的三传弟子王柏，勇于指“淫”，也不曾撼动此诗。原因在于，此诗曾被孔子赞为“乐而不淫，哀而不伤”，另外，此诗属于孔子重视的《周南》之一，在后人的解读中，《周南》是表现“周公之化”的“正声”。尊圣的态度、历史的惯性使朱熹观照此诗时比前人附会更甚。只有个别古代文学作品借助人物形象的言说，传递出古人或以此诗为情诗的信息。《牡丹亭》中杜丽娘正值青春妙龄，平时读了许多描写“佳人才子，密约偷期”的爱情小说，对爱情充满幻想与期待，以此，她读《关雎》，没有读出“幽闲贞静”的后妃之德，而是读出了圣人的春情，于是悄然废书而叹：“圣人之情，尽见于此矣。今古同怀，岂不然乎？”但这种解读只是经典诠释之外的一点花絮而已。

关于此诗的创作时间与作者，旧时依“刺”“美”解释的不同而有二说：如前所言，汉代三家诗以为康王时毕公作，以“刺康王晏起”；主“美”者以为是咏文王娶妻的作品，产生时间当在先周。上引朱熹《诗集传》“周文王生有盛德”云云，谓文王为世子时身边之人叹美其与太姒的新婚而作。二说已不被今人认同。刘毓庆《〈诗经〉二南汇通》结合考古发现的钟类铭文，指出：“西周钟多为乐神所用，不用于乐人，西周晚期以后始有‘以乐嘉宾’‘以乐其声’之类的钟铭。”我们认为，从诗歌钟鼓并用以娱人（“钟鼓乐之”）等现象来看，此诗的创作时间当在西周中期以后，其下限甚至可以放到春秋时期。

关于此诗的分章方式，历来有两种意见：一种是每四句为一章，全诗共五章（郑玄）；另一种是分为三章，第一章四句，第二，第三章各八句（《毛传》、朱熹）。基于用韵的考虑，此从郑玄。

现代一般以为此诗是贵族婚礼的赞歌，亦即乐得淑女以配君子之诗。诗歌以第三人称的口吻，赞美淑女与君子的好合。首章由“关关”而鸣的雎鸠兴起君子对于淑女的追求；二章则由采荇菜兴起君子对于淑女的追求；三章写君子对于淑女求而未得之苦；四章写君子欲亲近淑女；五章写君子与淑女的成婚。君子追求淑女的历程是寤寐求之、寤寐思服、辗转反侧、琴瑟友之、钟鼓乐之。先是明确了情感的投射对象，并开始思念，然后采取行动以接近，最后用钟鼓迎娶之。诗歌以圆满的婚礼收束了这段情感，构思可谓是“发乎情止乎礼”。

诗以“关关雎鸠”起兴，兴起君子对淑女的追求。但何以以雎鸠起兴作比，学者的看法并不相同。归纳起来，主要有两点意见：其一，以吴小如为代表：“所谓比兴手法，特别是‘兴’，并不是诗人在实际生活之外凭空找来点什么填塞入诗，而是以即目所见、倾耳所闻的当前实际景物做为抒发思想感情的媒介，顺带着产生了联想。我们可以承认‘关关雎鸠，在河之洲’是诗人眼前实景，但这一对在河洲上互相依偎着一唱一和的水鸟，自然会引起未婚青年男子迫切寻找淑女以为配偶的强烈意愿。”（《通训诂明诗旨——说〈诗经·关雎〉》）洪之渊亦认为，“此诗以雌雄相聚之雎鸠，引发君子追求理想配偶的念头”，并以为《毛传》“挚而有别”之说，的为有据，且“《诗经》中固有以鸟喻夫妻的证据。又‘君子好逑’之‘逑’字，即商周金文之‘雔’字、‘雠’字，作两鸟相向（雔）或相反（雠）之形，由此知以双鸟喻匹偶之意，《诗经》之前固已有之。”（《关关雎鸠考释》）于省吾关于“君子好逑”之“逑”的考释可以支持这一结论：“按逑、仇、雔、雠等字古每通用，但哪一个是本字，哪一个是借字，一向纠结莫辨。商代金文中雔字屡见，均作雔，像两鸟相向形，又商周金文中均有雠字，中间从言，两侧像两鸟相反形。两鸟相向与相反都具有左右相对之义，故典籍中多训作匹。雠为雔的孳乳字，雠训应故从言，相应地也由相对之义所引申，相对无善恶之分……总之，训匹之字本应作雔，孳乳为雠。”“至于仇与逑之训匹，均系后起的借字。”（《泽螺居诗经新证》卷中）其二，以闻一多、孙作云、李炳海、刘毓庆等为代表，认为是以鱼鹰的鸣叫兴起男子的求偶。用水鸟捕鱼来暗示两性结合，这种起兴的手法也见于《曹风·候人》：“维鹈在梁，不濡其味，彼其之子，不遂其媾。”鹈鹕也是以捕鱼为食的水鸟，用鹈鹕不肯捕鱼暗示男子不肯与女子亲近。袁梅《诗经译注》录此说：“一说：以雎鸠求鱼象征男子求女。明代高启题《芦雁图》的故事可征。《篷轩杂记》云：‘高季迪年十八未娶，妇翁周建仲出《芦雁图》命题，季迪赋曰：‘西风吹折荻花枝，好鸟飞来羽翮垂。沙阔水寒鱼不见，满身风露立多时。’翁曰：‘是将求室也。’择吉日以女妻焉。”两说都有一定道理，何说为诗人之意，不易辨析，故俱录于此，以俟将来。

此诗反映了周代婚礼用乐的习俗。一般认为，“窈窕淑女，钟鼓乐之”

是对婚娶场面的描写。但《仪礼·士昏礼》展示给我们的却是庄严肃穆的婚礼氛围：新郎身穿爵弁服（衣帽几近黑色），随从们也都穿着以黑为主色的玄端服，乘墨车，前往女家。新娘身穿纯玄色的衣裳，她的随嫁者的服装也都是纯玄色，站在房中。新郎一行来到女方处所，新娘父亲在门外迎接。双方三揖三让，新郎便接引新娘登车。返回家中后，又有成婚之仪、新妇拜见舅姑之仪。全程没有音乐表演的记载，也没有乐器出现。《礼记·曾子问》对此记载加以解说："嫁女之家，三夜不息烛，思相离也。取妇之家，三日不举乐，思嗣亲也。"对此文献记载上的矛盾现象，主要有两种解释：李炳海先生从部族文化的角度予以解释，以为婚礼不用乐，是夏族的传统；婚礼用乐，反映的是其他部族的文化传统。也有学者从历时性文化的角度予以解释，认为婚礼不用乐（婚礼不贺）是西周传统，婚礼用乐（贺婚）乃东周以后传统，《关雎》乃春秋时期产生的乐歌，是婚礼用乐的表现。如晁福林《先秦民俗史》就说："周代婚礼仪式众多，故有'九十其仪'的说法。然而，婚礼尽管庄重，但并不热闹，因此古代礼书上说'嫁女之家三月不息烛，思相离也。取妇之家三日不举乐，思嗣亲也。'当时所看重的是婚礼对于巩固宗法制度的作用，并不求取亲迎场面气氛的热烈。东周时期，随着宗法制度的变化，结婚才逐渐有了热闹的场面。"也有学者认为，《礼记》中的话"是儒者的一种'不应该如何如何'的宣传与号召，而不是当时社会婚俗的实际记录"（涂石《"古代婚礼不贺、不用乐"辨》）。

另有学者认为，"钟鼓乐之"并非婚礼场面。此说以陈成国《诗经刍议·说关雎》一文为代表。据陈成国说《关雎》之意，此诗末章非写迎亲结婚之诗，所谓"钟鼓乐之"，即以钟鼓撩拨之，向其示爱："撩拨之，挑动彼淑女之心也。"并说："汉以前，包括春秋时期，用声乐追求异性者应已有之，无论在理论上、实践上都可以找到证据。如《左传》《汉书》等史书所记载的，当时所谓'君子'为追求异性几乎是不择手段，而以声乐为媒要算是够文雅的一种了。可是他们在正式迎娶、举行昏礼之际倒是道貌岸然，是有什么'幽阴之义'在，不敢（肯）用乐了。"陈先生用以为证的一条即《礼记·郊特牲》："昏礼不用乐，幽阴之义也。乐，阳气也。"郑玄注："幽，深也。欲使妇深思其义，不以阳散之也。"孔颖达《正义》："昏礼所以不用乐者，幽深也。姑使其妇深思阴静之义，以修妇道。‘乐，阳气也’者，阳是动散，若其用乐，则令妇人志意动散，故不用乐也。”(《礼记正义》)《周礼》《仪礼》亦无婚礼用乐之说。陈戍国举此及他书计16条证据，说明古时婚礼不用乐，谓“我国汉族中上层社会婚礼，隋以前皆不用乐，经有明文，史亦有记载”。

我们认为，《士昏礼》所载为士之婚礼，士、大夫之冠、婚、丧、祭之礼皆不用乐，而天子、诸侯的上述礼仪则用乐。竹添光鸿《左氏会笺·隐公五年》对此有详细考论：“天子祭礼用乐，见于《周礼·大司乐》诸官，有‘乐九变，则人鬼可得而礼’之文。诸侯祭祀用乐，见于《戴记·礼器》诸篇，有‘礼交动乎上，乐交应乎下’之文。而《仪礼》之少牢馈食礼为大夫祭礼，特牲馈食礼为士祭礼，皆无用乐之文也。又如诸侯冠礼用乐，见于《左氏传》，鲁襄公冠，季武子曰：‘君冠，必以裸享之礼行之，以金石之乐节之。’而《仪礼》之《士冠礼》亦无用乐之文也。又如两君相见用乐，见于《戴记·仲尼燕居篇》，有‘入门而悬兴，升堂而乐阕’之文。而《仪礼》之《士相见礼》，兼载大夫相见礼，亦皆无用乐之文也。又如诸侯之丧礼，皆廞乐器，《周礼·大司乐》《乐师》《笙师》《镈师》诸官，言之备详，而《士丧》《既夕礼》之陈明器，仅云有燕乐器可也。谓之燕乐，则为平日所弹之琴瑟，而士无乐悬可知矣。至于《士昏礼》之不用乐，虽《郊特牲》篇以其取幽阴之义，然亦士无乐之一证也。综观冠、昏、丧、祭、乡、相见六礼，惟乡饮、乡射有乐，而他礼皆不用乐，则乡学自有乡乐，而实无士大夫之乐，不尤彰明较著乎？”以为周代诸礼是否用乐关乎身份的高低，并不能一概以不用乐论，理据充分。此诗有钟鼓之乐，可见主人公是个高层贵族。

周南·汉广

南有乔木，不可休息[一]。汉有游女，不可求思[二]。汉之广矣，不可泳思[三]。江之永矣，不可方思[四]。

翘翘错薪，言刈其楚[五]。之子于归，言秣其马[六]。汉之广矣，不可泳思。江之永矣，不可方思。

翘翘错薪，言刈其蒌[七]。之子于归，言秣其驹[八]。汉之广矣，不可泳思。江之永矣，不可方思。

注释：

[一]南：南方。乔木：树枝上耸的高大树木。不可休息：指高木无荫，不能休息。按，“息”或作“思”。

[二]汉：汉水，长江支流之一。源出陕西宁羌北，东南流经湖北省境，至汉阳入长江。游女：游玩的女子。一说游女为淫女，指貌美而有风情的女子。陈梦家《高禖郊社祖庙通考》：“瑶女亦即佻女、淫女、游女也。”一说指汉水之神。《文选》嵇康《琴赋》李善注引薛君《韩诗章句》：“游女，汉神也。”求：追求。

[三]广：水面宽阔。泳：游泳，在水中潜行。

[四]江：江水，即长江。永：水流长。方：桴，筏。此处用作动词，坐木筏渡江。陈奂《传疏》：“上竦之木不可休，兴出游之女不可求。汉广不可泳，江永不可方，亦因见江汉而起兴也。”

[五]翘翘（qiáo qiáo）：本指鸟尾上的长羽，此为高出貌。错薪：杂乱的柴草。错，乱。薪，柴草。言：发语词。刈：割。楚：灌木名，即牡荆；一说黄荆。一说“楚”为错薪中的高大者。

[六]秣（mò）：喂马。据《仪礼·士昏礼》，士娶妇，需备二车，一己乘，一妇乘，均需马驾。故此处言秣马。惠周惕《诗说》：“言得如是之女归于我，

则我将亲迎而身御之，爱之深不觉辞之昵也。不言御车，而言秣马，欲速其行，且微其辞也。”

［七］蒌：蒌蒿，也叫白蒿。多年生草本植物，嫩时可食，老则为薪。

［八］驹：同“骄”。五六尺的马，少壮的骏马。《毛传》：“五尺以上曰驹。”《陈风·株林》：“乘我乘驹，朝食于株。”《毛传》：“大夫乘驹。”《小雅·皇皇者华》：“我马维驹，六辔如濡。”陆德明《释文》：“驹，音俱，本亦作骄。”（《毛诗正义》）马瑞辰《通释》：“骄与驹双声，古盖读骄如驹，以与濡、驱、諏合韵。”

讲析：

关于此诗的主旨，历来有二说。《文选》李善注引《韩诗序》云：“《汉广》，说（悦）人也。”认为此乃悦慕异性的诗篇。由其以游女为“汉神”（见注释）来看，《韩诗》是以男性爱悦神女为此诗之旨。但此说在旧说中影响甚微。《毛序》以为是赞美文王德化的广远：“《汉广》，德广所及也。文王之道，被于南国，美化行乎江汉之域，无思犯礼，求而不可得也。”《郑笺》申之：“纣时淫风遍于天下，维江汉之域受文王之教化。”此说影响深远。朱熹《诗集传》细说曰：“文王之化，自近而远，先及于江汉之间，而有以变其淫乱之俗，故其出游之女，人望见之而知其端庄静一，非复前日之可求矣。因以乔木起兴，江汉为比，而反复咏叹之也。”也是对《序》说的重复。唯方玉润《诗经原始》颇能另出新意：“小序（按，方玉润所谓“小序”指《毛序》开头一句）谓‘德广所及’，大序（按，方玉润所谓“大序”指《毛序》首句后面数句）因谓‘化行乎江汉之域，无思犯礼，求而不可得’，《集传》以下诸家莫不本此，以为江汉游女，非复前日可求，以见文王之化广矣。然‘翘翘错薪’数语终无着落，岂虚衍哉！夫错薪非游瞩地，刈楚亦与女子无关，乃不言采兰赠芍而云担柴刈草，岂不大煞风景。”方氏转以樵歌说解此诗：“愚意此诗意必当时诗人歌以付樵，故首章先言乔木起兴为采樵地，次即言刈楚，为题正面，三兼言刈蒌，乃采薪余事，中间带言游女则不过借以抒怀，聊写幽思，自适其意云尔。终篇忽叠咏江汉，觉烟水茫茫，浩渺无际，广不可泳，长更无方，唯有徘徊瞻望，长歌浩叹而已，故取之以况游女不可求之意也，可即以之比文王德广洋洋也，亦无不可。总之诗人之诗，言外别有会心，不可以迹相求。然则太史取之，抑又何哉？盖《国风》多里巷词，况此山讴，犹能以礼自持，则尤见周家德化所及，凡有血气莫不发情止义，所以为贵也。”方氏以樵歌为说，目的似在弱化其中的求女之思，但仍然没有摆脱文王德化的旧说。

今天看来，这是一首发生在江汉流域的恋情诗。按，江汉一带，风俗好游。朱熹《诗集传》也捕捉到这一点，谓“江汉之俗，其女好游。汉魏以后犹然，如《大堤》之曲可见也”，只是他最终又回到“文王之化”的旧说中，认为在此诗写作的时代，江汉一带淫乱的风俗发生转变，好游的女子也不再有昔日随便的作风。抛开“文王之化”所行地域与深度的经学诠释，仅就《诗经》时期的江汉风俗而论，在特定节日里还是比较放任男女结合的。在这种自由的风俗之下，必然发生许多男欢女爱的情事。此诗的主人公是位男子，他钟情于一个出游的女子，却始终难遂心愿。面对浩渺的江汉之水，他唱出了这首动人的歌，倾吐了满怀愁绪。诗共三章，章八句，形式非常整齐。诗的首章写现实，亦即男主人公对“游女”追求的无望，表现一种阻隔感。八句四个“不可”，把追求的无望感表达得淋漓尽致。乔木、汉广、江永，又构成一组博喻，将两性之间的阻隔感形象化，使男主人公的怅惘之情表现得更为强烈。二章、三章均由男子对于“游女”追求而不得，从而生发出幻境：如果“游女”能够嫁给我，我愿意亲自刈草秣马，驾车前去迎娶。但现实的情景总是令人伤怀，于是从幻境中走出的男主人公便反复哀叹“汉之广矣，不可泳思；江之永矣，不可方思”。

“汉之广矣，不可泳思；江之永矣，不可方思”在诗篇中重复出现，构成重章叠唱的章法，反复表现抒情主人公对在水一方的“游女”，瞻望勿及，企慕难求的感伤之情。这种情境，清人陈启源《毛诗稽古编》概括为“可见而不可求”之境。钱钟书《管锥编·毛诗正义》认为这就是西方浪漫主义所谓的“企慕情境”，即表现所渴望所追求的对象在远方、在对岸，可以眼望心至却不可以手触身接，是永远可以向往但永远不能到达的境界。《秦风·蒹葭》也是刻划“企慕情境”的佳作，从单纯的艺术性来看，《蒹葭》

的成就更高。两相比较,《蒹葭》偏于空灵象征,《汉广》偏于具体写实。《蒹葭》全篇没有具体的事件、场景,连主人公是男是女都难以确指,诗人着意渲染一种追求向往而渺茫难即的意绪。《汉广》则相对具体写实,诗中出现了确切的自然景物:江汉之水;有具体的人物形象:男子与游女;有细微的情感历程:希望、失望到幻想、幻灭;有清晰的幻想:之子于归。空灵象征能提供广阔的想象空间,而具体写实却不易作审美的超越。钱钟书《管锥编》论"企慕情境"这一原型意境,在《诗经》中以《蒹葭》为主,而以《汉广》为辅,其原因或许就在于此。

"汉有游女,不可求思",是体现诗旨的中心诗句。游女的身份如何,样貌如何,诗篇都没有直接的说明,只是借男女主人公的惆怅、向往之情的抒发得到侧面烘托。这也为后人的解读与艺术再创造提供了广阔空间。再创造,往往是所获文化信息的叠合。江汉一带,是传说中神女出没的地方。《山海经·中次十二经》提到洞庭之山:"帝之二女居之,是常游于江渊。"袁珂《山海经校注》引郭璞注:"天帝之二女而处江为神也。"又引汪绂云:"帝之二女,谓尧之二女以妻舜者娥皇女英也。相传谓舜南巡狩,崩于苍梧,二妃奔赴哭之,陨于湘江,遂为湘水之神,屈原《九歌》所称湘君、湘夫人是也。"后来,人们就把江渊神女和《汉广》传说整合在一起,创造出郑交甫遇江妃二女的故事。善于以传说、故事解经的《韩诗》曾提到郑交甫遇汉水女神的传说。《文选·南都赋》李善注引《韩诗内传》:"郑交甫将南适楚,遵彼汉皋台下,乃遇二女,佩两珠,大如荆鸡之卵。"郭璞《江赋》"感交甫之丧珮,愍神使之婴罗"句李善注引《韩诗外传》:"郑交甫遵彼汉皋台下,遇二女,与言曰:'愿请子之珮。'二女与交甫,交甫受而怀之,超然而去。十步,循探之,即亡矣,回顾二女,亦即亡矣。"刘向《列仙传·江妃二女》叙此事更为丰富细腻:

江妃二女者,不知何所人也。出游于江汉之湄,逢郑交甫。见而悦之,不知其神人也。谓其仆曰:"我欲下请其佩。"仆曰:"此间之人皆习于辞,不得,恐罹悔焉。"交甫不听,遂下与之言,曰:"二女劳矣。"二女曰:"客子有劳,妾何劳之有!"交甫曰:"橘是柚也,我盛之以笥,令附汉水,将流而下。我遵其傍,采其芝而茹之,以知吾为不逊也。愿请子之佩。"二女曰:"橘是柚也，我盛之以莒，令附汉水，将流而下，我遵其傍，采其芝而茹之。”遂手解佩与交甫。交甫悦，受而怀之，中当心，趋去数十步，视佩，空怀无佩。顾二女，忽然不见。《诗》曰：“汉有游女，不可求思。”此之谓也。

《列仙传》交代江妃二女为“神人”，强调其神性。结尾引《汉广》诗句，点出游女即江汉一带的神女，与世俗男子保持距离，是飘渺难踪的意象。这是对“汉有游女，不可求思”的一个解说。张衡《南都赋》有“耕父扬光于清泠之渊，游女弄珠于汉皋之曲”二句，即化用此典。

《韩诗外传》卷一讲解这两句诗还敷衍出孔子在阿谷遇见浣女，派子贡前去考验浣女品格的故事（或曰“阿谷观语”故事）：

孔子南游适楚，至于阿谷之隧，有处子佩璜而浣者。孔子曰：“彼妇人其可与言矣乎？”抽觞以授子贡，曰：“善为之辞，以观其语。”子贡曰：“吾北鄙之人也，将南之楚，逢天之暑，思心潭潭，愿乞一饮，以表我心。”妇人对曰：“阿谷之隧，隐曲之汜，其水载清载浊，流而趋海，欲饮则饮，何问于婢子！”受子贡觞，迎流而挹之，奂然而弃之，从流而挹之，奂然而溢之，坐置之沙上。曰：“礼固不亲授。”子贡以告。孔子曰：“丘知之矣。”抽琴去其轸，以授子贡，曰：“善为之辞，以观其语。”子贡曰：“向子之言，穆如清风，不悖我语，和畅我心。于此有琴而无轸，愿借子以调其音。”妇人对曰：“吾野鄙之人也，僻陋而无心，五音不知，安能调琴？”子贡以告。孔子曰：“丘知之矣。”抽絺绤五两，以授子贡，曰：“善为之辞，以观其语。”子贡曰：“吾北鄙之人也，将南之楚。于此有絺绤五两，吾不敢以当子身，敢置之水浦。”妇人对曰：“行客之人，嗟然永久，分其资财，弃之野鄙。吾年甚少，何敢受子？子不早去，今窃有狂夫守之者矣。”诗曰：“南有乔木，不可休思。汉有游女，不可求思。”此之谓也。

刘向《列女传·辨通》也有类似情节。贞洁守礼不可侵犯的阿谷处子坐实了“游女”之“不可求思”的情由，是经学化的解读。

此诗的“刈楚（蒌）”事项历来是关注的重点。论者多将之与《诗经》中多处出现的“析薪”“束楚”事项合并来观，注意到此类事项都与婚礼有关。如《唐风·绸缪》叙述男方迎亲时的准备工作和激动心情，其中有“绸缪束薪”“绸缪束刍”“绸缪束楚”（即把柴草缠绕成捆）的行为。《郑风·扬之水》是妻子对于丈夫的表白，也出现束楚事项："扬之水，不流束楚。终鲜兄弟，维予与女。""扬之水，不流束薪。终鲜兄弟，维予二人。"《齐风·南山》一般以为是讽刺齐襄公与文姜通淫的诗，诗人告诫说："析薪如之何，匪斧不克。取妻如之何，匪媒不得。"将析薪砍柴与娶妻需要媒人并提，暗示两者的关联。《小雅·车辖》以男子的口吻写新婚的快乐，亦有"陟彼高冈，析其柞薪"之句。关于"析薪"的意蕴，解释主要有二：第一，马料说。此说以为，古代婚礼必乘马车，"刈楚""析薪"的目的是为马准备草料。吕祖谦《吕氏家塾读诗记》卷二引张氏曰："刈楚、刈蒌，刈之以秣之子之马也。"闻一多亦以为楚是草名，刈以喂马，"谓以楚与蒌为秣马之刍耳""刈楚与秣马本为一事"（《诗经研究·诗经新义》）。第二，燎炬说。此说以为，古代嫁娶以燎炬为烛，故《诗经》嫁娶多以析薪、刈楚为兴。魏源《诗古微》："《三百篇》言娶妻者，皆以'析薪'起兴。盖古者嫁娶必以燎炬为烛。故《南山》之'析薪'，《车辖》之'析柞'，《绸缪》之'束薪'，《豳风》之'伐柯'，皆与此'错薪''刈楚'同兴。"胡承珙《毛诗后笺·野有死麕》则综合二说："今考《诗》言昏姻之事，往往及于薪木……窃意古者于昏礼或本有薪刍之馈。盖刍以秣马，薪以供烛。"参诸《仪礼·士昏礼》，上述诸说都有一定的现实依据。录以待考。

召南·野有死麕

野有死麕，白茅包之[一]。有女怀春，吉士诱之[二]。
林有朴樕，野有死鹿[三]。白茅纯束，有女如玉[四]。
舒而脱脱兮，无感我帨兮，无使尨也吠[五]！

注释：

[一]野：郊外，此特指郊外林野之地。《尔雅·释地》："邑外谓之郊，郊外谓之牧，牧外谓之野。"麕（jūn）：小獐，似鹿。白茅：又叫菁茅。多年生草本，因花穗上密生白色绒毛，故名"白茅"。周人重之，以为重要的包裹衬垫之物。《尚书·禹贡》："荆州……包匭菁茅。"《逸周书·作雒解》："乃建大社于周中，其壝东（责）[青]土，南赤土，西白土，北骊土，中央（叠）[亹]以黄土。将建诸侯，凿取其方一面之土，苞以黄土，苴以白茅，以为土封。故曰受（则）[列]土于周室。"《汉书·王莽传下》载，王莽有"予亲设文石之平，陈菁茅四色之土"之语，可见王莽及汉人以菁茅、白茅为一物。

[二]有女怀春：有个女子春情萌动。吉士：男子的美称。《尚书·立政》："继自今立政，其勿以憸人，其惟吉士，用劢相我国家。"诱：挑诱，追求。

[三]朴樕（sù）：小树。《毛传》："朴樕，小木也。"

[四]纯（tún）：捆扎，包裹。

[五]舒而：慢慢地。脱脱（tuì tuì）：舒缓貌。感（hàn）：撼，动。帨（shuì）：拭物的佩巾，犹手帕。帨是先秦女子身上的常见佩饰，也是女性的标志。《礼记·内则》有"生女子，设帨于门右"的记载，又言女子日常"左佩纷帨"。纷帨，郑注："拭物之佩巾。"《仪礼·士昏礼》有女子出嫁母亲为其"施衿结帨"的记载。尨（máng）：狗。

讲析：

关于此诗的背景与题旨，《毛序》云："恶无礼也。天下大乱，强暴相陵，遂成淫风，被文王之化，虽当乱世，犹恶无礼也。"《郑笺》申《序》说："无礼者，为不由媒妁，雁币不至，劫胁以成昏，谓之纣之世。"以为此诗之作是在商末，其时天下大乱，风衰俗乱，只是因为此地受到文王的教化，所以女子仍然能够抗拒男子的无礼。"野有死麕"，《郑笺》："乱世之民贫，而强暴之男多行无礼，故贞女之情，欲令人以白茅裹束野中田者所分麕肉为礼而来。""舒而脱脱兮"，《郑笺》："贞女欲吉士以礼来，脱脱然舒也。又疾时无礼，强暴之男相劫胁。"对于诗的末章，旧注多归结为女子的守礼之言。"无使尨也吠"，《毛传》："非礼相陵则狗吠。"朱熹《诗集传》："此章乃述女子拒之之辞，言姑徐徐而来，毋动我之帨，毋惊我之犬，以甚言其不能相及也。其凛然不可犯之意，盖可见矣！"按照这种说法，诗中怀春的女子，却是一个守礼的贞女。

方玉润《诗经原始》批评《毛序》《毛传》《诗集传》，颇能看到诸说的牵强之处："《诗》曰'吉士'，《传》曰'强暴'，经与传互相矛盾，可乎哉？女而怀春，尚称贞女，天下有是贞女乎？至其拒暴之词，则曰尔姑徐徐来，勿感我帨，勿吠我尨，言何婉而意何切也？而乃谓其为凛然不可犯者，谁其信耶？"但他终究受到经学讳淫的制约，不敢承认这是两性欢好的作品，而是赋予其比兴的意蕴，谓此诗乃"拒招隐也"，并结合诗句分析说："愚意此必高人逸士抱璞怀贞，不肯出而用世，故托言以谢当世求才之贤也。意若曰：惟野有死麕，故白茅得以包之。惟有女怀春，故吉士得而诱之。今也'林有朴樕，野有死鹿'矣，然'白茅'则'纯束'也，而谁其包之？'有女如玉'，质本无瑕也，而谁能玷之？尔吉士纵欲诱我，我其能禁尔以无诱哉？亦惟望尔入山招隐时，姑徐徐以云来，勿劳我衣冠，勿引我吠尨，不至使山中猿鹤共相惊讶也云尔。吾将去此而他适矣。"牵强处并不亚于《序》《传》的解释。

就诗论诗，此诗叙述一位贵族猎手与他钟情的女子相识、相爱和幽会的过程。诗共三章，首章写男子以小獐作为礼物，追求一个正值青春妙龄的女子；第二章进一步申说男子的殷勤与女子的美好；诗的最后一章是两人幽会的场景，女子提醒他动作舒缓，不要因为触摸自己佩巾而发出声响，从而引起狗吠。女子的叮嘱，出之以三个祈使句，道出两人幽会的隐秘，把女性紧张羞涩的心理做了充分展示。诗中的女子之言与《郑风·将仲子》中的女子“无逾我里”“无逾我园”“无逾我墙”的拒绝语气渐次弱化一样，对于男子的亲近，抗拒中带着期望，欲推还就。隔了遥远的时空，当下读之，声情犹在耳目之间。

此诗反映《诗经》的时代男女馈赠礼物的特点。诗的两章相继出现“野有死麕”和“野有死鹿”事象，虽然没有明言麕、鹿从何而来，但可以想象出是这位“吉士”的猎物，是送给女子的见面礼。他把猎物献给对方，是用以显示自己技艺的高超，以此赢得女子的芳心。这在当时是颇为有效的求偶手段。尚武是西周春秋时期的社会风气，男子是否有这种素质，往往决定婚姻的成败。《左传·昭公元年》徐吾犯之妹选择以武士姿态出现的子南而放弃了衣冠楚楚的子皙，就是很好的例子。《昭公二十九年》所载的贾大夫之妻先是对于貌丑的丈夫不理不睬，继而看到丈夫“射雉”并“获之”之后“始笑而言”的故事，则是男子的勇武成就美满婚姻的好例。只不过《左传》中的事例是在礼的规范内发生，而此诗则有更活泼自由的风俗背景。

诗中的白茅意象需要略做申说。诗中的男主人公在赠送麕鹿一类的礼物时，诗人反复强调“白茅包之”“白茅纯束”，亦即男子用白茅把猎物包好，然后郑重赠送给女方。用白茅来包裹垫藉礼物，表示的是恭敬和虔诚。古人在祭祀或馈赠礼物时往往采用这种方式。《艺文类聚》卷八二引《尸子》：“殷汤救旱，素车白马，身婴白茅，以身为牲。”白茅也因此成为楚人向周王室进贡的重要土产。《左传·僖公四年》“齐桓公伐楚盟屈完”一节，管仲对楚使言齐伐楚的理由：“尔贡苞茅不入，王祭不共，无以缩酒，寡人是征。”苞，裹束。茅，菁茅，也就是白茅。缩酒，渗滤酒渣。古人祭祀时，把酒倒在束茅上，酒顺着茅草渗下，就如神饮一般。周人重视祭祀活动，也赋予了白茅深厚的意蕴。《周易·大过》初六爻辞为“藉用白茅，无咎”，《系辞上》对此作出解释：“‘（大过）初六：藉用白茅，无咎。’子曰：‘苟错诸地而可矣，藉之用茅，何咎之有？慎之至也。夫茅之为物薄，而用可重也。慎斯术也以往，其无所失矣。'”作者认为，用白茅衬垫表明一种敬慎的态度。所以天子在封建诸侯的时候，也要将分封象征物的土用白茅包裹衬垫，体现的是庄重、肃穆，带有崇高性。诗中的男子用白茅包裹猎物，表明他是个按礼仪行事的君子。

鄘风·桑中

爰采唐矣？沬之乡矣[一]。云谁之思？美孟姜矣[二]。期我乎桑中，要我乎上宫，送我乎淇之上矣[三]。

爰采麦矣？沬之北矣[四]。云谁之思？美孟弋矣[五]。期我乎桑中，要我乎上宫，送我乎淇之上矣。

爰采葑矣？沬之东矣[六]。云谁之思？美孟庸矣[七]。期我乎桑中，要我乎上宫，送我乎淇之上矣。

注释：

[一] 爰：于何，在哪里。唐：植物名，又名蒙，即菟丝子，寄生蔓草，秋初开小花，子实可以入药；一说当读为“棠”，沙棠，梨的一种。沬（mèi）：又称“妹”，指西周春秋时卫国都城朝歌，在今河南淇县境内。刘起釪《尚书校释译论·盘庚》：“周初对当时的殷都又称‘卫’，仍是由‘衣’‘殷’声转来的。当时殷都由安阳扩大到了朝歌，其地即‘沬’，周武王灭商后封纣子武庚于其地。武庚叛灭后，成王封康叔于其地，国号遂为‘卫’。”按，卫人都沬，直到卫懿公九年（前660），狄人伐卫，入卫邑（沬），“卫之遗民男女七百有三十人，益之以共滕之民为五千人，立戴公以庐于曹”（《左传·闵公二年》）。第二年，卫人徙都楚丘（河南滑县东），30年后又徙都帝丘（即濮阳）（见《左传·僖公三十一年》）。乡：郊。按，乡为周代国都之郊的行政区划单位。西周春秋各国实行国野制度，即乡遂制度。国，一般指周王和诸侯

都城及四郊以内的地区。野，一般指四郊以外的地区。因乡在郊内，故郊亦可称乡。《尚书·费誓》“鲁人三郊三遂”，孔颖达《正义》：“郑众云：‘六遂之地在王国百里之外。’然则王国百里为郊，乡在郊内，遂在郊外。《释地》云：‘邑外谓之郊。’孙炎曰：‘邑，国都也。设百里之国，去国十里为郊。’则诸侯之制，亦当乡在郊内，遂在郊外。此言‘三郊三遂’者，‘三郊’谓三乡也。盖使三乡之民，分在四郊之内，三遂之民，分在四郊之外。乡近于郊，故以郊言之。”

［二］云：语助词。谁之思：思谁。之，语助词。孟姜：姜姓的大姑娘。孟，老大。姜，姓。按，卫国无姜姓，此处用贵族姓氏代表美人，是贵即美观念的体现。

［三］期：约会。桑中：桑林中；一说地名，亦名桑间，在今河南滑县东北，当是因此地有桑林而得名；一说“桑中”为桑林之社，后来成为男女聚会的场所。按，三说并不冲突。社指土地神，亦指祭祀土地神的场所。社神杳不可见，古人多以树木为神主。《墨子·明鬼下》：“必择木之修茂者，立以为菆位（丛社之位）。”《周礼·地官·大司徒》：“设其社稷之壝而树之田主，各以其野之所宜木，遂以名其社与其野。”要：同“邀”。邀约。上宫：即社。一说上宫为台名，《太平御览》卷一七八引《郡国志》：“卫州苑城北十四里，沙丘台也，俗称妲己台，去二里，有一台，南临淇水，俗称为上宫也。”淇之上：淇水边。

［四］沫之北：朝歌以北。

［五］弋：古代贵族的姓。即姒姓。朱熹《诗集传》：“弋，《春秋》或作‘姒’，盖杞女，夏后氏之后，亦贵族也。”

［六］葑（fēng）：又名芜菁，即大头菜。沫之东：朝歌以东。

［七］庸：据马瑞辰《通释》考证，鄘、阎通用，庸姓即是阎姓，卫地著姓。方玉润《诗经原始》以为是古鄘国之姓：“《补传》曰：‘鄘本庸姓之国，汉有庸光及胶东庸生，是其后也。’傅氏曰：‘孟庸当是鄘国之姓，鄘为卫所灭，故其后有仕于卫者。’”

讲析：

此诗的主旨，旧说以为是刺淫。《毛序》：“《桑中》，刺奔也。卫之公室淫乱，男女相奔，至于世族在位，相窃妻妾，期于幽远，政散民流而不可止。”认为卫国统治者宣淫，导致风俗衰弊，故诗人作诗讽刺这种淫乱现象。但《序》不言何时之作。《郑笺》在《序》说基础上将诗的背景定在卫宣公、卫惠公之世：“卫之公室淫乱，谓宣、惠之世，男女相奔，不待媒氏以礼会之也。世族在位，取姜氏、弋氏、庸氏者也。窃，盗也。幽远，谓桑中之野。”朱熹亦受《序》《笺》影响，将此诗置于风俗淫乱的背景之下，但以为是淫者自作：“此诗乃淫奔者所自作。”（《诗序辨说》）“卫俗淫乱，世族在位，相窃妻妾。故此人自言将采唐于沬，而与其所思之人相期会迎送如此也。”（《诗集传》）而将讥刺之意，赋予编诗之人：“如《桑中》《溱洧》之类，皆是淫奔之人所作，非诗人作此以讥刺其人也。圣人存之，以见风俗如此不好，至于做出此诗来，使读者有所愧耻而以为戒耳。”（《朱子语类》卷二三）

朱熹的“淫奔之人所作”的作者判断是正确的。从诗歌所使用的第一人称看，是诗人自述其事，抒写他与情人幽会欢好的回忆。诗分三章，每章结构大同，章首二句以植物采摘起兴，引起所思念的女子，每章最后三句都是诗人回忆与此女子的相会与分别。

诗的三章分别出现三个女子的名字，即孟姜、孟弋、孟庸。那么该如何理解孟姜、孟弋、孟庸的关系？钱钟书《管锥编·毛诗正义》：“桑中未必淫者自作，然其语气明为淫者自述。桑中、上宫，幽会之所也。孟姜、孟弋、孟庸，幽期之人也，期、要、送，幽欢之颠末也。直记其事，不着议论意见，视为外遇之簿录亦可，视为丑行之招供又无不可。西洋文学中善诱妇女之典型名‘荒荡’，历记所狎，造册立表；诗文写渔色之徒，亦每言其记总账。《桑中》之‘我’不啻此类角色之草创，而其诗殆如名册之缩本，恶之贯而未盈欤？古乐府《三妇艳》乃谓三妇共事一夫，《桑中》则言一男有三外遇，于同地幽会。”钱氏如此解诗，未免胶着。其实此诗以反复吟唱的形式，表达诗人内心的喜悦与相思之情。还是朱自清说得比较融通：“他心里有一个爱着的或思慕的女子，反复歌咏，以写其怀。那三个名字，或者只有一个是真的，或者全不是真的——他用了三个理想的大家小姐的名字，许只是'代表'他心目中的一个女子。"（朱自清《中国歌谣·歌谣的结构》）此种类型的诗歌《诗经》中多有。如《王风·丘中有麻》：

丘中有麻，彼留子嗟。彼留子嗟，将其来施施。

丘中有麦，彼留子国。彼留子国，将其来食。

丘中有李，彼留之子。彼留之子，贻我佩玖。

此诗叙述女子和自己情人幽会，诗中的子嗟、子国都是虚指，与《桑中》的手法相类。

桑林是上古男女聚会之所。远古盛行土地崇拜，祀社（土地神）之风浓厚。桑为殷商族的社神树，桑林之地为殷商人的祭祀圣地。祈求丰收繁衍的活动多在此举行。《吕氏春秋·顺民》："天大旱，五年不收，汤乃以身祷于桑林。"《帝王世纪》则曰："汤祷于桑林之社。"各国祭祀社神之地都是男女欢会的场所。《墨子·明鬼下》云："燕之有祖，当齐之社稷，宋之有桑林，楚之有云梦也，此男女之所属而观也。"由"齐之社稷（社祠）"可知，祖、桑林、云梦，皆是各国社祭之所。宋、卫为殷商故地，社神置于桑林，当是商人的旧俗。祭祀社神，目的是祈求作物的丰产与人丁的兴旺，以此，男女合会成为必要的节目。孙作云就指出此诗的背景"就是在举行桑林之社的祭祀时唱的"（《〈诗经〉研究·〈诗经〉恋歌发微》）。桑林作为男女欢会的场所，亦见于《魏风·十亩之间》：

十亩之间兮，桑者闲闲兮，行与子还兮。

十亩之外兮，桑者泄泄兮，行与子逝兮。

闲闲，《毛传》："闲闲然，男女无别往来之貌。"泄泄，《毛传》："多人之貌。"朱熹《诗集传》以此诗为君子思隐："政乱国危，贤者不乐仕于其朝，而思与其友归于农圃，故其词如此。"姚际恒《诗经通论》驳朱说："此类刺淫之诗，盖以'桑者'为妇人古称，采桑皆妇人，无称男子者。若为君子思隐，则何为及于妇人耶？……古西北之地多植桑，与今绝异，故指男女之私者，必曰'桑中'也。此描摹桑者闲闲、泄泄之态，而行将与之还而往，正类其意。"姚氏所论颇中肯綮。按，桑中、桑间早在春秋时期就已成为男女之情的专用名词。《左传·成公二年》载，楚国申公巫臣爱慕流落在楚的夏姬多年，寻机与夏姬约定，夏姬先归母国郑国，自己随后去郑国正式聘娶她。楚王命巫臣出使齐国，以发动对鲁国的阳桥之役，巫臣打算完成使命之后就赴郑携带夏姬私奔。巫臣出使途中，遇到楚臣申叔跪。申叔跪断言："异哉！夫子有三军之惧，而又有桑中之喜，宜将窃妻以逃者也。"申叔跪以"桑中之喜"暗指巫臣与夏姬的私约，或者就是对此诗的借用。

儒家讳言男女之事，以此，在后世儒家那里，桑间之咏被视为淫诗；桑间、桑林、桑中也通常作为贬义词被使用。如《礼记·乐记》就说："桑间濮上之音，亡国之音也，其政散，其民流，诬上行私而不可止也。"《汉书·地理志下》也有类似的表述："卫地有桑间濮上之阻，男女亦亟聚会，声色生焉，故俗称郑卫之音。"班固指出郑卫之音（桑间濮上之音）的声色内涵，借助孔子"郑声淫"（《论语·卫灵公》）的评价，可知班固的负面价值判断。但在文学作品中，桑间濮上的情事却为文人所津津乐道。宋玉《登徒子好色赋》有章华大夫自陈"守德"之言，他将自己安置在郑卫溱洧水畔一群体美容冶的采桑女子中间，并迎接着其中的绝色佳人的顾盼倾慕：

出咸阳，熙邯郸，从容郑卫溱洧之间。是时向春之末，迎夏之阳，鸧鹒喈喈，群女出桑。此郊之姝，华色含光，体美容冶，不待饰妆。臣观其丽者，因称诗曰："遵大路兮揽子袪。"赠以芳华辞甚妙。于是处子怳若有望而不来，忽若有来而不见，意密体疏，俯仰异观，含喜微笑，窃视流眄。（《文选》卷一九）

女子的美貌风情与殷切心意，是章华大夫炫耀的重点，也是宋玉的兴趣所在。宋玉与章华大夫似乎合二为一了。司马相如《美人赋》类之：

窃慕大王之高义，命驾东来，途出郑卫，道由桑中，朝发溱洧，暮宿上宫。上宫闲馆，寂寞云虚，门閤昼掩，暧若神居。臣排其户而造其堂，芳香芬烈，黼帐高张。有女独处，婉然在床。（《全汉赋校注》）

桑间濮上，是古代文人逞才的重要所在，于此，他们虚设了风情万种的佳人，并将自己置身其中，与之交接，在幻想中完成一次次艳遇，获得精神的满足。文学与经学聚焦于同一事项，竟然生发出完全不同的趣味。

陈风·东门之枌

东门之枌，宛丘之栩[一]。子仲之子，婆娑其下[二]。

谷旦于差，南方之原[三]。不绩其麻，市也婆娑[四]。

谷旦于逝，越以鬷迈[五]。视尔如荍，贻我握椒[六]。

注释：

[一]东门：陈国国都的外城东门。陈国国都在今河南淮阳。枌（fén）：木名，皮白，又称白榆。宛丘：丘名，应为一块四周高、中央凹的高地。据郦道元《水经注》，宛丘在陈国都城东南不远处。栩（xǔ）：木名。即栎树，也叫柞树。

[二]子仲之子：子仲氏之女。《毛传》："子仲，陈大夫氏。"一说子仲之子为"陈之名巫美女歌舞乐神者"（牟庭《诗切》，《诗经集校集注集评》卷五）。婆娑：舞貌。

[三]谷旦：（阳光明媚的）好日子。谷，善。于：语助词。差（chāi）：择。一说"于差"为"吁嗟"，指女巫呼告以祝神（见马瑞辰《通释》）。按，《释文》谓《韩诗》即作"于嗟"。南方之原：南方高平之原，此指东门附近宛丘一带。那里是歌舞聚乐的地方。原，高而平阔的土地。

[四]绩：将麻的外皮剥下，取其纤维搓成线，用于织布。古代贵族女子亦为。《国语·鲁语下》："公父文伯退朝，朝其母，其母方绩。"市：买卖货物的场所。

[五]逝：往。一说"于逝"同上"于差"，即吁嗟："'差''逝'一声之转，'于逝'犹上章'于差'。"（马瑞辰《通释》）越以：于以，发语词。陈奂《传疏》："此云'越以'，皆合二字为发语之词。"鬷（zōng）迈：会合而行。鬷，通"总"，会聚。迈，行。《郑笺》："鬷，总也……欲男女合行。"二句谓趁着好日子去往跳舞之处，约好了一起去（跳舞）。

[六]荍(qiáo):又名锦葵,荆葵。二年生草本植物,春末夏初开花,花淡紫色。朱熹《诗集传》:"荍,芘芣(pí fú)也,又名荆葵,紫色。贻:赠。握椒:一把花椒。

讲析:

关于此诗的主旨,《毛序》说:"《东门之枌》,疾乱也。幽公淫荒,风化之所行。男女弃其旧业,亟会于道路,歌舞于市井尔。"据《史记·陈杞世家》,陈幽公是虞舜的后人,陈国始封君胡公的四世孙,其在位时间当周厉王的时代。大约以其谥"幽"(《逸周书·谥法解》:"动祭乱常曰幽。")之故,《序》以荒淫属之,并以此作为此诗的创作背景。单从诗歌文本我们还看不到《序》所说的"疾乱"之意。倒是朱熹"此男女聚会歌舞,而赋其事以相乐也"(《诗集传》)的解释颇能把握到诗人之意。

此诗叙述一个陈国女子(或谓女巫)的歌舞表演及诗人与她的交往。以后人观念视之,则是一首描写爱情的情歌。诗分三章,都是直赋其事:首章写在东门外的宛丘之上,枌栩树下,子仲氏家的女儿翩然起舞;第二章进一步指出表演的时间、地点及舞蹈的美好;第三章写男子与此女子彼此爱慕,赠物传情。

此诗背景为社祭。诗中的枌、市等物象透出这方面的信息。枌,《毛传》:"白榆也;栩,杼也。国之交会,男女之所聚。"但《毛传》未言何以有枌榆即有男女之聚会。我们这里略做说明:远古土地崇拜盛行,表现为对社神的信仰与祭祀。古人以为社神多凭依树木而存在,枌榆树是其中之一。《汉书·郊祀志上》载,高祖平定天下以后,"诏御史令丰治枌榆社,常以时,春以羊彘祠之",枌榆是刘邦的家乡丰邑的社木。前人注此诗,也有属意于此者。许伯正《诗深》:"枌、栩,置社所树之木,因以名其社,如汉人枌榆社之类。其地高平,可以歌舞,若后世之集于寺庙也。"(《诗经集校集注集评》卷五)牟庭《诗切》:"枌榆,皆神丛也。《秦策》'恒思有神丛'高注:'神祠丛树也。'……古之神祠皆以丛木为主,宋之有桑林,齐之有配林,皆丛祠也……然则东门之枌,东门之神丛也;宛丘之栩,宛丘之神丛也。祠神之日，歌舞戏剧，男女皆属而观焉。此所谓国之交会，男女所聚者也。”（《诗经集校集注集评》卷五）祭祀社神，会男女是一项重要的内容，这也合乎诗歌传递出来的爱情讯息。

市与社关系密切。先秦市中往往有社。《周礼·天官·内宰》：“凡建国，佐后立市，设其次，置其叙，正其肆，陈其货贿，出其度、量、淳、制。祭之以阴礼。”据郑玄注，此“阴礼”就是妇人之祭礼，“祭之”的“之”则为社神。祭之以阴礼，就是用妇人之礼祭祀市中的社神。可见市中有社是先秦两汉人的常识。在这场盛大的祭祀社神的活动中，男男女女在这里欢会歌舞，相互道着悦慕之词，并收获着对方的情爱。

此诗出现的“东门”事象也值得注意。《诗经》中有五首诗言及“东门”，《陈风·东门之池》《东门之杨》《东门之枌》，《郑风·东门之墠》《出其东门》，然不及西门、南门，北门仅出现一次（邶风）。何以《诗经》中东门频频出现呢？

由《诗经》来看，东门之外是世俗生活的热闹场所，包括社祭的欢会。而由《左传》等文献来看，国都东门之外，也是春秋战国时期诸侯举行邦交礼仪的重要通道。《左传·襄公二十八年》载，郑简公宴请蔡景侯，景侯不敬，子产曰：“蔡侯其不免乎？日其过此也，君使子展往劳于东门之外，而傲。”据此，郑国子展曾在郑国国都东门之外向蔡景侯行“劳礼”。“东门”因承载较多功能，给时人及后人以强烈印象。《国语·吴语》载，伍子胥谏吴王不听，反被吴王赐死，将死，说：“以悬吾目于东门，以见越之入，吴国之亡也。”吴国在越国北，越军之入，应自南门，伍子胥却以“东门”为言，或者是因东门较为重要而形成的表述习惯使然。《史记·魏公子列传》：“吾过大梁之墟，求问其所谓夷门。夷门者，城之东门也。”司马迁也是有先入为主的观念：东门是人员往来的重地，为闹市区。他如此强调信陵君礼遇侯嬴的地点为“东门”，当有强调信陵君礼贤下士的诚意之意。

有学者认为，《诗经》《左传》中表现出的周人出行和聚会以“东门”为主的情况，是周代中原各国城建布局的反映。据杨宽《中国古代都城制度史研究》，从成周洛阳建都以来，中原各国，除鲁国曲阜外，各个都城的布局都仿照洛阳的建制，即西边的小城连接东部大郭的形式。其中小城为王城，居住者为王公贵族，建筑以宫殿和宗庙为主，东部的大郭主要用于安置“国人”，驻屯大军及迁居殷贵族，当时市民生活中心就在东部的大郭之内。另外，城市的布局坐西朝东，以东为尚，东门为正门。或然。

诗中的女子对于所倾慕的男子表达心意时，赠送给对方一把花椒籽，所谓“贻我握椒”是也。花椒的内涵我们在《唐风·椒聊》篇已经谈到，它蕴含着古人对于生殖力的诉求，赠送花椒无疑是向对方展示自己的健康美好。

本篇小结

《诗经》时期两情相悦的情形比较普遍。由原始婚俗和文明社会的婚姻制度并存、交融而出现的丰富多彩的婚恋事象及各种情感体验，《诗经》均做了艺术再现，体现出原始文化与礼乐文明之间的协调和矛盾。

一、对原始婚恋习俗的艺术再现

周代因为去古未远，为原始习俗留下一些空隙，一方面，周人强调婚姻的缔结必须有媒人，遵循礼制。另外，周代统治者也适度允许人们自由恋爱。如前引《周礼·地官·媒氏》，政府出于人口增殖的需要，于仲春之月，由媒氏组织男女的会合，在这个时候，允许私奔的事情发生，若无故而“不用令”，会被惩罚。这就产生了各种婚恋事项。这些事项在《诗经》中都获得展现。《诗经》中有许多表现两性欢好的作品，但我们不能说，那个时期的恋爱如今人般自由。总结《诗经》中的相关作品，我们发现，《诗经》中的恋爱有着特定的时空背景。从时间上来说，《诗经》中的恋爱往往是春日盛会的产物。这种春日的盛会，大体可以分为两类。

第一，春水祓禊。

先民认为，天（自然）人关系密切，人是自然的一部分，人的节律应与自然的节律保持一致。春天是万物长养的季节，也是人的生长繁育的季节，所以春天成为男女欢会的好时节。

先民还认为，水是至洁之物，可以祓除不祥。一切疾病、灾难都可以用水洗掉。水能禳灾，是早期先民的普遍观念，不独中国为然。日本神道教有这样一个习俗：渴望解除罪过者，从教士手里拿到一张纸人，在纸上写下自己的出生年月和姓，然后用身体摩擦纸人，直至弄脏，便认为自己的罪孽已经传递给纸人，之后，把纸人扔到河里或海里，以便让水神把它们带到地狱。印度的恒河女神据说能赐福降灾，洗涤罪秽，使人健康。当然，水也可以助人生育。《山海经·海外西经》："女子国在巫咸北，两女子居，水周之。一曰居门中。"所谓"女子国"，顾名思义，即只有女性的国土。那么此国之人又如何维持族类的延续呢？郭璞注提供了答案："有黄池，妇人入浴，出即怀妊矣。"

水能洗濯垢病，这种认识相沿成俗，便形成特定时日临水"祓禊"的风俗。"祓"即"拔"，言拔除、拂除病气；"禊"即"洁"，修洁、修身之意。祓禊就是洗澡除灾。两个字都即从"示"，表示与神灵有关，即借助神灵的力量除去灾患。古代华北气候，较今日为温。据学者的研究，殷代华北气候至少与今日长江流域或更以南相当[6]。温润的气候，为风俗的盛行提供了良好的外在环境。就现存文献记载来看，最早掌管其事者，为女巫，时间似乎也较为宽泛，后世则渐渐固定为阴历三月三的上巳节。《周礼·春官·女巫》："女巫掌岁时祓除衅浴。"郑玄注："岁时祓除，如今三月上巳如水上之类。"

春天临水祓禊这一活动时空的覆盖面都很广，具有全民性与历时性。先秦文献很多记载都涉及此俗。《论语·先进》载，孔子问学生之志，曾皙回答："莫春者，春服既成，冠者五六人，童子六七人，浴乎沂，风乎舞雩，咏而归。"暮春三月，着上春服，约上五六个成年人，带上六七个小孩子，到沂水边洗个澡，再到舞雩台上吹吹风，然后一路唱着歌走回来。曾皙所描述的理想画面，就是当时以临水祓禊的习俗为背景勾勒而成。

两汉时期，上巳节修禊的风俗依然盛行。西汉官府和平民都是这场春日盛会的参与者，甚至皇帝也不例外。《汉书·外戚传》："（武）帝祓霸

[6] 参阅胡厚宣《卜辞所见之殷代农业》。蒙文通《古代河域气候又如晋江域说》、《中国古代北方气候考略》同此，且提出时间更早。竺可桢《中国近五千年来气候变迁的初步研究》，亦以为然。

上。”孟康注:“于霸水上自祓除,今三月上巳祓禊也。”东汉亦然。《后汉书·礼仪志上》:“是月(三月)上巳,官民皆絜于东流水上,曰洗濯祓除去宿垢疢为大絜。”杜笃《祓禊赋》以文学作品的形式展现了东汉京都洛阳一带举国若狂的祓禊盛况:

王侯公主,暨乎富商,用事伊洛,帷幔玄黄,于是旨酒佳肴,方丈盈前,浮枣绛水,酹酒醲川。若乃窈窕淑女,美媵艳姝,戴翡翠,珥明珠,曳离袿,立水涯。微风掩壒,戠(縠)[縠]低徊。兰苏肸蠁,感动情魂。若乃隐逸未用,鸿生俊儒,冠高冕,曳长裾,坐沙渚,谈诗书,咏伊吕,歌唐虞。

巫咸之伦,秉火祈福。(《全汉赋校注》)

盛会的地点设在伊、洛水上,参加盛会的人员有王侯富商、鸿儒隐逸,有男宾,有女士,活动有宴饮、浮枣、祈福、谈笑咏歌,热闹非凡。张衡《南都赋》中,暮春祓禊盛会也成为南阳人生活的一道丽景:

于是暮春之禊,元巳之辰,方轨齐轸,祓于阳濒。朱帷连网,曜野映云。男女姣服,骆驿缤纷,致饰程蛊,偠绍便娟,微眺流睇,蛾眉连卷。于是齐僮唱兮列赵女,坐南歌兮起郑儛,白鹤飞兮茧曳绪,修袖缭绕而满庭,罗袜蹑蹀而容与。翩緜緜其若绝,眩将坠而复举。翘遥迁延,蹴蹩蹁跹。结九秋之增伤,怨西荆之折盘。弹筝吹笙,更为新声。寡妇悲吟,鹍鸡哀鸣。坐者悽欷,荡魂伤精。(《全汉赋校注》)

在三月三的这天,人们倾城而出,来到流水之滨,参与祓禊盛会。但是,在这里,攘除灾病的宗教目的淡去,代之以各种世俗的娱乐活动。这是汉代的情形。

东晋时的“曲水流觞”的故事,则是魏晋风度催生出的上巳节的一项新节目,是魏晋文人对上巳节的进一步改造,并一直为后世文人所向往——王羲之、谢安等42人在会稽山阴的兰亭地方,按照修禊古俗,流觞饮酒,赋诗咏怀,为世俗的上祀节目灌注更多的风雅情调。王羲之《兰亭集序》所记即此事,可以参看。

天人合一的理念、水的促进生育的功能和先民对于种族繁衍的需求交织,就必然导致在春水祓禊之际,发生高频的恋爱活动。仲春之月于水边会合男女的习俗,在上古曾广泛流行。据《史记·殷本纪》的记载,简狄生子的传说即与祓禊有关："殷契，母曰简狄，有娀氏之女……三人行浴，见玄鸟堕其卵，简狄取吞之，因孕生契。"《国语·周语上》载，西周中期，"恭王游于泾上，密康公从，有三女奔之"。说明西周时期，贵族亦是此种风习的参与者，甚至天子也一度亲临这种春水边的盛会，且对身边臣民的私奔举动，熟视无睹。

第二，春社欢会。

春社，就是春天祭祀土地神的活动。人的生育与大地的吐物被先民视为同类事项。在交感巫术的思维方式支配下，人类自身的生产活动无疑可以促进大地的生殖，所以春天的祭社活动，必然地与两性的欢爱结缘。只是文献的记载颇为闪烁其词，需要我们从中细细寻绎。《春秋·庄公二十三年》谈到鲁庄公的一个举动其实就与春社活动有关："春……公如齐观社。"从字面来看，鲁庄公要去齐国观看齐国的祭社活动，但《左传》却以为"非礼"，作者的态度借曹刿的劝阻表现出来。曹刿认为去邻国观社无关乎礼制，不是国君的应有之举。但劝阻终究没有生效，鲁庄公还是去了齐国"观社"。齐国的祭社活动何以会让庄公如此沉迷，以致于不顾臣下的反对，执意前往？原来，齐国祭社时既有宗教意义上的男女结合，又有世俗层面的男欢女爱之事。董仲舒《春秋繁露·玉英》："讥何故言观鱼？犹言观社也，皆讳大恶之辞也。"苏舆《春秋繁露义证》："庄二十三年《传》：'诸侯越竟观社，非礼也。'注：'观祭社讳淫，言观社者，与亲纳币同义。'"《谷梁传》说得更为明白："观，无事之辞也。以是为尸女也。"《说文》："尸，陈也，象卧之形。"郭沫若据此以为尸女就是通淫（《甲骨文字研究·释祖妣》）。钟文烝《谷梁补注》则从一般男性参加者的角度揭示齐国社祭涉及男女欢爱之事："家铉翁曰：尸女云者，盛其车服，炫惑妇人，要其从己也。"这种活动，不独为齐国所有，其他各诸侯国也有。《墨子》所谓"燕有祖，齐有社稷，宋有桑林，楚有云梦，此男女之所属而观也"，说的就是燕、宋、楚等国普遍存在的社祭会男女的风俗。彼时男女私情事件的发生与处理，也往往求助于"社"。《左传·昭公十一年》载："泉丘人有女，梦以其帷幕孟氏之庙，遂奔僖子，其僚从之。盟于清丘之社，曰：'有子，无相弃也。'"泉丘女子在梦境的启发下，决定与孟僖子私订终身，并让土地神见证他们爱情的长久。《周礼·地官·媒氏》:“凡男女之阴讼,听之于胜国之社。”郑玄注:“阴讼,争中黄之事以触法者。胜国,亡国也。亡国之社,奄其上而栈其下,使无所通。就之以听阴讼之情,明不当宣露。”据郑玄的解释,我们知道,周代男女之间有了两性之间的纠葛,要到为灭亡国家所立的土地庙那里,让媒氏帮助裁断。社神,是婚姻与爱情存亡的见证。春社活动,具有全民性。政府出于增殖人口的需要,对此极为支持,甚至用法律手段来保障这一风俗的流行。《礼记·月令》记载,仲春之月,“择元日,命民社”。所谓元日,就是吉日。到阴历二月,政府要选择一个吉祥的日子,让百姓祭祀社神。联系上面的记载,我们可以推断,其中应该包括男女欢会的活动。

《诗经》中许多婚恋篇章都是以春天盛会为背景而发出的吟唱。这些诗歌当与祓禊及春社有关。最典型的莫过于《郑风·溱洧》:

溱与洧,方涣涣兮。士与女,方秉蕑兮!女曰:“观乎!”士曰:“既且。”“且往观乎!”洧之外,洵訏且乐。维士与女,伊其相谑,赠之以勺药。

溱与洧,浏其清矣。士与女,殷其盈矣!女曰:“观乎!”士曰:“既且。”“且往观乎!”洧之外,洵訏且乐。维士与女,伊其相谑,赠之以勺药。

朱熹《诗集传》:“芍药,亦香草也,三月开华,芳色可爱。”“郑国之俗,三月上巳之辰,采兰水上,以祓除不详。”揭示了此诗发生的春日节日背景。诗颇具画面感:春水涣涣,春光融融,春天的水边,游人如云。姑娘和小伙子手里拿着兰草,姑娘对小伙子说:“我们也去玩吧。”小伙子说:“不是已经去过了吗?”“再去一次嘛。”于是,他们来到洧水的旁边,洧水边真是宽敞又热闹,男男女女,手里都拿着芍药,互相打闹赠送。陈梦家《射与郊》一文进一步指出,社即地主,祠地主于泽中方丘,故社往往滨水,“宋之桑林,据《汉书·地理志》云‘卫地有桑间濮上之阻,男女亟聚会,声色生焉’,是桑林亦如濮上之近水。《卫诗·桑中》所记是宋之社而在淇上。《郑诗·溱洧》所记亦是观社于溱洧”。

《大雅·生民》是追述周人始祖后稷传说的史诗,主要写姜嫄生育后稷的神话故事和后稷在农业生产上的贡献。诗的前半部分写后稷诞生前后的一系列神异经历——因为他出生时胞衣未破,被三番五次遗弃,但都大难不死,其中有一个环节提示了他出生时节为寒冬:“诞置之寒冰,鸟覆翼之。鸟乃去矣，后稷呱矣。”以孕十月而生计算，则姜嫄之初孕正在春天。可以想象，那个春天的姜嫄，正是在原始的节日盛会中，释放着她的青春与爱情，并最终导致了后稷的诞育。

那么，《诗经》的时代，恋爱中的男女又是如何沟通情感的呢？在近现代的民俗中，在节日的欢会里，常常有男女对歌、赠送物品以传递情愫的举动。这两种沟通情感的方式，在《诗经》中都可以见到。我们分别来谈。

第一，歌舞传情。

用歌舞来表达爱慕、传递情感，有极为悠远的历史回响。据民俗学者研究，在文明的低级阶段，歌舞与性爱有密切关系。巴西的莫拉斯人每在月下跳舞时唱歌，男女皆作交合的姿势；美洲的欧玛哈斯人，常在跳舞时发生性行为。芬兰 E. A. 韦斯特马克《人类婚姻史》提到：“居住在阿萨姆和东孟加拉国之间山区的卡西人，当三月份新月出现时举行盛大舞会，许多人在舞会上找到对象，喜结良缘。这里的习俗是：未婚女子围成一圈欢乐歌舞，‘而年轻的单身汉则在圈子外面跟着跑，挥舞着羽毛扇。’”朱光潜接受达尔文的说法，以为“诗歌的原始功能全在引诱异性。鸟兽的声音都以雄类的为最宏壮和谐，它们的羽毛颜色也以雄性的最为鲜明华丽。诗歌和羽毛都同样地是‘性的特征’。在人类也是如此，所以诗歌大部分都是表现性欲的。”(《性欲“母题”在原始诗歌中的位置》)《诗》中多有歌舞与两性之情结合起来写的篇章。《邶风·简兮》《王风·君子阳阳》《郑风·萚兮》《陈风·东门之枌》都是其例。再如《陈风·东门之池》：

东门之池，可以沤麻。彼美淑姬，可与晤歌。

东门之池，可以沤纻。彼美淑姬，可以晤语。

东门之池，可以沤菅。彼美淑姬，可以晤言。

诗中的女主人公，乃是一个经常在水边渍麻的女子，她在水边的勤劳与美丽的身影，留给一个男子深刻的印象，并激起他的爱恋。于是有了诗意的表达：东门那儿的护城河呀，河水可以沤麻。美丽的姬家姑娘，可以和她对唱、讲话、倾诉衷肠。此诗以男性的口吻写他与“淑姬”对歌，从对唱试探、坦露心曲到互吐衷情，把一对恋人情感递进的微妙进程，写得极有层次。

《小雅·车辖》以新郎的口吻写新婚的快乐，第三章云：“虽无旨酒，式饮庶几。虽无嘉肴，式食庶几。虽无德与女，式歌且舞。”新郎非常自谦，认为婚后的生活并不足以让新娘满意，但是他却愿意用歌舞来使她日后的生活充满情意。《周南·关雎》亦然，诗中的男子因为对那个采摘荇菜的女子一直不能忘怀，以致于朝思暮想，想着如何与她亲近，获得她的芳心。诗的倒数第二章给出答案——用琴瑟来传递心意。因为当下的人们都明白：歌乐、舞蹈在异性中间，是沟通情感的媒介。

以歌舞传递爱恋，也见诸先秦其他文献。《左传·庄公二十八年》：“楚令尹子元欲蛊文夫人，为馆于其宫侧，而振《万》焉。夫人闻之，泣曰：‘先君以是舞也，习戎备也。今令尹不寻诸仇雠，而于未亡人之侧，不亦异乎！’御人以告子元。”子元在兄长楚文王去世以后，垂涎于嫂子文夫人的美色，命人在文夫人的宫室附近修建了房舍，让人在这所房舍里表演万舞，期待引起文夫人的注意并收获她的芳心，文夫人自然看出了他的意思，但没有俯就。《穆天子传》卷三载，周穆王巡行天下，执白圭玄璧，见西王母，二人于瑶池宴饮，西王母赋歌一首：“白云在天，山陵自出。道里悠远，山川间之。将子无死，尚能复来。”穆王答之：“予归东土，和治诸夏。万民平均，吾顾见汝。比及三年，将复而野。”穆王为西周时人，《穆天子传》是战国人的作品，双方的唱答当是时人根据当时男女交接的实际方式而制作。

这里我们需要提示一点，以歌舞表达心意，传递思想，是春秋以前（包括春秋时期）人们普遍的生活方式，不独男女之间为然。歌舞是贵族子弟最基本的艺能，是他们入学的必修课程。可以说，那时是一歌的时代，诗意盎然的世界。孔子精通音乐，有正《诗》之《雅》《颂》的举动，在生活中也常常靠歌声来表达志意。《论语》中多次言及孔子的歌唱活动。《论语·述而》：“子于是日哭，则不歌。”据此，孔子除了哭泣的日子，似乎每天都要唱歌。《礼记·檀弓上》：“孔子蚤作，负手曳杖，消摇于门，歌曰：‘泰山其颓乎！梁木其坏乎！哲人其萎乎！’既歌而入，当户而坐。”生命将终之际，孔子还用歌声来传递自己对于自身年命的领悟，可见歌已然成为孔子生命的一部分。《晏子春秋·内篇谏下》也有晏子以歌谏景公止大台之役的记载：“景公为长庲，将欲美之，有风雨作。公与晏子入坐饮酒，致堂上之乐。酒酣，晏子作歌曰：‘穗兮不得获，秋风至兮殚零落，风雨之拂杀也，太上之靡弊也。’歌终，顾而流涕，张躬而舞。公就晏子而止之，曰：‘今日夫子为赐而诫于寡人，是寡人之罪。’遂废酒罢役，不果成长庲。”歌辞里透着晏子为百姓忧虑不足的心意，以至景公为之动容而罢役。

第二，赠物结情。

《召南·野有死麕》是其例。再如《召南·摽有梅》：

摽有梅，其实七兮。求我庶士，迨其吉兮。

摽有梅，其实三兮。求我庶士，迨其今兮。

摽有梅，顷筐塈之。求我庶士，迨其谓之。

据闻一多先生的理解，此诗反映的乃是上古民俗中的女性掷果求偶习俗："在某种节令的聚会里，女子用新熟的果子，抛向她所属意的男子，对方如果同意，并在一定的期间送上礼物来，二人便可结为夫妇。这正是一首掷果时女子们唱的歌。”（《风诗类钞》）《卫风·木瓜》：

投我以木瓜，报之以琼琚。匪报也，永以为好也。

投我以木桃，报之以琼瑶。匪报也，永以为好也。

投我以木李，报之以琼玖。匪报也，永以为好也。

《毛序》解此诗比较迂曲牵强："《木瓜》，美齐桓公也。卫国有狄人之败，出处于漕。齐桓公救而封之，遗之车马器服焉。卫人思之，欲厚报之，而作是诗也。”这是经学家以伦理政治解诗的惯例，不足为训。朱熹《诗集传》疑《序》："疑亦男女相赠答之辞，如《静女》之类。”现代学者多赞同朱熹的意见。其实诗意至浅，乃是以男子的口吻发出的歌唱：你赠我一只香果——木瓜（木桃、木李），我回报你美玉——琼琚（琼瑶、琼玖）。不是报答呀，是表示永远地相亲相爱呀。女子在节日的人群之中，向她所属意的男子投掷木瓜或桃、李，男子将身上的玉佩投掷回来，表示永以为好，永结同心。

《陈风·东门之枌》中那对通过歌舞结欢的恋人，一同赴那约会之地，女子还不忘送上一份传递情愫的礼物——一把花椒籽。《郑风·溱洧》中，男女之间又有“赠之以勺药”之举。《王风·丘中有麻》言女子与情人幽会，末章云："丘中有李，彼留之子。彼留之子，贻我佩玖。”诗中的男子为表示对于女子的衷情，赠送她一枚玉佩。《郑风·女曰鸡鸣》是一对夫妻的对话，男子对女子的深情美意的回报之举是赠以“杂佩”：“知子之来之，杂佩以赠之。知子之顺之，杂佩以问之。知子之好之，杂佩以报之。”

梳理《诗经》中可以确定性别的诗篇，我们发现，在两性的赠遗中，有这样的一个规律：女子的赠物多是植物及其果实，男子的赠物或为自己的猎获物，或为玉器。结合《左传》《礼记》等文献记载，我们知道，这正是春秋时期礼仪的规定。《左传·庄公二十四年》载，鲁庄公娶齐女（哀姜）为妻，为表示对于新婚夫人的重视，庄公要求鲁国宗妇们与哀姜相见时，用玉帛一类的礼物作为见面礼。御孙表示反对，他的理由是：“男贽，大者玉帛，小者禽鸟，以章物（显示等级）也。女贽，不过榛、栗、枣、修（肉干），以告虔（表示诚敬）也。今男女同贽，是无别也。’”据此，我们知道，春秋时期的礼仪规定：女子赠送礼物，不外是榛子、栗子、枣、肉干等果品，男子的礼物大者玉帛，小者禽鸟。从礼物的赠遗来看，《诗经》中那些陶醉在恋情中的男男女女，其实是非常遵循礼仪规定的。对于女子的赠物多用植物，闻一多先生极有慧识。他说：

原始社会之求致粮食，每因两性体质之所宜，分工合作，男任狩猎，女任采集，故蔬果之属，相沿为女子所有。《左传·庄二十四年》御孙曰：“女贽不过榛栗枣修”，《礼记·曲记下篇》曰：“妇人之挚，椇榛脯脩枣栗，”《古微书》引《春秋元命苞》曰：“织女星主瓜果，”此皆古俗果实属女子之证。（获致肉类食料虽为男子之事，庋藏之则仍女子事，故脯脩亦属女子。）夫果实为女所有，则女之求士，以果为贽，固宜。然疑女以果实为求偶之媒介，亦兼取其蕃殖性能之象征意义。（芣苡宜子，或云其实似李，详《周南·芣苡篇》。）掷人果实，即寓贻人嗣胤之意，故女欲事人者，即以果实掷之其人以表诚也。（《诗经研究·诗经通义》）

带着这样的认识我们再解读一些相关场景中有争议的名物。如《邶风·静女》中的“彤管”之馈。诗云：

静女其姝，俟我于城隅。爱而不见，搔首踟蹰。

静女其娈，贻我彤管。彤管有炜，说怿女美。

自牧归荑，洵美且异。匪女之为美，美人之贻。

彤管，《毛传》：“古者后夫人必有女史彤管之法。女史不记过，其罪杀之。后妃群妾以礼御于君所，女史书其日月，授之以环，以进退之。生子、月辰，则以金环退之。当御者以银环进之，著于左手。既御，著于右手。事无大小，记以成法。”《郑笺》:“彤管，笔赤管也。”据此，则彤管为女史载事记过之笔。女史是礼的执行者。《毛传》以为，此诗塑造这样一个女史形象——静女的行事，目的是警示人君与夫人，应当依礼行事。宋人欧阳修等已疑其无征。朱熹《诗集传》则言：“此淫奔期会之诗也。”虽态度消极，但毕竟将“静女”还原为恋爱中的女性形象，功不可没。欧阳修等学者疑《静女》诗中的“彤管”为乐器，然结合下文之“荑(嫩草)”及《左传》中对女性礼物的规定，则似以“嫩草”之释为上。余冠英《诗经选》即释为“红管草”，并举郭璞《游仙诗》“陵冈掇丹荑”(丹荑即“红管”)为证。

从先秦文学作品来看，恋人之间所赠物品不限于植物、玉、动物。以随身之旧物（尤以旧衣为主）赠人，也是男女之间表示性爱的一种方式。《左传·宣公九年》:“陈灵公与孔宁、仪行父通于夏姬，皆衷其衵服，以戏于朝。”《九歌·湘君》中湘夫人久候湘君不至，便将湘君赠送的玉玦投入江中：“捐余玦兮江中，遗余佩兮醴浦。”《湘夫人》中湘君候湘夫人不至，也将湘夫人送己之内衣扔到江中：“捐余袂兮江中，遗余褋兮醴浦。”二人的投物举动，意图相同，均表示决绝之意。游国恩《读楚辞随笔四则·湘君湘夫人捐玦遗佩捐袂遗褋解》对此有细致的分析：“玦与佩，男子之事也；袂与褋，女子之事也。《湘君》之词既为湘夫人语气，何以不捐袂遗褋？《湘夫人》之词既为湘君语气，何以不曰捐玦遗佩，而必颠倒言之？曰：玦也，佩也，男子之所赠也；袂也，褋也，女子之所赠也。夫彼此既心不同而轻绝矣，故各弃其前此相诒之物，以示诀绝之意。”(《游国恩楚辞论著集》第四卷)

男女之间用贴身旧物相赠，表示生死不渝的恋情。这种风习，绵延久远。《红楼梦》中多次安排异性之间的赠旧物情节。第三十四回“情中情因情感妹妹”，有这样一个情节：宝玉因为蒋玉菡被父亲痛打，黛玉为之动情，哭得气噎喉堵。宝玉心下惦记，让晴雯去探望。晴雯苦于没有借口，宝玉便拿了两条旧绢子，让晴雯送去，并说黛玉自会知道送绢子的意思。晴雯至黛玉处，说是送绢子来了，初时黛玉以为是新物，便拒收：“这绢子是谁送他的，必定是好的，叫他留着送人罢，我这会子不用这个。”晴雯告诉她：“不是新的，就是家常旧的。”黛玉先是闷住，细心揣度，方大悟过来，连忙说：“放下，去罢。”黛玉体贴出绢子的意思来，不觉神痴心醉，于帕上题诗三首，却不觉面上作烧，“病”由此起。黛玉反应如此强烈，就是因为既感念又害怕宝玉借旧物传递爱情的心意。作品第七十七回“俏丫鬟抱屈夭风流”在描写宝玉与晴雯诀别场面时，也构织了类似的细节：晴雯把贴身穿的一件旧红绫小袄脱下，递给宝玉。宝玉解开外衣，把自己的小袄褪下来，盖在晴雯身上，而把她的小袄穿上，用外衣掩盖起来。晴雯爱宝玉，但一直没有明确表达，更没像袭人那样暗渡陈仓，临死，方以旧衣相赠，表白自己的爱情。

二、对周代婚娶礼仪的艺术再现

两性恩好既定，婚礼则随之而来。《诗经》中的很多诗表现出对婚娶礼仪的重视。据《仪礼·士昏礼》，周代的婚娶程序为“六礼”：纳采、问名、纳吉、纳徵、请期、亲迎。《诗经》对其中的部分程序有所体现，如《齐风·南山》“娶妻如之何，匪媒不得”“娶妻如之何，必告父母”，强调媒人父母意见的重要；《氓》“尔卜尔筮，体无咎言”则是对于纳吉礼仪的表现。但是《诗经》终究不是礼仪书，它只是对婚礼作艺术的再现，侧重表现感性的事物。具体表现就是对于婚礼，多描绘婚娶场面，且都侧重铺排婚娶场面的盛大，如迎亲队伍庞大，陪嫁人物众多。《召南·鹊巢》是其例：

维鹊有巢，维鸠居之。之子于归，百两御之。

维鹊有巢，维鸠方之。之子于归，百两将之。

维鹊有巢，维鸠盈之。之子于归，百两成之。

这是一首祝颂新娘的诗。诗人看到鸠居鹊巢，联想到女子出嫁，住进男家，就用来起兴。迎亲车辆之众，是诗歌描写的重点。

《大雅·韩奕》：“诸娣从之，祁祁如云。韩侯顾之，烂其盈门。”对于韩侯的婚礼，诗人侧重关注的是新娘的妹妹们随同出嫁的盛况。《卫风·硕人》是赞美卫庄公夫人庄姜的诗，再现了她出嫁时的场面，其中有“庶姜孽孽”之语。也是说庄姜有众多的高大的姜姓姑娘做陪嫁。这是周代贵族的婚俗之所尚，也是诗人的兴味之所在。

宴饮篇

所谓宴饮诗，是指以君臣、亲朋欢聚燕飨为主要内容的诗歌。

中国自古重视饮食，谣谚有“民以食为天”的说法。周代贵族祭祀之后，出师或战胜归来，往往要宴饮庆祝。在先民看来，饮食不但起到沟通情感的作用，还与政治关系密切。《老子·六十章》有“治大国若烹小鲜”的比喻，《左传·昭公二十年》则用“和羹”比喻为政之道，均认为烹调与治国在道理上相通。我们的先民不但将吃提升为哲理与文化，还凝练为艺术，产生宴饮诗。宴饮诗是《诗经》中重要的诗歌类型。《诗经》的宴饮诗主要集中于《小雅》，我们重点看其中的几篇。

小雅·鹿鸣

呦呦鹿鸣，食野之苹[一]。我有嘉宾，鼓瑟吹笙[二]。吹笙鼓簧，承筐是将[三]。人之好我，示我周行[四]。

呦呦鹿鸣，食野之蒿[五]。我有嘉宾，德音孔昭[六]。视民不恌，君子是则是傚[七]。我有旨酒，嘉宾式燕以敖[八]。

呦呦鹿鸣，食野之芩[九]。我有嘉宾，鼓瑟鼓琴[一〇]。鼓瑟鼓琴，和乐且湛[一一]。我有旨酒，以燕乐嘉宾之心[一二]。

注释：

[一] 呦呦：鹿鸣声。苹：草名，今名山萩，菊科，白蒿类。《郑笺》：“苹，藾萧。”藾萧，即藾蒿。孔颖达《正义》引陆玑《毛诗鸟兽草木虫鱼疏》：“（藾蒿）叶青白色，茎似箸而轻脆，始生香，可生食。”

[二] 鼓：弹奏。瑟：木质弦乐器。多为二十五弦。笙：管乐器。由簧片、笙管、音斗三部分组成。据曾侯乙墓出土的实物，其形制是用挖空的葫芦做音斗，然后在音斗上下打可以对穿的孔，插入（数量不等的）笙管，管的一头要从音斗下露出。簧片装在管中。

[三] 簧：一种弹拨乐器。簧亦见于《秦风·车邻》：“阪有桑，隰有杨。既见君子，并坐鼓簧。”李纯一《说簧》据《释名·释乐器》等文献结论：簧乃以竹、铁为骨架制成的弹拨乐器，谓“《诗经》里的簧是一种乐器，并非笙、竽的一种零件；其形制及演奏方法当与清代口琴相同”。按，传统说法以为簧乃笙、竽中的簧片，引申为笙、竽的别名或通称。《毛传》：“簧，笙也。”承：捧。筐：盛币帛的器物。将：送。

[四] 周行：大道。

[五] 蒿：青蒿，也叫香蒿。菊科二年生草本植物，叶香，嫩者可食，可以入药。

[六] 德音：声誉。孔：很。昭：明。后句谓他们的明德很光耀。

[七] 视：示。恌（tiāo）：偷薄，不厚道。君子：贵族。是：代词，嘉宾。则：则法。傚：同“效”。效法。二句谓嘉宾人前不偷薄，君子学习他仿效他。

[八] 旨：美。式燕以敖：既安适又快乐。按，“式……以”句式，相当于“既……又”结构。燕，安适。敖，舒畅快乐。

[九] 芩（qín）：蒿类植物。陆德明《经典释文》引《说文》：“蒿也。”

[一〇] 琴：木制弦乐器。多为七弦。

[一一] 湛（dān）：尽兴。

[一二] 燕乐：安乐。

讲析：

关于此诗的作意，汉代人的说法已然不同。《毛序》："《鹿鸣》，燕群臣嘉宾也。既饮食之，又实币帛筐篚以将其厚意，然后忠臣嘉宾得尽其心矣。"认为此诗是为周天子招待群臣嘉宾的诗，是天子燕礼的文学表现，是正面赞扬的诗。但《史记·十二诸侯年表》则以此诗为刺诗，谓"仁义陵迟，《鹿鸣》刺焉"。《文选·琴赋》李善注引《琴操》云："《鹿鸣》者，周大臣之所作也。王道衰，大臣知贤者幽隐，故弹弦风谏。"（《文选》卷一八）王先谦《诗三家义集疏》引此段文字，以为鲁说。但从诗的文辞来看，并没有讽刺的意图，所以讽刺之说并没有得到后世学者的普遍认同。

关于此诗的创作时间，也有不同的说法。旧说以为作于殷末周初（见孔颖达《毛诗正义》），或以为作于西周盛时，即成康时代，如清人陈奂《诗毛氏传疏》就说："《鹿鸣》虽是文王燕群臣之乐，而《雅》《颂》之作，实皆在成王之世。周公制礼，以《鹿鸣》列于升歌之诗。"今人多以为在作于西周中后期。李山《诗经选》从诗歌提到的江汉美味、顶针句式、西周各种宴饮典礼的生成时间等方面判断，此诗的创作年代应为西周中期或接近中期，周昭王大规模经营南方以后。

此诗主要表现周代贵族和乐融洽的宴饮场面，或者就是为燕礼而作的乐歌。诗分三章，章八句。章法上蝉联相接，有循序渐进之妙。马瑞辰《通释》对此有较好的阐释："此诗三章，文法参差，而义实相承。首章前六句言我之敬宾，后二句言宾之善我。二章前六句即承首章'人之好我'言，后二句乃言我之乐宾。三章前六句即接言宾之乐，后二句又申言我之乐宾，以明宾之乐实我有以致之也。"从内容结构上看，全诗按照时间顺序叙事，展示宴会气氛由庄严到轻松，宾主之间从相敬到愉悦的演进过程。首章叙述宾主彬彬有礼，次章赞扬嘉宾美德懿行之后，开始转向轻松娱乐。第三章出现的是"和乐且湛"的融洽气氛，主人和客人的关系更加亲密，休闲娱乐味道更浓。三章层次分明，且愈见轻松与欢快，体现了饮酒情绪、气氛的变化，也体现了燕礼由一献之礼的正礼向坐燕（宾主皆脱屦升席，尽欢而饮）过渡的礼仪进程。

诗的第一章、第三章的四五句都使用了顶针的修辞格，不但使句子语句紧凑，语气贯通，还产生声音上近似于押韵的美感。

全诗三章，均以“呦呦鹿鸣”起兴，引起君子的宴饮场面。旧说或质疑以鹿比君的不伦，对此，胡承珙《毛诗后笺》已经作出反驳：“姚氏《识名解》曰：野有苹必相呼而共食，兴君有承筐必笙簧以相将，词旨瞭然。旧以鹿呼同类如君呼臣子，嫌于鸟兽为比，然古人无所拘忌也。若《鱼藻》明以鱼在、王在相对言之，岂如后世必以称麐（麟）美凤为颂祷耶？”不伦的嫌疑已经消除，那么我们不禁要问：周人何以以鹿鸣起兴呢？回到文本制作的时代，我们发现，时人对于鹿的关注点首先在其群居性。《小雅·吉日》写贵族田猎：“兽之所同，麀鹿麌麌。”《大雅·桑柔》旧说为芮伯刺厉王、责执政之诗，诗中提及“朋友已谮，不胥以谷”的现实，而出之以群鹿相友的反兴：“瞻彼中林，甡甡其鹿。”麌麌、甡甡，都是表示数量众多，形容许多只鹿聚集成群。其次，在古人常见的走兽中，鹿的鸣叫最动听。《左传·文公十七年》有“鹿死不择音”之语，可见鹿在平时鸣叫的声音还是很动听的。复次，鹿的鸣叫声往往是呼唤同类的信号，这在后世相关记载中，可以得到证明。叶隆礼《契丹国志》卷二三叙述契丹族狩猎场景：“七月上旬，复入山射鹿。夜半，令猎人吹角效鹿鸣，既集而射之。”鹿是群居动物，以鸣叫声呼唤同类，因此，宴饮诗以鹿鸣起兴，有其必然性——兴起群体宴饮场面。

《鹿鸣》作为贵族宴饮的写照，从多个方面展示出这种活动的礼仪：主人欢迎客人到来有音乐演奏，还要向客人赠送礼物，用筐承载。诗中的“承筐是将”，指的就是用筐奉给客人的礼物，《毛序》所谓“又实币帛筐篚以将其厚意”是也。这类宴饮送宾的礼物或称为“酬币”，《郑笺》：“饮之而有币，酬币也。”《仪礼·聘礼》郑玄注：“酬币，飨礼酬宾劝酒之币也。”《左传》中关于酬币的记载很多，如《昭公元年》载，秦国的后子到晋国去，设享礼招待晋侯，在黄河上排列了船只当做浮桥，每隔十里就停放一批车辆，从雍城绵延到绛城，“归取酬币，终事八反”。这是春秋末期贵族的奢侈于享礼上赠送酬币的极端表现，可与此诗相互印证。或谓《鹿鸣》所展示的宴饮程序与《仪礼·燕礼》《乡饮酒礼》等文献记载的周代贵族宴饮程序基本相同。据《仪礼·燕礼》，一献之礼的正礼有献、酢、酬等环节，并有音乐伴随，最后以音乐收束。燕礼正礼过后，主人留宾以参加旅酬[7]、无算爵、无算乐[8]等礼，此间宾主饮酒奏乐，以酒足为尚。旅酬时有言语之礼。《仪礼·乡射礼》："古者于旅也语。"郑玄注："礼成乐备，乃可以言语先王礼乐之道也。"《礼记·文王世子》记载天子在国学行养老礼："反登歌《清庙》，既歌而语，以成之也。言父子君臣长幼之道，合德音之致，礼之大者也。"郑玄注："语，谈说也。歌备而旅，旅而说父子、君臣、长幼之道。"《周礼·春官·大司乐》"以乐语教国子，兴道讽诵言语"的目的或即在此。《礼记·乐记》载，子夏对魏文侯曰："今夫古乐，进旅退旅，和正以广，弦匏笙簧，会守拊鼓。始奏以文，复乱以武，治乱以相，讯疾以雅。君子于是语，于是道古，修身及家，平均天下。此古乐之发也。"由子夏之言可知，乐终要"道古"。所道的内容，不外是勉励对方尽职尽责。子夏之言可以作为前面言语之礼的补充说明。《仪礼·士相见礼》关于燕见言语之仪的记载也可提供参照："凡燕见于君，必辩君之南面。若不得，则正方，不疑君。君在堂，升见无方阶，辩君所在。凡言，非对也，妥而后传言。与君言，言使臣。与大人言，言事君。与老者言，言使弟子。与幼者言，言孝弟于父兄。与众言，言忠信慈祥。与居官者言，言忠信。"《鹿鸣》中的"人之好我，示我周行"所写或者就是旅酬时的言语之礼。以上说明，在《鹿鸣》文本写作时代，周代的燕享之礼已经基本成熟。

到后来，《鹿鸣》成为贵族宴饮经常演奏的乐曲，用于大夫、士的乡饮酒礼、诸侯的燕礼、诸侯的大射礼等场合。王国维《观堂集林·释乐次》附《天子、诸侯、大夫、士用乐表》对此有考证。

宴饮在本质上是休闲和娱乐活动，可是周代的宴饮很大程度上成为强化政治伦理的机会。诗人称赞嘉宾的人伦表率作用、美好的声望，表示自己要加以遵守和效仿，体现出周代礼乐文明对于"德"的崇尚。至于这个"德"是否与后世儒家所推重的道德修养等同，则需要思考。

---

[7] 据《仪礼·乡饮酒礼》，旅酬礼在正歌之后，先是宾酬主人，然后由主人酬介（次宾），介再酬众宾，众宾再依次相酬。

[8] 据《仪礼·乡饮酒礼》，在无算爵、无算乐的环节，有二人专门负责斟酒，宾主的洗觯、实觯及辞洗、辞降等拜揖礼数一概免去，唯尽兴饮酒、赏乐而已。

小雅·常棣

常棣之华，鄂不韡韡[一]。凡今之人，莫如兄弟。

死丧之威，兄弟孔怀[二]。原隰裒矣，兄弟求矣[三]。

脊令在原，兄弟急难[四]。每有良朋，况也永叹[五]。

兄弟阋于墙，外御其务[六]。每有良朋，烝也无戎[七]。

丧乱既平，既安且宁[八]。虽有兄弟，不如友生[九]？

傧尔笾豆，饮酒之饫[一〇]。兄弟既具，和乐且孺[一一]。

妻子好合，如鼓瑟琴[一二]。兄弟既翕，和乐且湛[一三]。

宜尔室家，乐尔妻帑[一四]。是究是图，亶其然乎[一五]？

注释：

[一]常棣：又作棠棣、唐棣。木名。落叶小乔木，果实像李子而较小。花两三朵为一缀，白色，有香气。茎长而花下垂。鄂：花盛貌。《毛传》："鄂，犹鄂鄂然，言外发也。"韡韡（wěi wěi）：光辉貌。

[二]威：通"畏"。畏惧。孔怀：很关心。二句谓死丧的事一般人只觉可怕，兄弟却真是关怀。

[三]裒（póu）：聚土为丘。求：寻找。朱熹《诗集传》："裒，聚也……至于积尸裒聚于原野之间，亦惟兄弟为相求也。"二句谓人或死于原野，唯有兄弟能往求其尸。

[四]脊令：一作鹡鸰。水鸟名。鹡鸰在原为急于救难之象。鹡鸰因为下体纤弱，在陆地上走路时为了保持身体平衡，尾部摇摆不定，好像人遇到急事一样，故诗人以之比喻"兄弟急难"。一说用水鸟在原野比喻人有患难，兄弟有患难就急于相救。

[五]每：虽然；一说时常。况：增益。或曰通"贶"，赐给。这两句是说当遇到危难的时候虽然有些良朋只能增加一声长叹，而不能像兄弟一样

奔赴援助。

[六]阋（xì）：相争。务：通“侮”，《左传》和《国语》都引作“侮”。欺凌。二句谓兄弟虽然有时相争于内，但一旦有外侮，就同心抵御。

[七]烝：众，多。戎：助。

[八]丧乱：死丧祸乱。平：平定。

[九]友生：此指异姓朋友。生，语助词。

[一〇]傧（bīn）：陈列。笾豆：祭祀或燕享时用来盛食物的器具。笾用竹制，豆用木制。凌廷堪《礼经释例》卷四：“凡食礼有豆无笾，饮酒之礼豆笾皆有。”笾豆之数依爵位高低而有差。之：犹“是”。饫（yù）：通“醧”。指同姓亲戚间的私宴，可以酌量饮酒。《说文·酉部》：“醧，宴私饮也。”段玉裁注：“《毛诗·常棣》‘醧’作‘饫’。《释言》曰：‘饫，私也。’《毛传》曰：‘饫，私也。’不脱屦升堂谓之饫。《毛》之‘饫’字，于《韩》为‘醧’……《周语》：彪傒曰：夫礼之立成者为饫，昭明大节而已……原公曰：禘郊之事则有全烝，王公立饫则有房烝。亲戚燕飨，则有殽烝……是则饫之礼大于宴醧。故饫主于敬，宴醧主于和。饫必立成，宴醧必坐。饫在昼，宴在夜。饫必屦而升堂，宴醧必跣。饫以建大德，昭大物，公之至者，不得云私。宴醧主饮酒以亲亲，故曰宴私……是则王公立饫，同异姓皆在焉，不专亲戚。宴醧则惟同姓而已。故《常棣》《湛露》《楚茨》之燕私，皆同姓也。然则《常棣》当作‘醧’，不当作‘饫’……韩正字，毛假借也。”《文选》左思《魏都赋》：“愔愔醧䜩，酣湑无哗。”刘良注：“《韩诗》云：‘宾尔笾豆，饮酒之醧。’能者饮，不能者已，谓之醧。”一说“饫”乃厌、饱足、痛快之义。

[一一]具：同“俱”。聚集。孺：相亲。

[一二]好合：情投意合。鼓：弹奏。以上二句言夫和妻相亲爱，像乐音之配合调谐。

[一三]翕：和睦。湛（dān）：甚乐，尽欢。二句谓兄弟们相互和睦，快乐无尽。

[一四]宜：安，适宜。室家：家族。据朱凤翰《商周家族形态研究》，“室家”在金文中有“家族”的用法。钱宗范《周代宗法制度研究》也指出，西周春秋时期形容贵族家庭形态的“室”是一个大家庭组织，“家”

就是一个宗族。一说“室家”指夫妇。帑（nú）：子女。

［一五］究：谓用心体会上面两句话的道理。图：思谋，推求。亶（dǎn）：信，确实。其：指兄弟和睦，则宜室家，乐妻帑。

讲析：

关于此诗主旨，《毛序》说：“《常棣》，燕兄弟也。闵管蔡之失道，故作《常棣》焉。”指出此诗乃是因周初管叔、蔡叔的叛乱而作的宴饮乐歌，目的是促进兄弟和睦。但《毛序》没有说明诗的作者。《郑笺》申说曰：“周公吊（伤痛）二叔之不咸（和睦）而使兄弟之恩疏，召公为作此诗而歌之以亲之。”以为召康公承周公之意而作。《毛序》之说，依据的是《国语·周语中》周襄王时代大臣富辰之语：“周文公之诗曰：‘兄弟阋于墙，外御其侮。’”周文公就是周公。朱熹《诗集传》对于此诗的理解大体承《序》说而将作者归于周公，谓“此诗盖周公既诛管、蔡而作”。但《左传·僖公二十四年》载富辰之语则曰：“召穆公思周德之不类（善）。故纠合宗族于成周而作诗曰：‘常棣之华，鄂不韡韡。凡今之人，莫如兄弟。’其四章‘兄弟阋于墙，外御其侮’，如是，则兄弟虽有小忿，不废懿亲。”召穆公就是召虎，是西周末年厉王时人。依《左传》的说法，此诗为西周后期的作品。孔颖达《正义》调和二说，以为是周公因管蔡而作，至厉王时召穆公又重述此诗以亲兄弟。是各家均以为此诗是为兄弟失和而作，希望重拾血缘亲情。以为周初的周公、召公之作的说法，颇不合情理，杨树达《积微居金文说·六年琱生簋跋》就表示质疑：“今按周公诛管蔡而召公乃言‘凡今之人，莫如兄弟’，岂非责骂周公乎？此于情理必不可通者也。”今人多从《左传》说，以为召穆公作。

单就文辞看，这是周人宴会兄弟时，歌唱兄弟亲情的诗。

周代的宴饮活动非常频繁，很多都是为了加强血缘亲情而举行。周人在家族祭祀祖先礼仪结束后，有家族宴饮，所谓“燕私”。如《小雅·楚茨》：“鼓钟送尸，神保聿归。诸宰君妇，废彻不迟。诸父兄弟，备言燕私。乐具入奏，以绥后禄。”另外，周代贵族还定期举行同宗之间的会饮，目的是维护本族人的团结，巩固周族的统治。《周礼·春官·大宗伯》："以饮食之礼亲宗族兄弟。以昏冠之礼亲成男女，以宾射之礼亲故旧朋友，以飨燕之礼亲四方之宾客，以脤膰之礼亲兄弟之国，以贺庆之礼亲异姓之国。"此诗所表现的礼当是《周礼》中的饮食之礼。

全诗八章，每章四句。八章又可分五层：首章为第一层，点明全篇主旨："凡今之人，莫如兄弟"。二、三、四章为第二层。诗人通过三个典型情境，对"莫如兄弟"之旨做了具体深入的阐发，即：遭死丧则兄弟相收；遇急难则兄弟相救；御外侮则兄弟相助。这三个典型情境的排列也很有特点。诗人一反由和乐到急难的一般思路，而是由"死丧""急难"到"外务"，由急而缓、由重而轻、由内而外，构成一个倒金字塔的叙述模式，既给人以强烈的震动警示，又有纡徐悠扬的余韵，产生较好的审美效果。第五章自成一层。如果说，前面四章是诗人正面赞颂理想的兄弟之情，这一层则由正面理想返观当时的现实状况，即由赞叹"丧乱"时的"莫如兄弟"，转而叹惜"安宁"时的"不如友生"。结合周初以来不断发生的王室兄弟失和的历史事实来看，诗人的叹惜是有感而发的。第六，七章为第四层，诗人直接描写了举家宴饮时兄弟齐集，妻子好合，亲情和睦的欢乐场面。第七章"妻子"与"兄弟"的对照，包含了诗意的递进："妻子好合，如鼓瑟琴"，而"兄弟既翕"，则"和乐且湛"。由和谐到欢乐尽兴，层次递升。诗人明确表示，兄弟之情胜过夫妇之情。第八章为第五层，承上而来，卒章显志。诗人直接告诫人们，要深思熟虑，牢记此理：只有"兄弟既翕"，方能"宜尔室家，乐尔妻帑"，兄弟和睦是家族和睦、家庭幸福的基础。明理规劝之意，更为明显。

诗人以常棣之花起兴，兴喻兄弟之情，是因常棣花开每两三朵彼此相依而生发联想。诗用生命一体化的观念沟通人和植物，把兄弟之间血肉相连、休戚相关的特殊性表现得极其充分。按，常棣之花是《诗经》中的重要物象。《召南·何彼襛矣》："何彼襛矣，唐棣之华。曷不肃雍？王姬之车。何彼襛矣，华如桃李。平王之孙，齐侯之子。"唐棣即常棣，这是用唐棣之花的密集引出王姬之车的整肃和谐，用唐棣之花的艳丽，暗示王姬之女的年轻美丽。《小雅·采薇》："彼尔维何，维常之华。彼路维何，君子之车。"以常棣之花的繁盛，引出君子之车的威仪。上述描写都是着眼于常棣之花的外部形态，与屈原《离骚》等作品着眼于植物的芳香之气有所不同。

诗歌第七章描写家庭聚会时有“妻子好合，如鼓瑟琴”之语，以弹琴奏瑟来比喻夫妻和睦。这是因为，在众多的乐器中，琴瑟更多地用于私人娱乐，营造的是轻松的气氛，使人与人之间的关系更为亲密，而不像钟鼓那样用于庄严隆重的场合。以琴瑟比喻两性之好、夫妻之情，在《诗经》中多有表现。《周南·关雎》中的“窈窕淑女，琴瑟友之”，说男子以弹奏琴瑟的方式接近他所追求的淑女；《郑风·女曰鸡鸣》写家庭幸福，则云“弋言加之，与子宜之。宜言饮酒，与子偕老，琴瑟在御，莫不静好”；《秦风·车邻》叙述贵族男女的恋爱生活，则有“既见君子，并坐鼓瑟”之语。琴瑟，成为两性欢好、夫妻恩爱的专用语，甚至积淀为民族文学的传统。唐人李商隐《锦瑟》选择这一物象以寄托一段哀怨缠绵的两性情感也是基于历史文化的规定。

“凡今之人，莫如兄弟”反映华夏民族的传统观念：天伦重于人伦，兄弟重于朋友、亲于夫妇。前人对于此诗这一主旨多有关注、发掘。方玉润《诗经原始》论此诗说：“良朋妻帑，未尝无助于己，然终不若兄弟之情亲而相爱也。盖良朋妻孥皆以人合，而兄弟则以天合。以无合者，虽离而实合；以人合者，虽亲而实疏。故曰：‘凡今之人，莫如兄弟。’”钱钟书进一步从文化人类学的角度，揭示《常棣》的主题及其历史文化根源说：“盖初民重‘血族’之遗意也。就血胤论之，兄弟天伦也，夫妇则人伦耳；是以友于骨肉之亲当过于刑于室家之好。……观《小雅·常棣》，‘兄弟’之先于‘妻子’，较然可识。”（《管锥编·毛诗正义》）重视同姓的血缘亲情，在《诗经》中较为常见。《唐风·杕杜》以一个流浪者的口吻表达了对兄弟之情的渴望：

有杕之杜，其叶湑湑。独行踽踽。岂无他人？不如我同父。嗟行之人，胡不比焉？人无兄弟，胡不佽焉？

有杕之杜，其叶菁菁。独行睘睘。岂无他人？不如我同姓。嗟行之人，胡不比焉？人无兄弟，胡不佽焉？

所谓“不如我同父”，指同父兄弟。“不如我同姓”，指一母所生的兄弟。主人公认为，只有兄弟才是可以依赖的对象。这是因为兄弟是天伦，夫妇、朋友是人伦；天伦是人伦的起点，人伦是天伦的推演。这是周人对于人际关系的认知。此诗也是在兄弟之情的意义上，被春秋时期的贵族使用以“言志”，说明理想的同姓诸侯间的关系。《左传·昭公元年》载，晋卿赵孟、鲁叔孙豹（穆叔）、曹大夫“入于郑”“郑伯兼享（同时享燕）之”，在燕礼上，“穆叔赋《鹊巢》，赵孟曰：‘武不堪也。’”穆叔又赋《采蘩》，并解释说：“小国为蘩，大国省穑而用之，其何实非命？”子皮赋《野有死麕》之卒章，赵孟赋《常棣》，并解释说：“吾兄弟比以安，尨也可使无吠”。杜预注：“取其凡今之人莫如兄弟，言欲亲兄弟之国。”

在传世文献的记载中，对兄弟之情的强调更是比比皆是。《尚书·君陈》：“君陈，惟尔令德孝恭。惟孝友于兄弟，克施有政。”认为人只要孝顺父母友爱兄弟，就能够从政了。将兄弟之情推广到治国理政的高度。这种观念流传久远，甚至成为民族文化的基因。后世民谚犹曰：“打虎亲兄弟，上阵父子兵。”在古人看来，“兄弟者，分形连气之人也。方其幼也，父母左提右挈，前襟后裾，食则同案，衣则传服，学则连业，游则共方，虽有悖乱之人，不能不相爱也”（《颜氏家训·兄弟》）。常得志《兄弟论》借陆机之口讨论：“夫兄弟之情也，受之于天性。生之于自然，不假物以成亲，不因言而结爱。”（《全古上三代秦汉三国六朝文·全隋文》卷二七）因而，比之良朋、妻孥，古人更重兄弟亲情。所以孔子的学生司马牛没有兄弟，便忧伤叹息：“人皆有兄弟，我独亡。”子夏的“四海之内皆兄弟也——君子何患乎无兄弟也”（《论语·颜渊》）的回答也只是安慰之辞。汉人多有因通过友于兄弟而邀取名声步入仕途者。袁宏《后汉纪》载赵孝兄弟事：两汉之交的赵孝与兄弟赵礼非常友爱。因为时局混乱，食物匮乏，赵礼被盗贼捉去，赵孝自我绑缚，到贼人那里去请求用自己替换赵礼：“礼久饿羸，不如孝肥饱。”盗贼很受感动，就释放了两人。光武帝建武初年，“天下新定，民皆乏食”，兄弟两人又争相推让食物。后来天子听闻二人的事迹，“诏拜（赵孝）为谏议大夫，长乐卫尉”，又征赵礼为御史中丞。相反，以爱妻著称的张敞却显得仕途蹭蹬了。《汉书·张敞传》载，张敞为京兆尹，“朝廷每有大议，引古今，处便宜，公卿皆服，天子数从之”，但无威仪，喜欢为妻子画眉，京城传说“张京兆眉憮”，遭到弹劾，且因此“不得大位”。

小雅·伐木

伐木丁丁，鸟鸣嘤嘤[一]。出自幽谷，迁于乔木[二]。嘤其鸣矣，求其友声[三]。相彼鸟矣，犹求友声。矧伊人矣，不求友生[四]？神之听之，终和且平[五]。

伐木许许，酾酒有藇[六]。既有肥羜，以速诸父[七]。宁适不来，微我弗顾[八]。於粲洒扫，陈馈八簋[九]。既有肥牡，以速诸舅[一〇]。宁适不来，微我有咎[一一]。

伐木于阪，酾酒有衍[一二]。笾豆有践，兄弟无远[一三]。民之失德，干糇以愆[一四]。有酒湑我，无酒酤我[一五]。坎坎鼓我，蹲蹲舞我[一六]。迨我暇矣，饮此湑矣[一七]。

注释：

[一]丁丁（zhēng zhēng）：象声词。伐木声。嘤嘤：象声词。鸟鸣声。

[二]幽谷：深谷。迁：升。二句谓鸟儿飞出幽谷，迁上高树。

[三]友：两只兽在一起。《小雅·吉日》："儦儦俟俟，或群或友。"《毛传》："兽三曰群，二曰友。"

[四]相：看。矧（shěn）：何况。伊：这。友：亲友。《广雅·释诂》："友，亲也。"按，友最初指同宗族的兄弟。朱凤翰《商周家族形态研究·朋友考》："西周青铜器铭中所见'朋友''友'是对亲族成员的称谓，其义不同于现代汉语词汇中的朋友。"钱宗范《周代宗法制度研究》："'朋友'一词，最原始的意义，应是指同宗或同族内的弟兄辈行的族人。"后来内涵扩大为没有宗族血缘关系的朋友。此诗中的"友"盖包括宗族内外的亲友。生：助词，无义。

[五]二句谓谨慎地遵从求友的道理，你就既和乐又安宁。神，慎。听，听从。马瑞辰《通释》："《尔雅·释诂》：'神，慎也。''慎，诚也。''神之'

即‘慎之’也。……《广雅》：‘听，从也。’‘听之’，谓能听从是言也。《小明》诗亦无求神之义，两言‘神之听之’，义同此。”按，“终……且”句式表示“既……又”义。王引之《经义述闻·毛诗上》引其父王念孙说：“《终风篇》：‘终风且暴。’《毛诗》曰：‘终日风为终风。’《韩诗》曰：‘终风，西风也。’此皆缘词生训，非经文本义。‘终’犹‘既’也，言既风且暴也……《燕燕》曰‘终温且惠，淑慎其身。’《北门》曰：‘终窭且贫，莫知我艰。’《小雅·伐木》曰：‘神之听之，终和且平。’(《商颂·那》曰：‘既和且平。’)《甫田》曰：‘禾易长亩，终善且有。’《正月》曰：‘终其永怀，又窘阴雨。’‘终’字皆当训为‘既’。”

［六］许许（hǔ hǔ）：象声词。锯木声。釃（shī）：滤，饮酒前用筐滤除酒渣。《毛传》：“以筐曰釃。”有藇（xù）：藇藇，形容酒美。藇，美。

［七］羜（zhù）：出生不久的小羊，肉质较嫩。速：邀请，召。诸父：同姓父辈。

［八］宁：宁可。适：凑巧。微：不要。二句谓宁可他们凑巧有事不能来，也不要让人说我不顾念他们。

［九］於（wū）：叹词。粲：鲜明，洁净。馈：食物。八簋：八簋是贵族宴会很隆重的礼节。《毛传》：“天子八簋。”据《仪礼·聘礼》《公食大夫礼》，诸侯燕群臣及他国使臣皆八簋。簋，圆形盛食器，以盛黍稷，祭祀宴享时使用。

［一〇］牡：公羊，公牛。按，雄性的兽类概可称“牡”。《说文·牛部》：“牡，畜父也。”《邶风·匏有苦叶》：“雉鸣求其牡。”按，此诗之肥羜、肥牡、八簋、笾豆等，皆是互文。诸舅：对异姓长辈的通称。

［一一］咎：过错。

［一二］阪：山坡。衍：丰满，盈溢。

［一三］有践：践践，整齐。践，整齐。兄弟无远：兄弟全在场。兄弟，同姓同辈的男性亲友。

［一四］干糇（hóu）：干粮，此指普通食品。糇，干食。以：因而。愆：过错。二句谓人与人之间的失和往往是因为一口干粮分配不好。

［一五］湑（xǔ）：过滤，用籔过滤酒渣。《毛传》：“以薮曰湑。”薮

即籔的借字，一种用以洗米的竹编器物，较筐为粗。《说文·竹部》："籔，炊篡也。"段玉裁《说文解字注》："本漉米具也。既浚干则可炊矣，故名炊籅……《毛诗·伐木》传曰：'以筐曰釃，以籔曰湑。'籔即今之溲箕也。今误从艸作薮。筐者，盛饭之器，较细；籔者，滰淅之器，较粗。皆可以漉酒者。"酤（gū）：买；一说一宿即熟的酒，如今之酒酿。

［一六］坎坎：有节奏的击鼓声。蹲蹲（cún cún）：舞步合乐的姿态。我，我们；一说为语气词，用于句尾（江有诰《诗经韵读》）。二句谓咚咚地我们敲起鼓，翩翩地我们跳起舞。

［一七］迨：趁。二句谓趁着我们有空闲，饮那些清酒呀。

讲析：

关于此诗的题旨，旧说有美刺的不同。《毛序》："《伐木》，燕朋友故旧也。自天子至于庶人，未有不须友以成者。亲亲以睦，友贤不弃，不遗故旧，则民德归厚矣。"是《序》以为《伐木》是一首以宴饮为题材的诗，其中并不包含讽刺成分。然《后汉书·朱穆传》李贤注引蔡邕《正交论》则曰："逮至周德始衰，《颂》声既寝，《伐木》有鸟鸣之刺。"应劭《风俗通义·穷通》亦称："《伐木》有'鸟鸣'之刺。"一般认为，蔡邕和应劭习鲁诗，是这个系统认为《伐木》是讽刺诗。《文选》谢混《游西池》李善注引《韩诗》说："《伐木》废朋友之道缺，劳者歌其事，诗人伐木，自苦其事，故以为文。"（《文选》卷二二）据此，韩诗也认定此诗为讽刺诗。

从诗的文辞来看，这是一首表现高级贵族宴饮的诗篇。据诗中的"陈馈八簋"可知，这应是周王招待亲友的宴享歌唱。关于此诗的创作年代与作者，旧说以为周初作。《郑笺》："言（文王）昔日未居位在农之时，与友生于山岩伐木为勤苦之事。"孔颖达《正义》申述郑说："郑以为此章远本文王幼少之时，结友之事。言文王昔日未居位之时，与友生伐木于山阪。""下二章酾酒文连伐木，是酒为伐木而设，即伐木之人是朋友矣。"王先谦《集疏》在此基础上提出此诗乃周公所作："诗是周公所作，故依文王尊为天子后称之曰父舅。文王微时朋友，皆是后来内外大臣，故有父舅之名。而伐木求友之事，非周公亦无由知而述之也。”今人多不信旧说。赵逵夫认为：周厉王不听“防民之口，甚于防川”的劝谏，终于导致了国人暴动，同时也导致王室内部人心离散、亲友不睦，政治和社会状况极度混乱和动荡。周宣王即位初，立志图复兴大业。而欲举大事，必先顺人心。《伐木》一诗，正是宣王初立之时王族辅政大臣为安定人心、消除隔阂从而增进亲友情谊而做，作者很可能就是召伯虎（赵逵夫《论西周末年杰出诗人召伯虎》）。此诗是否为召虎所作，我们不得而知，但从诗的形式与内容来看，作于西周后期的判断还是大致不差的。

此诗《毛诗》分为六章，章六句。宋代以后分为三章，章十二句。朱熹《诗集传》分为三章，并引刘氏曰说明理由：“此诗每章首辄云‘伐木’，凡三云‘伐木’，故知当为三章。旧作六章，误矣。”此从朱熹。

全诗三章，首章强调人应求友的道理，此道理由嘤嘤相和的鸟鸣引发，鸟鸣则由伐木引发。第二章承上章而来，以伐木起兴，兴起请“友”，所请对象分别是父系、母系成员，反映出时人对于血缘尤其是同姓血缘的重视。作者在标示所请对象之前，首先叙述宴会主人为宴请亲友所做的准备：肴馔酒肉俱全，环境清洁明净。主人对亲友的邀请诚心诚意，同时又有担心对方不肯前来的微妙的心理活动。第三章写热闹而秩序井然的宴友场面。主人为了使前来赴宴的客人开心，竭诚尽力，周到热情。

此诗表现出对于血缘关系的珍视。作者千方百计加固亲情，追求家族和亲戚之间的和睦，是以血缘本位看待亲情、人情。值得注意的是，诗歌第二章交代宴请对象为长辈，有父系有母系，而以父系长辈居前；第三章对于宴请对象又特别强调同姓兄弟，表现出时人对于宗族血缘的格外重视。

诗的各章均以伐木开头，似乎是与伐木者有关的诗歌，这大约也是《韩诗》将之看成是劳者歌其事的原因，也是郑玄等人将之与文王微时联系起来的依据。从全诗内容看，所展示的宴饮事项有肥羊、肥牡、清酒，且“陈馈八簋”，是贵族之家的气象，其主人不可能参加伐木。伐木不过是每章开头的一个引子，是兴句。欧阳修《诗本义》的推测颇为合理：“考诗之意，是为鸟在木上，闻伐木之声则惊鸣而飞，迁于他木。方其惊飞仓卒之际，犹不忘其类，相呼而去。其在人也，可不求其友乎？其义明矣。”（《诗经集校集注集评》卷六）至于下二章只言伐木，不言鸟鸣，盖承上省略。

前人对于《诗经》中的宴饮诗，往往以其奢华而轻视之。此诗所陈列的酒馔，以当时的物质条件看，确实是奢华的。但对于这个问题，我们应该从两个方面看。第一，礼主敬，《礼记·曲礼上》所谓“夫礼者自卑而尊人”。诗篇强调“酾酒有藇，既有肥羜”“既有肥牡”“酾酒有衍，笾豆有践”等，诗人的用意在于表现宴会主人的诚敬心意。而这也是也是宾主融洽的前提。用物合乎其等级身份的丰美，是君子行礼的一种表现，亦即“有美而文而诚若”（《礼记·礼器》）者。《小雅·鱼丽》也是宴饮诗，重点写酒肴，前三章每章首二句都写各种鱼类：“鱼丽于罶，鲿鲨”“鱼丽于罶，鲂鳢”“鱼丽于罶，鰋鲤”，三四句则反复称道“君子有酒，旨且多”“君子有酒，多且旨”“君子有酒，旨且有”，正是借酒肴的丰美表明主人诚敬的待宾心意及宾主在宴会中十分欢乐的情景。这也影响了古代宴饮题材作品的构思。曹植《箜篌引》承此写亲友交游的快乐：“置酒高殿上，亲友从我游。中厨办丰膳，烹羊宰肥牛。秦筝何慷慨，齐瑟和且柔。阳阿奏奇舞，京洛出名讴。乐饮过三爵，缓带倾庶羞。主称千金寿，宾奉万年酬。”（《曹植集校注》）诗人在酒肴的丰美之外，加之以各种风格的音乐表演，主人待客的厚意自在不言中。第二，酒肴丰盛，亦在礼的规定之内。据《仪礼》《毛传》等文献，诗中的“陈馈八簋”，正符合天子宴饮的礼仪规定。由此诗来看，宴饮诗的奢华只是形式，酒肴丰美的背后承载的是周代的礼乐精神。

小雅·宾之初筵

宾之初筵，左右秩秩[一]。笾豆有楚，殽核维旅[二]。酒既和旨，饮酒孔偕[三]。钟鼓既设，举酬逸逸[四]。大侯既抗，弓矢斯张[五]。射夫既同，献尔发功[六]。发彼有的，以祈尔爵[七]。

籥舞笙鼓，乐既和奏[八]。烝衎烈祖，以洽百礼[九]。百礼既至，有壬有林[一〇]。锡尔纯嘏，子孙其湛[一一]。其湛曰乐，各奏尔能[一二]。宾载手仇，室人入又[一三]。酌彼康爵，以奏尔时[一四]。

宾之初筵，温温其恭[一五]。其未醉止，威仪反反[一六]。曰既醉止，威仪幡幡[一七]。舍其坐迁，屡舞仙仙[一八]。其未醉止，威仪抑抑[一九]。曰既醉止，威仪怭怭[二〇]。是曰既醉，不知其秩[二一]。

宾既醉止，载号载呶[二二]。乱我笾豆，屡舞僛僛[二三]。是曰既醉，不知其邮[二四]。侧弁之俄，屡舞傞傞[二五]。既醉而出，并受其福[二六]。醉而不出，是谓伐德[二七]。饮酒孔嘉，维其令仪[二八]。

凡此饮酒，或醉或否[二九]。既立之监，或佐之史[三〇]。彼醉不臧，不醉反耻[三一]。式勿从谓，无俾大怠[三二]。匪言勿言，匪由勿语[三三]。由醉之言，俾出童羖[三四]。三爵不识，矧敢多又[三五]。

注释：

[一]初筵：宾客初入席时。筵，铺在地上的竹席，此处用为动词。左右：席位的东西，此泛指座次。按，古人宴饮、祭祀时，依身份不同，位次有异。据《仪礼·乡饮酒礼》，堂上的席位，主人在东序前西向而坐，宾南向而坐，介（副宾）东向坐。据《大射仪》，公西向坐，宾南向坐。秩秩：有序之貌。

[二]笾豆：古代的食器、礼器。笾，竹制的浅口筐，用来盛装果实、干肉。豆，木制或陶制，也有铜制的，盛鱼肉齑酱等。有楚：即楚楚，陈列整齐之貌。殽核：菜果。殽，通"肴"，此指豆中所装的食品；核为笾中所装的食品。维：是。旅：陈放。

[三]和旨：醇和甜美。孔：很。偕：和谐。

[四]钟鼓既设：钟鼓都已悬设。按，周代高层贵族宴饮必有歌乐，瑟工在堂上，笙磬钟鼓在堂下。举酬：举杯劝酒。酬，敬酒。逸逸：往来有序。

[五]大侯：亦名"君侯"，天子、诸侯射箭用的大靶，有虎侯、熊侯、豹侯三种。据《周礼·天官·司裘》"王大射，则共虎侯、熊侯、豹侯"孙诒让《正义》，虎侯，以虎皮为鹄（靶心），侧边亦用虎皮装饰的侯；熊侯，以熊皮为鹄，侧边亦用熊皮装饰的侯；豹侯，以豹皮为靶心，侧边亦用豹皮装饰的侯。侯，射箭用的箭靶。抗：举，高挂。《毛传》："大侯，君侯也。抗，举也。"弓矢斯张：箭搭在弦上。斯，句中助词。张，指弓弦搭上箭。

［六］射夫：射手。同：会齐；一说合耦，配好对。献：表现。尔：你。发功：发箭射击的功夫。发，射箭。二句谓射箭的人们都到齐了，表现你们射箭的本领。

［七］发：射箭。彼：那个。有：句中助词。的：侯的中心，即靶心，也常指靶子。《小尔雅·广器》："侯中者谓之鹄。鹄中者谓之正。正方二尺。正中者谓之槷。槷方六寸。"槷即"的"。祈：求。尔爵：求射中而让对手饮罚酒。尔，比赛的对手。爵，酒器，此处指饮酒。据《郑笺》"我以此求爵女（汝）"，则经文"以祈尔爵"为倒文，"盖但言求爵女，则己之求不饮自可于言外得之"（马瑞辰《通释》）。二句谓一箭射中那靶子，求得对手来饮酒。

［八］籥（yuè）舞笙鼓：执籥而舞，与笙鼓相应。籥舞，执籥而舞。此指祭祀之礼中的迎神舞。按，籥是一种竹制管乐器，为三孔或六孔笛。乐：各种乐调；一说奏乐。和奏：协调。

［九］烝：进，进乐。衎（kàn）：娱乐。烈祖：创业的祖先。以：用来。洽：使和洽，指配合。百礼：祭祀的各种礼节仪式。

［一〇］至：完备。有壬：即壬壬，礼大之貌。有林：即林林，礼多之貌。

［一一］锡：赐。尔：主人，主祭者。纯嘏（gǔ）：大福。纯，大。嘏，祭祀时，执事人（祝）为代神受祭者（尸）致福于主人。其：语助词。湛（dān）：和乐，喜悦。二句谓赐给你大大的福气，子孙和乐。

［一二］曰：语助词。奏：进献。能：射箭的技能。

［一三］载：则，便。手：取，择。仇（qiú）：匹，指对手。室人：主人。入又：又入，指主人亦随宾客入射以耦宾，即耦射。古代射礼，以二人为一组以比射，称为耦。二句谓宾客寻找比射的对手，主人又陪宾射一番。

［一四］康爵：大杯。康，大。奏：为。时：善。此指善射者，即射中的宾客。二句谓把那大杯斟满酒，为射中的人庆功。

［一五］温温：和柔。其：那样。恭：恭敬谨慎。

［一六］醉：饮酒适量。《说文·酉部》："醉，卒也。卒其度量，不至于乱也。"止：语助词。威仪：容止，行为举止。反反：谨慎凝重。

［一七］曰：语助词。幡幡：轻浮无礼之貌。

［一八］舍其坐迁：舍其当坐当迁之礼，坐立违礼。舍，放弃。坐，同

“座”，座位。马瑞辰《通释》：“古者饮酒之礼，取觯、奠觯皆坐。又凡礼盛者坐卒爵，其余则皆立饮，又有升降、兴拜、复席、复位诸礼，皆可以‘迁’统之。舍其坐迁，盖谓舍其当坐当迁之礼耳。”屡舞：多次起舞。屡，多次。仙仙：同“跹跹”。轻举貌。

[一九]抑抑：意思与前文“反反”大致相同而有所递进，慎密。

[二〇]怭怭（bì bì）：意思与前文“幡幡”大致相同而有所递进，亵慢，举止轻薄。

[二一]是：这。曰：叫。秩：常规，宴饮规矩。

[二二]载：则。号：大声乱叫。呶（náo）：喧哗不止。

[二三]僛僛（qī qī）：身体歪斜倾倒之貌，此指因醉而舞歪歪倒倒的样子。

[二四]邮：通“尤”。过失。

[二五]侧弁（biàn）：歪戴着帽子。弁，皮帽。俄：倾斜不正。傞傞（suō suō）：醉舞不止貌。

[二六]出：离开宴会。并：都，遍。

[二七]伐德：败德。伐，败。

[二八]孔嘉：很好。维：由于。令仪：美好的仪表礼节。二句谓饮酒是好事，是因为它有好的仪节。

[二九]二句谓凡是饮酒，总是有的醉有的醒。

[三〇]监：酒监，也叫司正，宴会上监督礼仪的官。《仪礼·乡饮酒礼》有正礼过后，主人“作相为司正”，亦即命相（傧者）改作司正，行监礼之责。《史记·滑稽列传》称为“执法”：淳于髡对齐威王说自己的酒量或一斗或一石，视饮酒环境而定，“赐酒大王之前，执法在傍，御史在后，髡恐惧俯伏而饮，不过一斗径醉矣。若亲有严客，髡帣鞲鞠跽，侍酒于前，时赐余沥，奉觞上寿，数起，饮不过二斗径醉矣。若朋友交游，久不相见，卒然相睹，欢然道故，私情相语，饮可五六斗径醉矣。若乃州闾之会，男女杂坐，行酒稽留，六博投壶，相引为曹，握手无罚，目眙不禁，前有堕珥，后有遗簪，髡窃乐此，饮可八斗而醉二参。日暮酒阑，合尊促坐，男女同席，履舄交错，杯盘狼藉，堂上烛灭，主人留髡而送客。罗襦襟解，微闻芗泽，当此之时，髡

心最欢，能饮一石”。《汉书·高五王传》称为“酒吏”：齐悼惠王刘肥之子刘章，娶吕禄女，“年二十，有气力，忿刘氏不得职。尝入侍燕饮，高后令章为酒吏。章自请曰：‘臣，将种也，请得以军法行酒。’高后曰：‘可。’……顷之，诸吕有一人醉，亡酒，章追，拔剑斩之”。佐：助。史：酒史，记录饮酒时宾主言行的官。即上引《史记·滑稽列传》之“御史”。燕饮之礼必设监，不一定设史。按，《诗经》之监、史，其职既让宾客尽兴，又不令其大醉。

［三一］不：语助词。臧：好。二句谓醉的自以为好，不醉的觉得他可笑。

［三二］式：发语词。勿从谓：不再跟着劝酒。马瑞辰《通释》：“《尔雅·释诂》：‘谓，勤也。’勤为勤劳之勤，亦为相劝勉之勤。‘勿从谓’者，勿从而劝勤之，使更饮也。”谓，殷勤劝酒。俾：使。大怠：太轻慢失礼。二句谓不要再跟着劝酒，不要让他太失礼。

［三三］匪言：指不该说的话。匪由：指不合道理的话。由，式，法。二句谓不该说的话就不要说，没有道理的话就不要讲。

［三四］由：从。俾：使。童羖（gǔ）：没角的公山羊。童，秃。二句谓酒醉的人能说出公羊不长角的话来。

［三五］三爵：三杯。《礼记·玉藻》：“君子之饮酒也，受一爵而色酒如也，二爵而言言斯，礼已三爵而油油，以退。”孔颖达《正义》引《春秋左氏传》：“臣侍君宴，过三爵，非礼也。”识：知。矧（shěn）：何况。又：通“侑”。劝酒。二句谓三杯酒你就什么都不知道了，哪敢再劝你举杯。

讲析：

《毛序》以为此诗是卫武公刺周幽王荒废政事、狭近小人、君臣沉湎于酒的诗：“《宾之初筵》，卫武公刺时也。幽王荒废，媟近小人，饮酒无度，天下化之，君臣上下沈湎淫液。武公既入而作是诗也。”《郑笺》申之：“淫液者，饮酒时情态也。武公入者，入为王卿士。”一说是卫武公饮酒悔过的诗。《后汉书·孔融传》李贤注引《韩诗》云：“卫武公饮酒悔过也。”（朱熹《诗集传》引此作《韩氏序》）朱熹《诗集传》从《韩诗》说：“今按此诗义，与《大雅·抑》戒相类，必武公自悔之作。当从韩（诗）义。”方玉润《诗经原始》

则调和诸说，以为“二说实相通”，谓幽王时国政荒废，君臣沉湎于酒，武公入为王卿士，难免与宴，见其非礼，未敢直谏，只好作诗悔过，用以自警，“使王闻之，或以稍正其失”。此诗是否与卫武公有关，我们还不得而知。

此诗重在表现燕饮醉酒场面，揭露饮酒失控导致宴会出现混乱不可收拾的局面，劝人饮酒守礼。诗五章，每章十四句，形式整齐。

诗的前两章描述与宴会有关的各种礼仪活动，即大射、祭祖、燕射。在表现各项活动合乎礼仪时，所用的词语都突出人物的整齐有序、和谐融洽。宾主入座有次序，物品摆放整齐，饮酒气氛平和，射箭有人陪伴。所用这一切，都再现了周代礼乐文明的威仪之美。

第三章对比宾客未醉和已醉两种状态，以清醒时的礼仪风度反衬醉客的丑态，表明诗人反对醉饮的态度。

第四章顺势展开醉客的状态，他们呼叫喧哗，歪歪斜斜，并且乱舞不止，连帽子都快掉了，原本摆放整齐的器具也都被弄乱。此章从声音、动作、服装等多个侧面透视，把醉客的醉态展示得惟妙惟肖，呈现给我们一幅生动的醉酒图。此章后半部分是作者对醉后丧德行为的批评和劝诫。作者认为宴饮的美好在于有礼仪的保障，奉劝宾客们要依礼饮酒。

第五章承上章章尾二句引出饮酒时设置监、史的道理。为进一步表示反对醉饮的态度，诗人又描摹醉客的醉话，说醉酒的人能说出公羊不长角的昏话。由此点出：酒醉使人失去理性，殊不可取。

此诗运用了多样的修辞手法，如叠字、对比、排比、顶针、对偶修辞等。叠字出现频率较高，如“左右秩秩”“举酬逸逸”“温温其恭”“威仪反反”“威仪幡幡”“屡舞仙仙”“威仪抑抑”“威仪怭怭”“屡舞僛僛”“屡舞傞傞”。虽然《诗经》以善用叠字著称，但此诗叠字出现频率之高，在《诗经》中也是较为罕见的。叠字的使用，起到内韵的作用，使诗歌既具有声音的美感，又使词义加深，最具声情合一的艺术效果。对比手法主要出现在第三章。此章对比宾客已醉和未醉两种状态，用词对比性极强，鲜明地表现了宾客酒后失礼的样态。如“反反”和“幡幡”，“抑抑”和“怭怭”，都是反差极大的形容之词：前者谨慎内敛，后者杂乱放荡；前者温文尔雅，后者不顾体面。“钟鼓既设，举酬逸逸；大侯既抗，弓矢斯张；射夫既同，献尔发功”，则是一组形式整齐的排比句，且两句一换韵，有很强的节奏感。第二章又两处使用顶针修辞，即“以洽百礼”之后接以“百礼即至”，“子孙其湛”之后接以“其湛曰乐”。这两个顶针修辞在同章中仅隔两句，相距很近，也是诗人为加重语气而作的刻意安排。“笾豆有楚，肴核维旅”“既立之监，又佐之史”则是非常标准的对偶句式。由此可见诗人的雕章琢句之功。

此诗对周代大射礼有比较充分的表现。《宾之初筵》以贵族宴饮为主要题材，第一二章却依次写到饮酒、射箭、祭祖、射箭、饮酒，实际上是以天子大射礼为线索，串起各项活动。写大射礼先从宴饮开始，这是因为在周礼中射箭和宴饮关系密切。《礼记·射义》就说：“古者诸侯之射也，必先行燕礼。卿大夫士之射也，必先行乡饮酒之礼。”而据《仪礼·燕礼》，燕礼也可以有射箭活动的安排。此章表现天子的大射礼，记载国君大射礼的《仪礼·大射仪》的相关记载可以用为参照。大射礼以燕礼为开端，故首章写燕。“饮酒孔偕”便可落实为燕礼开始阶段主宾之间的一献之礼。燕必有乐，所以诗云“钟鼓既设”。乐器的具体安排，见《仪礼·大射仪》：“乐人宿县于阼阶东，笙磬西面，其南笙钟，其南鑮，皆南陈。建鼓在阼阶西，南鼓。应鼙在其东，南鼓。西阶之西，颂磬东面，其南钟，其南鑮，皆南陈。一建鼓在其南，东鼓。朔鼙在其北。一建鼓在西阶之东，南面。簜在建鼓之间。鼗倚于颂磬西紘。”在一献之礼的正礼中，由宰夫充任的主人的献宾之礼、主人向国君的献酒都要演奏音乐。奏乐之后，还有主人酬宾、国君酬宾、旅酬等礼，“举酬逸逸”当是对这些饮酒礼仪的概括。据《仪礼·大射仪》，大射礼有三番射，一番射包括司射的“诱射”（教射）和三耦射。“弓矢斯张”就是写大射礼开始时“司射”诱射。又据《大射仪》，司射诱射前，要进入类似今日更衣处的“次”，脱去左臂的外衣袖，将左臂套上“遂”，拿起弓，右手指尖挟着四支箭，箭搭载弦上而使旋露出在弓弨外，用右手的大拇指钩着弓弦，从阼阶下向国君请示开始射箭比赛。稍后，司射便选配射艺相近的六个士，两两一组，组成三组即三耦，之后开始司射的诱射及三耦的表演射。此番射并不计算成绩。首章“弓矢斯张“一句，正是就司射诱射的准备而言。诱射之后，便是二番射。二番射是三耦及君、诸公卿以及众耦射，此番射为各耦中的两人分别计算成绩，对于射手的准确与力度都有要求，所谓

“不贯不释”（国君除外）是也。三番射仍是三耦及众耦射，但此番射有音乐伴随，要求射者的动作与音乐配合，如果射者射箭时不能与音乐的节奏相应，则不计算成绩，所谓“不鼓不释”是也。“射夫既同”至首章之末，则是概写三耦及众耦射。二番射与三番射之后，都有胜者为负者酌酒、负者尽饮罚酒的环节。首章之“发彼有的，以祈尔爵”就是对这个场面的描写。

周代的射礼大体有四：大射、燕射、宾射、乡射。大射，天子诸侯将祭择士于射宫。宾射，谓诸侯来朝天子或诸侯相会时在朝举行的射礼。燕射，天子诸侯因燕宾客而即射于寝。乡射，州长于春秋二季在州学会民习射之礼。只有大射礼与祭祀关联密切。

天子诸侯举行大射礼的目的，是选拔人才以参与祭祀。《礼记·射义》：“天子将祭，必先习射于泽，泽者，所以择士也。已射于泽，而后射于射宫。射中者，得与于祭。不中者，不得与于祭。”《周礼·天官·司裘》郑玄注：“大射者，为祭祀射。王将有郊庙之事，以射择诸侯及群臣与邦国所贡之士可以与祭者。”既然大射是择士与祭，大射礼之后必然是祭祀之礼。故第二章前八句写祭礼：“籥舞笙鼓，乐既和奏。烝衎烈祖，以洽百礼。百礼既至，有壬有林。锡尔纯嘏，子孙其湛。”按，周代天子祭祀，有音乐与舞蹈伴随。祭祀祖先时，天子要亲舞。《礼记·祭统》：“及入舞，君执干戚就舞位。君为东上，冕而摠干，率其群臣，以乐皇尸。是故天子之祭也，与天下乐之。诸侯之祭也，与竟内乐之。”他人则随舞。《周礼·春官·籥师》：“籥师掌教国子舞羽吹籥，祭祀则鼓羽籥之舞，宾客飨食亦如之。”但《仪礼·大射仪》虽然明言大射目的是择士而祭，但没有祭祀仪式的交代。对于第二章“烝衎列祖”以下六句，何楷《诗经世本古义》以为是预拟之辞，诗所以如此落墨，意在表明“凡射而中者皆得与于祭，则今日能中之人，即后日助祭之人矣”。（《诗经集校集注集评》卷十）我们认为，第二章前八句都属于预拟之辞——诗人为与射者虚拟了一个祭祖场面，指示了一个令人振奋的场景，鼓舞着与射者的热情。

在虚写一段祭礼之后，诗人的笔墨又回到大射礼。大射礼在三番射之后，是宾主脱屦升堂的坐燕之礼，这时各种美食都摆在筵前，且有君命曰“众无不醉”，宾主至此可以尽兴饮酒。所以诗的第二章乃有“其湛曰乐”

的欢愉场面的点染。在此欢愉的氛围中，还可以“复射”，此番射与前面三番射的正射不同，目的在于娱乐。马瑞辰《通释》引胡承珙曰：“《大射仪》，燕毕撤俎，说屦安坐之后，‘若命曰复射，司射命射唯欲’，《注》云：‘欲者则射，不欲者则止，可否之事从人心也。’盖前此三射皆司射请射，有司比耦，此云‘命射唯欲’，则可自取其耦，不必与正射同。又天子诸侯燕礼、射礼，以膳夫、宰夫为主人。前此正射，君与宾为耦，此时或君不欲射，主人膳宰之属故可请射于宾，亦入于次又射，以耦宾也。”此诗第二章后六句正是写脱屦坐燕之后的“命射唯欲”的情形。在坐燕部分，诗人重点展现的是“无算爵”“无算乐”阶段的比较轻松乃至失控的饮酒场面。第三、四、五章均落墨于此。

当然从《仪礼》中寻绎《宾之初筵》的线索，有混淆诗、礼的嫌疑。毕竟，诗是语言的艺术，礼是生活的仪节。礼的记录力图反映时空的顺序安排，以清楚为目的，故记录者不惮繁琐，诗重在韵律、形象与情感，所以《宾之初筵》往往将《仪礼》中许多琐屑的仪节跳过，而捕捉最具画面感的情节，将礼对人情之顺应的一面予以艺术的再现。另外，从大射礼的角度看，主要由射前宴饮、三番射、射后宴饮等三个环节构成，其中三番射是大射礼的中心，射前与射后宴饮都是大射礼的附加部分。但在《宾之初筵》中，宴饮活动尤其是射后宴饮却是诗人表现的重心。而且诗人将大半的笔墨集中在饮酒的高潮阶段，绘出一幅生动的醉客图，诗人节制饮酒的劝告则如“穿花蛱蝶”般穿插其中。

《宾之初筵》的创作，与周人对酒的态度关系密切。在周代统治者看来，酒以行礼，不取其对于人欲望的满足功能。

周代统治者对于酒的认识集中体现在《尚书·酒诰》当中。《酒诰》是周初周公命康叔在殷商故地卫国宣布的戒酒的诰辞。首先，《酒诰》以为，过度饮酒则乱德。周初曾严令禁酒。《酒诰》说明戒酒的重要性：“天降威，我民用大乱丧德，亦罔非酒惟行，越小大邦用丧，亦罔非酒惟辜。”谓上帝降下惩罚，是因为我国臣民犯上作乱，丧失德行，究其原因，无不是饮酒乱行。那些大大小小的诸侯国之所以灭亡，无不是因为饮酒造成的罪过。复为殷商遗民定下制度：“刚制于酒。”制度规定，殷人必须戒酒，如果有人聚众饮酒，全部拘押到周都，杀掉。假如归附的诸臣百官，仍沉湎于酒，则暂且教育他们，经教育再不悔改，则不再赦免，一样杀掉。《酒诰》规定，只有两种情况可以饮酒，一是祭祀时，“越庶国，饮惟祀，德将无罪”；二是孝养父母时，“厥父母庆，自洗腆，致用酒”。《酒诰》虽然是针对殷人酗酒而发，是为解决现实问题，但也反映了周初统治者对酒的认识与态度。在这种情况下，西周初、中期，酗酒没有形成风气。其次，《酒诰》也注意到，酒可以调和气氛，可以施用于各种礼仪当中，所以主张“无彝酒”“饮惟祀，德将无醉”。告诫人们不要经常饮酒，允许在祭祀的时候饮酒，而且这时要以德来约束自己，不要喝醉。周成王时，身为王叔的丰侯就因无视禁令，带头酗酒，遭到严厉惩罚。《今本竹书纪年》载，成王十九年“黜丰侯”。王国维《疏证》引阮谌《三礼图》：“丰，国名也，坐酒亡国。”（王国维《今本竹书纪年疏证》）此事成为后世箴铭类作品的重要素材。崔骃《酒箴》：“丰侯沈酒，荷罂抱缶。自戮于世，图形戒后。”（《全上古三代秦汉三国六朝文·全后汉文》卷四四）李尤亦有《丰侯铭》，也是引丰侯为鉴。

周人既注意到殷人酗酒导致的政治衰乱的恶果，同时对酒的积极作用也有所认识。为防止酗酒，发挥酒的积极作用，周人制定了繁复的酒礼，借酒来实现政治、伦理目的。《仪礼》中记载的“乡饮酒礼”“燕礼”“乡射礼”“大射仪”等把酒所体现的全部礼仪秩序都作了淋漓尽致的规定。以乡饮酒礼为例，主人敬酒一杯（献），要坐（跪）起大约七次：第一次，主客上堂之后，主人坐下，从篚中取酒爵，下堂洗爵，宾也随之下堂。第二次，主人在阶前坐下，把酒爵放在地上，辞谢宾下堂，宾亦致辞作答。第三次，主人又坐下拿起酒爵，到洗跟前，面朝南坐下，把酒爵放于篚旁地下，洗手准备洗爵。第四次，宾向东前行，面朝东北辞谢主人为己洗爵。主人坐下，把爵放于篚中，站起对宾作答。宾归于原位，在对着西序的地方面朝东站立。第五次，主人坐下，把爵置于地，沃者面朝西北为主人浇水盥洗。洗爵毕，主人与宾相对一揖，谦让一番，然后上堂。第六次，宾拜谢主人为己洗爵。主人坐下，把爵置于地，对宾一拜，然后下堂洗手。宾下堂，主人辞谢。宾对主人作答，复归原位，站在对着西序的地方。主人洗完手，上堂，宾端立原处。第七次，主人坐下取爵，斟满酒，至宾席前面朝西北献宾。反过来，宾向主人敬酒

（“酢”），也要重复主人的上述动作。可谓繁复至极。《礼记·乐记》针对世俗流弊，将繁复的酒礼背后的制礼精神发掘出来：“夫豢豕为酒，非以为祸也，而狱讼益繁，则酒之流生祸也。是故先王因为酒礼。壹献之礼，宾主百拜，终日饮酒而不得醉焉，此先王之所以备酒祸也。”

《诗经》对于酒的表现，相对于政令文献，显然更强调其对于口腹之欲的适度满足，故诗人写酒，每言“多且旨”“旨且有”（《小雅·鱼丽》）“尔酒既清”“尔酒既湑”（《大雅·凫鹥》）。同样，酒也有融洽气氛，促进情感的作用。故《小雅·湛露》真诚邀请客人“厌厌夜饮，不醉无归”。当然，这种满足要以微醺为限度。《说文·酉部》释“醉”颇存古义：“醉，卒也。卒其度量不至于乱也。”谓“醉”是就酒足而不过量为言。大醉则为诗人所反对，设若醉（过量）而不归，就要受到谴责了，这在《宾之初筵》中已有充分表现。

道家对于酒的认知颇与周代传统及儒家不同。《庄子·达生》有一段话反映道家对于酒的认知：“夫醉者之坠车，虽疾不死。骨节与人同而犯害与人异，其神全也，乘亦不知也，坠亦不知也，死生惊惧不入乎其胸中，是故遻物而不慴。”道家认为，酒醉的境界近乎“神全”（精神凝聚）的状态。后世道家文人普遍追求醉境。刘伶《酒德颂》等都是这方面的表现。

本篇小结

《诗经》中的宴饮诗数量众多。较有代表性的诗篇为《小雅·鹿鸣》《常棣》《伐木》《鱼丽》《南有嘉鱼》《南山有台》《蓼萧》《湛露》《彤弓》《桑扈》《頍弁》《瓠叶》等。另外，《大雅》中的《行苇》，《鲁颂》中的《有駜》通常也被视为宴饮诗。将这类诗歌与后世宴饮之作进行比较，我们会发现《诗经》中的宴饮诗具有独特面貌，这类诗歌的内涵决定它们只能由周代礼乐文化孕育出来。那么，这些宴饮诗有哪些内涵呢？

首先，《诗经》中的宴饮诗表现出周人对宗族血缘关系的重视。众所周知，周代政治制度最显著的特点是宗法等级制，即把血缘和政治结合在一起，按照血缘关系的远近封建诸侯，血缘的亲疏远近，化为政治等级的高低贵贱。《周礼》记载周代贵族仕进原则，“亲亲”为首要条件。周人尤其重视同姓血缘。周人认为：“非我族类，其心必异。”（《左传·成公四年》）《左传·僖公三十三年》记载，晋国对秦发动殽之战，借口就是秦国在晋国国丧（晋文公去世）期间，侵伐晋的同姓郑国，是对晋的侮辱。虽然晋始封君唐叔为武王子，郑始封君为周宣王异母弟，血缘已很远；而秦穆公则是晋襄公的姑父，且有护送重耳回国即位之功，但秦人并不责备晋人忘恩负义，为远攻近，可见，这一借口是时人认可的，其思想前提就是大家普遍认为同姓血缘重于异姓血缘，即宗亲重于姻亲。《襄公二十九年》载，晋平公之母晋悼夫人为杞国之女，故“知悼子合诸侯之大夫以城杞”。郑国子大叔与卫国大叔文子交流此事，颇不以为然，说：“晋国不恤宗周之阙，而夏肄是屏（晋国不忧周室之衰而护助夏代剩余之国），其弃诸姬，亦可知也已。诸姬是弃，其谁归之？吉也闻之，弃同即异（离弃同姓，亲近异姓），是谓离德。”由子大叔“闻之”之语可知，“弃同即异，是谓离德”之语在此前及当时是比较普遍的观念。

古人赋予宗族以较强的凝聚力。《白虎通·宗族》承前总结说：“宗者，尊也。为先祖主者，宗人之所尊也。《礼》曰：‘宗人（子）将有事，族人皆侍。’”“古者所以必有宗，何也？所以长和睦也。大宗能率小宗，小宗能率群弟，通其有无，所以纪理族人者也。”“族者，凑也，聚也。谓恩爱相流凑也。上凑高祖，下至玄孙，一家有吉，百家聚之，合而为亲，生相亲爱，死相哀痛，有会聚之道，故谓之族。”兄弟之情是宗族之内同辈之间的最深厚的情谊类型，所以《邶风·谷风》说：“宴尔新婚，如兄如弟。”以此喻彼。《小雅·角弓》的主旨，《毛序》把握不差：“父兄刺幽王也。不亲九族而好谗佞，骨肉相怨，而作是诗也。”诗云：“骍骍角弓，翩其反矣。兄弟昏姻，无胥远矣。”诗人将幽王之败归结为不能亲近兄弟。《小雅·頍弁》三章，每章点出酒肴丰美之后，便点出宴请的对象：“岂伊异人，兄弟匪他”“岂伊异人，兄弟具来”“岂伊异人，兄弟甥舅”。兄弟占据重要位置。周人认为，“同姓为兄弟”“同姓则同德，同德则同心，同心则同志”（《国语·晋语四》）。《頍弁》文字安排的背后，是周人对于同姓血缘的信仰与倚重态度。当然，对于异姓亲友关系，周人也表示出重视，所谓“异姓则异德，异德则异类。异类虽近，男女相及，以生民也”（同上），只是不如同姓重要罢了。

《诗经》中的宴饮诗对周代礼的仪节、礼乐精神均有展现。

前人关注宴饮诗，在其奢华，故轻视之。重耳目口腹之欲的满足，确实是宴饮诗的一大特点。周代贵族重视饮食，《周礼》即以食官规模庞大著称。有人统计，《周礼》有50种食官与3794名餐饮人员。《周礼》所列王室饮食结构有食、饮、膳、羞，其中主食为六谷米饭，饮为三酒六饮，菜肴则有膳羞羹等品类。食品丰盛，制作精致。但这只是表象，从更深层来看，这些菜肴与酒品都是在礼的框架内运行。《礼记·坊记》即云：“君子苟无礼，虽美不食焉。”而饮食所以能在制度设计与《诗经》中得到充分反映，是因为在先民看来，宴饮与礼有着非同一般的关系。首先，礼的起源与发展、完善与饮食密不可分。礼字从“示”，表示礼与祭祀神灵有关，从“豊”，表示与玉器有关。可见礼起源于宗教仪式。换言之，祭祀之礼是诸礼的起源。以此，古人探讨礼与饮食的关系主要落在祭礼与饮食的关系上。《礼记·礼运》记载着先民这一认识：

夫礼之初，始诸饮食。其燔黍捭豚，污尊而抔饮，蒉桴而土鼓，犹若可以致其敬于鬼神。

后圣有作，然后修火之利……以炮以燔，以亨以炙，以为醴酪……以养生送死，以事鬼神上帝。皆从其朔。

故玄酒在室，醴醆在户，粢醍在堂，澄酒在下。陈其牺牲，备其鼎俎，列其琴瑟管磬钟鼓，修其祝嘏，以降上神与其先祖，以正君臣，以笃父子，以睦兄弟，以齐上下，夫妇有所。是谓承天之祜。

作其祝号，玄酒以祭，荐其血毛，腥其俎，孰其殽，与其越席，疏布以幂，衣其澣帛，醴醆以献，荐其燔炙。君与夫人交献，以嘉魂魄。是谓合莫。然后退而合亨，体其犬豕牛羊，实其簠簋笾豆铏羹，祝以孝告，嘏以慈告，是谓大祥。此礼之大成也。

依《礼运》作者的看法，早期先民祭祀神祇和祖先亡灵，必陈饮食供神灵享用。这种供陈开始比较粗糙，后来为表示虔诚，饮食越来越丰盛，方式越来越讲究，并且规格和仪式逐渐固定，久而久之形成了大家共同遵循的祭祀准则，这便是礼。祭祀活动中的饮食之礼，记录着人类文明发展的轨迹，也寄托着先民不忘古昔的历史情怀，在祭祀活动中不可或缺。

其次，礼乐精神在宴饮中比在其他一般场合更能得到充分的体现。周代的饮食之礼有飨礼、食礼、燕礼三种。周代高级贵族（天子至卿大夫）在宗庙举行的一种象征性的宴会，叫飨（或作“享”）礼。飨礼虽然杀牲设宴，但只是一种以示隆重的形式，宾主对于陈设的牲、醴并不能随意享用。在飨礼中，宾主只是饮醴而已，且都不能尽欢。《礼记·乐记》即云：“食飨之礼，非致味也。”“大飨之礼，尚玄酒而俎腥鱼，大羹不和，有遗味者矣。”飨礼上陈设的食物并非美味：俎中是没用经过烹煮的生鱼；铏中是没有用调味品调和的肉汤。这些食物大都无法食用。因此，飨礼之后（一般在第二日），又在寝行燕礼。燕礼也可以单独举行。无论飨礼、燕礼，都有献、酢、酬。先由主人敬酒，曰献（献前还有一举，称“尝”）；次由宾还敬，曰酢；再由主人酌酒敬宾，宾则“奠之而不举”，宾主皆不饮，曰酬，酬有酬币（献上的玉、帛、车、皮、马等礼物）。完成这一个过程叫一献。在飨礼中，宾的地位越高，献的次数越多。据《周礼·秋官·大行人》，上公九献，侯伯七献，子男五献。燕礼中，一献之礼的正礼之后又有“坐燕”（或曰“安宾之仪”），即盛礼过后留宾以参加旅酬、无算爵、无算乐等礼。旅酬，即以次劝人饮酒。众宾按年龄大小排列，长者、尊者在前，幼者、卑者在后。由尊者酬于卑者。《礼记·中庸》：“旅酬，下为上，所以逮贱也。”无算爵，郑玄注《仪礼·燕礼》：“算，数也。爵行无次无数，唯意所劝，醉而止。”安宾之仪中，主宾均脱屦升席，在轻松氛围中饮酒奏乐，共饮尽欢，以酒足（微醺）为尚。

飨、食、燕各有侧重。许维遹《飨礼考》对三者的分别说的较为明白：“待宾之礼有三：曰飨，曰食，曰燕。飨主敬，燕主欢，而食以明善贤之礼。飨有体荐而不食，爵盈而不饮，设几而不倚，务重仪容。食以饭为主，置酒浆而不饮，无献酢之仪。燕以饮为主，有折俎而无饭，行一献之礼，则脱屦升坐，以尽其欢。此三者之区别也。三者以飨为最隆，故《周礼》大司乐职、《礼记·坊记》及《仲尼燕居》篇，均称飨礼谓之大飨，与祭礼之大飨，名同而实亦相类。飨者具大牢以飨宾，备醴酒而醴宾，设尊彝笾豆，其献如命数，故盛于食燕。”飨礼以体现等级之别为务，燕礼重在和谐人际关系。《左传·昭公元年》的关于郑伯“享”（飨）赵孟的一段记载很能说明问题：

夏四月，赵孟、叔孙豹、曹大夫入于郑，郑伯兼享之。子皮戒赵孟，礼终，赵孟赋《瓠叶》。子皮遂戒穆叔，且告之。穆叔曰：“赵孟欲一献，子其从之！”子皮曰：“敢乎？”穆叔曰：“夫人之所欲也，又何不敢？”及享，具五献之笾豆于幕下。赵孟辞，私于子产曰：“武请于冢宰矣。”乃用一献。赵孟为客，礼终乃宴。

赵孟是盟主国晋国的上卿，地位尊贵，所以郑人为表示尊敬，准备用五献之礼“享之”。赵孟大约因为体力不支（此年十二月即死），无法承受繁复而拘谨的五献之礼，故以一献之礼相求，郑人不敢不从，却又准备了“五献之笾豆”以备变动。可见飨礼的等级严肃性。对于飨、燕的区别，周代贵族也多有言论。《国语·周语中》周定王对比飨、燕之礼说：“饫（即飨、享）以显物，宴（燕）以合好。”《左传·成公十二年》载，晋国郤至聘楚，楚子用享礼招待他，使用了高规格的音乐，郤至表示不敢当，认为这违背了享礼的精神，并就此表达了自己对享宴之礼的认识：“享以训共俭，宴以示慈惠。共俭以行礼，而慈惠以布政。”郤至认为，享礼用来教导恭敬节俭，宴礼用来表示慈爱恩惠。虽然对于享礼的解说有临时发挥之处，但他自身对于楚国高规格接待的不安与推却，正说明享礼的等级严肃性。

飨礼固然是要彰显等级秩序，燕礼的和好目的也要受等级差异的制约。如《礼记·燕义》就说燕礼中，国君所以要使宰夫代表自己作为献酒的主人，就是因为群臣中没有人能与国君行对等礼。《燕义》又谈到诸侯燕礼的席位、献酬的顺序等：“席，小卿次上卿，大夫次小卿，士、庶子以次就位于下。献君，君举旅行酬；而后献卿，卿举旅行酬；而后献大夫，大夫举旅行酬；而后献士，士举旅行酬；而后献庶子。俎、豆、牲体、荐、羞皆有等差，所以明贵贱也。”礼的重要内容尊卑贵贱长幼之序在燕礼中似乎也无处不在，只是相对于飨礼而言，它多了一些耳目口腹之欲的满足，也多了一点世俗的温情与欢乐。

宴饮与礼乐之间的特殊关系决定了宴饮诗的性质及其与礼乐之间的内在联系，因而也决定了宴饮诗比起《诗经》中的其他诗歌更能反映周代礼乐文化的精神风貌。

战争篇

战争对任何古代部族来说，都是不可避免的。周人也不例外。周人所面对的军事压力，主要是来自北方的猃狁和南方的淮夷。《诗经》中有许多反映战争的诗篇，大多是对这一南一北两个方向的军事行动的叙述，其中渗透的情感或有不同。或哀伤或昂扬的文字背后，共同折射出周人的战争理念。

小雅·采薇

采薇采薇，薇亦作止[一]。曰归曰归，岁亦莫止[二]。靡室靡家，猃狁之故[三]。不遑启居，猃狁之故[四]。

采薇采薇，薇亦柔止[五]。曰归曰归，心亦忧止。忧心烈烈，载饥载渴[六]。我戍未定，靡使归聘[七]。

采薇采薇，薇亦刚止[八]。曰归曰归，岁亦阳止[九]。王事靡盬，不遑启处[一〇]。忧心孔疚，我行不来[一一]。

彼尔维何？维常之华[一二]。彼路斯何？君子之车[一三]。戎车既驾，四牡业业[一四]。岂敢定居，一月三捷[一五]。

驾彼四牡，四牡骙骙[一六]。君子所依，小人所腓[一七]。四牡翼翼，象弭鱼服[一八]。岂不日戒，猃狁孔棘[一九]！

昔我往矣，杨柳依依[二〇]。今我来思，雨雪霏霏[二一]。行道迟迟，载渴载饥[二二]。我心伤悲，莫知我哀！

注释：

［一］薇：即今之野豌豆、大巢菜。是一种野生的豆科植物，古代分布极广，现在甘肃、陕西、四川、广东、云南等地山中也有生长。其茎嫩时可以为蔬，或入羹。张崇琛曾经以实际的经验为基础撰文《"薇"与〈诗经〉中的"采薇"诗》说明"薇"的各个生长阶段与时令的关系，谓薇之发芽在春分之前（一般在 3 月 15 日前后），此后幼苗渐长，至清明前后便是采薇的最佳时机，谷雨（约 4 月 20 日左右）以后，薇菜开始变老，殆至立夏（5 月 1 日以后），则薇已"刚止"了。秋后，薇的老苗自然干枯、消失，不复存留于地面。作：生，发芽。薇菜发芽在仲春之末，阳历约在三月中旬。止：语助词，无义。

［二］曰：语助词，用于句首或句中。岁：年。莫（mù）：此指一年将尽。后句谓一年很快就要过去了。

［三］靡室靡家：谓抛家舍业。靡，无。室、家，指妻子。猃狁（xiǎn yǔn）：又作"玁狁""玁允"。周代居于北方的部族，汉代称为匈奴。《毛传》："北狄也。"《郑笺》："北狄，今匈奴也。"王国维《鬼方昆夷猃狁考》："我国古时有一强梁之外族，其族自汧、陇，环中国而北，东及太行、常山间，中间或分或合，时入侵暴中国，其俗尚武力……其见于商周间者，曰鬼方、曰混夷、曰獯鬻。其在宗周之季，则曰猃狁。入春秋后，则始谓之戎，继号曰狄。战国以降，又称之曰胡，曰匈奴。综上诸称观之，则曰戎、曰狄者，皆中国人所加之名；曰鬼方、曰混夷、曰獯鬻、曰猃狁、曰胡、曰匈奴者，乃其本名。"（《观堂集林》卷一三）

［四］不遑：无暇。启居：安居休息。启，跪。居，坐。古人席地而坐，坐时两膝着地，臀部靠着脚跟；跪则臀部离开脚跟，腰股伸直，成一条直线。

［五］薇亦柔止：薇菜柔嫩。时约在阳历四月上旬。柔，柔嫩，柔脆。

［六］烈烈：形容忧心如焚。载：助词，用于句首或句中，用以加强语气。饥、渴：用为比喻，指思乡之情如饥似渴；一说战时饮食无着落。

［七］戍：驻守。定：安定。聘：探问。二句谓驻守地点未定，还不能给家人送信报平安。

［八］薇亦刚止：薇菜茎叶变老。时约在阳历四月末五月初。刚，硬。指薇菜茎叶由嫩变老。

［九］阳：阳月，指夏历四月以后。程俊英《诗经注析》："《汉书·五行志》引左氏说，谓周六月、夏四月为正阳纯乾之月。"旧说以为周正十月，如《郑笺》"十月为阳"，误。

［一〇］靡盬（gǔ）：无休止。盬，尽，休止。启处：犹启居。

［一一］孔：甚。疚：痛苦。行：出征。来：至，回家。二句谓心里忧愁烦恼，我出征在外不能还家。

［一二］尔：花盛貌。《毛传》："尔，华盛貌。"《郑笺》："此言彼尔者乃常棣之华，以兴将率车马服饰之盛。"《说文·艸部》引作"薾"。维：是。常：即常棣。又作棠棣、唐棣。又称扶移。落叶小乔木，开白花，花朵密集，有香气。二句谓那繁茂盛开的是什么，是那常棣的花。

［一三］路：同"辂"。戎车，将帅作战时乘的高大的车；一说"路"为高大。胡承珙《毛诗后笺》："'彼尔'为华盛之貌，而非即华名，则'彼路'亦当为车大之貌，而非即车名可知。"按，路训为"大"，亦见《大雅·生民》"实覃实吁，厥声载路"毛传："路，大也。"曾国藩《复李眉生书》："古人用字，不主故常，初无定例，要之各有精义运乎其间。且如高平曰皋，大道曰路，土之高者，曰冢，曰坟，皆实字也。然以其有高广之意，故《尔雅》《毛传》于此四字，均训为大。"（王先谦《王氏续古文辞类纂》）二义均通。斯：助词，有"是"义。

［一四］戎车：兵车。周代作战时用车战。四牡：驾兵车的四匹雄性的马。业业：高大雄壮。二句谓兵车已经驾起来，四匹公马高大雄壮。

［一五］三捷：多次胜利。三，虚数，指多次。捷，胜利。二句谓怎么敢安然住下，一个月打几次胜仗。

［一六］骙骙（kuí kuí）：马强壮貌。

［一七］君子：贵族之有官位者，是就身份而言。依：凭靠。指乘立于车上。小人：地位低下的人，此指下层兵士。腓（féi）：隐蔽。

［一八］翼翼：行止整齐熟练貌；一说壮健貌。象弭（mǐ）：两端用象牙装饰的弓。弭，弓末的弯曲处。鱼服：用鲨鱼皮制的箭袋。服，通"箙"，箭

袋。

［一九］日戒：每天戒备。孔棘：非常紧急。棘，通“急”，此指玁狁寇边，边情紧急。

［二〇］杨柳依依：蒲柳茂盛。杨柳，蒲柳。《毛传》：“杨柳，蒲柳也。”蒲柳又名水杨、青杨，乔木，叶较柳叶圆阔而尖，枝条较柳短硬。李时珍《本草纲目·木部》“水杨”《释名》：“杨枝硬而扬起，故谓之杨。多宜水涘蒲萑之地，故有水杨、蒲柳、萑苻之名。”《集解》：“恭曰：‘水杨叶圆阔而尖，枝条短硬，与柳全别。柳叶狭长，枝条长软。’”（《本草纲目》卷三五）胡承珙《毛诗后笺》：“《尔雅》只以柳为大名，曰柽，曰旄，曰杨，其种各异。古人言杨柳者，谓名杨之柳，犹云柽柳也。其通称柳为杨柳者，乃后世辞章家之言耳。”陈奂《传疏》：“杨柳，蒲柳，合二字为一木，若杞柳之为柜柳也。”依依：盛貌。马瑞辰《通释》：“《韩诗》薛君《章句》曰：‘依依，盛貌。’《毛诗》无传。据《车辖》诗‘依彼平林’《传》‘依，茂木貌’，则依依亦当训盛，与《韩诗》同。依、殷古同声，依依犹殷殷，殷亦盛也。”此二句点出主人公出征离家的季节。按，朱熹《诗集传》引程子曰：“古者戍役，两朞而还。今年春莫行，明年夏代者至，复留备狄，至过十一月而归。又明年中春至春暮，遣次戍者。每秋与冬初，两番戍者皆在疆圉，如今之防秋也。”

［二一］来：归来。思：语助词，无义。雨雪：雨和雪。霏霏：雨雪盛貌。

［二二］行道：道路。迟迟：道路的长远。

讲析：

此诗的作意，旧说以为是“遣戍役”，亦即为出征将士送行时的歌唱。《毛序》：“《采薇》，遣戍役也。文王之时，西有昆夷之患，北有玁狁之难。以天子之命，命将率遣戍役，以守卫中国。故歌《采薇》以遣之。《出车》以劳还，《杕杜》以勤归也。”《郑笺》申之：“文王为西伯服事殷之时也。昆夷，西戎也。天子，殷王也。戍，守也。西伯以殷王之命，命其属为将率，将戍役，御西戎及北狄之难，歌《采薇》以遣之。”对于诗歌中表现的感伤之情，孔颖达《正义》解释说：“此遣戍役，豫叙得还之日，总述往反之辞……莫有知我之哀者，述其劳苦，言已知其情，所以悦之，使民忘其劳也。”朱熹《诗集传》也没有突破旧说：“此遣戍役之诗。以其出戍之时采薇以食，而念归期之远也，故为其自言……盖叙其勤苦悲伤之情，而又风以义也。”诸说都力图调和忧伤情感与贤王之役的矛盾。基本上都是对《毛序》的重复。方玉润《诗经原始》否定《序》《集传》等“遣戍役而代其自言之作”的说法，认为是“戍役归者自作”。我们赞同方玉润的说法，以为将士戍役还归之作。

关于此诗的创作年代，主要有四种说法：一、文王时。《序》《笺》均以为文王之诗，以为是文王奉商王之命征伐昆夷、玁狁，歌唱《采薇》乃出征程序。二、周懿王时。《汉书·匈奴传》：“至穆王之孙懿王时，王室遂衰，戎狄交侵，暴虐中国。中国被其苦，诗人始作，疾而歌之曰：‘靡室靡家，猃允之故。’‘岂不日戒，猃允孔棘。’”三、周宣王时。王国维《鬼方昆夷玁狁考》据铜器铭文，谓“征之古器，则凡纪玁狁事者，亦皆宣王时器”由是观之，则周时用兵玁狁事，其见于书器者，大抵在宣王之世。而宣王以后即不见有玁狁事，是玁狁之称，不过在懿、宣数王间，其侵暴中国，亦以厉、宣之间为最甚也”（《观堂集林》卷一三）。依此，则言玁狁的诗，都是宣王时的诗，《采薇》作于宣王时代。今人多从其说。四、彭裕商《周代猃狁及相关问题》认为此诗为东周初期作品。

从诗歌内容来看，《序》说并不可取。因为从叙事看，所叙乃将士征战回还之事，并非出征始发之事；从抒情看，但有忧伤之感，绝无慰藉之情，全诗也没有一句天子之语，说是周文王歌《采薇》以遣戍役，缺少根据，所以清人崔述、姚际恒、方玉润都反对此说。说是宣王时事，所据为考古成果，但这必须以猃狁患周只在宣王时发生为前提。从《史记·匈奴列传》《汉书·匈奴传》的叙事来看，猃狁对于周人的压迫不止一世，此诗的创作时间可不必拘泥于宣王时。

猃狁是北方的部族，给周朝带来较大的军事压力。从先周文王时期，到西周后期的夷王、宣王阶段，东周初期，猃狁都是周王朝北部的主要边患。此诗以与猃狁的战争为背景，反映戍边军人的生活和感受。全诗六章，章八句。首章表达诗人因猃狁之故而不得已于役的感情。二章、三章并言其思家之情。四章、五章并言军容之盛及战则必胜的豪情、戒慎的战争态度。六章言诗人归途所见及伤感之情。

诗的前三章与末章都采用以物候标示时段的方法，亦即通过物候的变化显示时间的推移。前三章用同一种野菜在不同季节的各种形态标明时段。“薇亦作止”“薇亦柔止”“薇亦刚止”，循序渐进，形象地刻画了薇菜从破土发芽，到幼苗柔嫩，再到茎叶老硬的生长过程，表明时间已经从仲春延续到季春，再到夏初。末章则用两种不同的物候标示时段，“杨柳依依”和“雨雪霏霏”，前者是春末夏初的盛景，后者是冬日的标志。这些物候共同喻示了时间的流逝和戍役的漫长（接近两年时间，甚至更长）。

以物候标示时段，是《诗经》常用的手法。这是先民对于时间的形象理解与表达。早期的历法，其叙时月，也往往标出物候，如《大戴礼记·夏小正》“七月，秀雚苇”“八月……丹鸟羞白鸟（丹良以闽蚋为食）”“九月……熊罴貊貉鼶鼬则穴……雀入于海为蛤”“十月……豺祭兽”。其时先民的思维本身便具有浓厚的诗意特征。此诗中的“昔我往矣，杨柳依依。今我来思，雨雪霏霏”之句，尤其以其形象的表达，兼及流美的文字，对仗的手法，被称为《诗经》中最佳诗句之一。《世说新语·文学》：谢公（谢安）因子弟集聚，问：“《毛诗》何句最佳？”遏（按，遏是谢玄的小字）称曰：“昔我往矣，杨柳依依；今我来思，雨雪霏霏。”公曰：“‘吁谟定命，远猷辰告。’谓此句偏有雅人深致。”自谢玄以来，对这两句诗的评析已绵延成一部1500多年的阐释史。王夫之更赋予此二句以“以乐景写哀，以哀景写乐，一倍增其哀乐”（《诗译》）的诗学意蕴，刘熙载《艺概·诗概》类之，谓“雅人深致，正在借景言情”。而“昔”“今”对举的句式，则屡为诗人追摹，如曹植的“昔我初迁，朱华未希。今我旋止，素雪云飞。”（《朔风诗》，《曹植集校注》），颜延之的“昔醉秋未素，今也岁载华”（《秋胡诗》，《文选》卷二一），韩愈“始去杏飞蜂，及归柳嘶蛩”（《征蜀联句》，《韩昌黎诗集编年笺注》）等等，都是以《采薇》为基础的模拟之作。此诗的影响之深远可见一斑。

此诗通过归途的追述集中表现将士的内心世界，所表现的感情比较复杂。一方面，诗人因久戍不归而忧伤；另一方面，又以国家利益为重，频繁投身于战斗。恋家思亲的个人情和为国赴难的责任感交织在一起。他盼望归来，但道路的艰难又使他心中充满悲哀。这种复杂的情感使诗歌的内蕴丰厚。

从写法上来看，此诗多写军容而少写战事。但有“彼路斯何，君子之车”“戎车既驾，四牡业业”“四牡翼翼，象弭鱼服”之类的车服的细致摹写，而乏《九歌·国殇》“凌余阵兮躐余行，左骖殪兮右刃伤，霾两轮兮絷四马，援玉枹兮击鸣鼓，天时坠兮威灵怒，严杀尽兮弃原野”（《楚辞补注》）般激越的战斗场面，也与金文详细记述战争俘获有明显不同。

小雅·出车

我出我车，于彼牧矣[一]。自天子所，谓我来矣[二]。召彼仆夫，谓之载矣[三]。王事多难，维其棘矣[四]。

我出我车，于彼郊矣[五]。设此旐矣，建彼旄矣[六]。彼旟旐斯，胡不旆旆[七]？忧心悄悄，仆夫况瘁[八]。

王命南仲，往城于方[九]。出车彭彭，旂旐央央[一〇]。天子命我，城彼朔方[一一]。赫赫南仲，玁狁于襄[一二]。

昔我往矣，黍稷方华[一三]。今我来思，雨雪载涂[一四]。王事多难，不遑启居[一五]。岂不怀归？畏此简书[一六]。

喓喓草虫，趯趯阜螽[一七]。未见君子，忧心忡忡[一八]。既见君子，我心则降[一九]。赫赫南仲，薄伐西戎[二〇]。

春日迟迟，卉木萋萋[二一]。仓庚喈喈，采蘩祁祁[二二]。执讯获丑，薄言还归[二三]。赫赫南仲，玁狁于夷[二四]。

注释：

[一] 出：推出。车：兵车，或称戎车。西周春秋时兵甲车马平时皆由公家保管，战时颁发。于：往。牧：国都的远郊。《尔雅·释地》：“邑外谓之郊，郊外谓之牧，牧外谓之野，野外谓之林，林外谓之坰。”郭璞注：“邑，国

都也。假令百里之国，五十里之界，界各十里也。”《左传·隐公五年》：“四月，郑人侵卫牧，以报东门之役。”俞樾《群经平议·左传》：“此传‘牧’字即郊外之牧也。”陈启源《毛诗稽古编》：“《尔雅》：‘邑外谓之郊，郊外谓之牧。’郊牧异地。然统言之皆可名郊。《出车》诗首章言牧，次章言郊……《疏》引《司马法》云：‘王国百里为远郊。’又引《白虎通》云：‘近郊五十里，远郊百里。’可见远郊者即牧地。《周礼·载师》‘职以牧田，任远郊之地’斯其证矣。然则近郊可名郊，远郊可名牧，又可名郊。”按，古人为不与民争地，养马于远郊。《鲁颂·駉》：“駉駉牧马，在坰之野。”《左传·庄公二十九年》：“凡马，日中而出，日中而入。”两日中，一指春分，一指秋分。传文谓春分与秋分间牧厩马于垧野。《周礼·夏官·圉师》也有类似记载：“春除蓐，衅厩，始牧。”二句谓推出我的兵车，到远郊去就马。

［二］自：从。天子：周王。所：处所。谓：使。二句谓从天子那里传下命令，让我前来出征。

［三］仆夫：驾车的人。《毛传》：“仆夫，御夫也。”仆，驾车。《论语·子路》“子适卫，冉有仆。”载：驾（起）车。

［四］维：发语词。其：指獫狁。棘：同“急”。紧急。二句谓王室多灾多难，边情紧急。

［五］郊：近郊。古人建旗致众于国都近郊。《国语·吴语》载，越王命有司令于国曰：“苟在戎者，皆造于国门之外。”韦昭注：“国门，城门。”《周礼·夏官·大司马》郑注：“古者将军盖为营治于国门，鲁有东门襄仲，宋有桐门右师，皆上卿为军将者也。”陈恩林据此结论：“这就说明在春秋以前，一国之军都在国郊以内，有事则由将军负责召集于国门。”（《先秦军事制度研究》）

［六］设：树立。旐（zhào）：画有龟蛇图案的旗，旗幅狭长。《尔雅·释天》：“缁广充幅长寻（黑色丝绸整幅长八尺）曰旐。”《周礼·春官·司常》：“凡军事，建旌旗。”旐是军旅致众之旗，即用来集合“郊”之兵众。致众所以用旗，是因为军队各有将领归属，需通过旗帜进行分别。建：竖立。旄（máo）：干旄，即旗竿头饰以牦牛尾。此指旗竿头上用旄牛尾做装饰的旗。

［七］旟（yú）：画有鹰隼图案的旗帜。《尔雅·释天》：“错革鸟曰旟。”

斯：语气词。胡：何。不：语助词，无义。旆旆（pèi pèi）：飞扬貌。

［八］悄悄：忧貌，心情沉重。况瘁：辛苦憔悴。

［九］南仲：此次伐玁狁的将领。城：筑城。方：地名，即丰（参阅黄盛璋《周都丰镐与金文中的莽京》）。按，丰邑为商末周文王所建。据《史记·周本纪》《竹书纪年》，武王建立西周后，武王、周公、成王等人重大的政治活动仍然在丰邑举行，所以有学者认为丰邑、镐京同为西周都城。丰在今长安县沣水之西，镐在长安县沣水之东。

［一〇］彭彭：形容车马众多。旂（qí）：绘交龙图案的旗帜，竿首带铃。《尔雅·释天》："有铃曰旂。"旂专门用来作为世族与身份的标志。西周册命金文常有鸾旂之赐。央央（yīng yīng）：音义同"英英"。鲜明。

［一一］朔方：北方。

［一二］赫赫：威仪显赫。玁狁：即玁狁。详见《采薇》注。襄：除去，消除。

［一三］黍稷：两种谷物名，黍和稷。黍，一年生草本作物，子实称黍子，脱粒后北方通称黄米，性黏，可以酿酒。稷，谷子，脱壳后为小米（参阅齐思和《毛诗谷名考》）。方：正值。华：开花，诗中指黍稷抽穗。时为夏季。

［一四］思：语助词。雨雪：雨和雪。载（zài）：满。涂：道路。《周礼·地官·遂人》："百夫有洫，洫上有涂。"郑玄注："径、畛、涂、道、路，皆所以通车徒于国都也……涂容乘车一轨。"

［一五］遑：空闲。启居：安坐休息。启，跪。居，坐。

［一六］简书：用于告诫、策命、盟誓、征召等的文书。此特指周王传令出征的文书。一说"简书"指告急文书。《左传·闵公元年》：狄人伐邢。管仲劝齐侯出兵，引"岂不怀归？畏此简书"二句，并解释说："简书，同恶相恤之谓也。请救邢以从简书。"杨伯峻《春秋左传注》："简书，书于一片竹简之文字，此指告急文书。沈钦韩《补注》云：'国有急难，不暇连简为策，单执简往告，犹今之羽檄矣。'告急文书，意义在于国有恶，他国亦同以为恶，是同恶也；一国有难，他国同以为忧而往救之，是相恤也。"二句写出保家卫国的责任感。

［一七］喓喓（yāo yāo）：昆虫叫声。草虫：即草螽，俗称蝈蝈。趯趯（tì

tì）：蹦蹦跳跳的样子。阜螽（fù zhōng）：蚱蜢。二句谓蝈蝈嘤嘤叫，蚱蜢蹦蹦跳。

［一八］君子：指南仲等出征之人。

［一九］我：作者设想的在家之人。降：放下。

［二〇］薄：发语词。西戎：指玁狁。

［二一］迟迟：白天长貌。卉：草。萋萋：草木茂盛貌。

［二二］仓庚：黄鹂。喈喈（jiē jiē）：鸟鸣声。蘩（fán）：白蒿。燠蚕用。祁祁：众多貌。

［二三］执讯获丑：有的活捉以供审讯，有的杀掉割下左耳来计功。讯，俘虏。获，馘，杀死敌人割取左耳（以计功）。丑，戎狄丑虏，对敌人的蔑称。薄言：发语词。还（xuán）：同“旋”。凯旋。

［二四］夷：平，平定。

讲析：

《毛序》：“《出车》，劳还率也。”以为是慰劳出征归来的将帅之诗。但我们于诗中看不到慰劳之意，《序》说与诗的文本存在隔阂。陈子展《诗三百解题》力图调和《序》说与文本的矛盾，认为《毛序》所说，是以诗合乐之义，并非诗本义。从诗的文辞看，此诗写一位出征玁狁的将帅的凯旋而归。

此诗创作时间颇有争议：一般以为此诗作于周宣王时期。《后汉书·庞参传》载马融上书：“昔周宣玁狁侵镐及方”“而宣王立中兴之功”“是以南仲赫赫，列在周诗”。王国维《鬼方昆夷玁狁考》亦以南仲为宣王时人，《出车》亦是宣王时诗。赵逵夫等《先秦文学编年史》更将此诗具体系于周宣王十二年（前816）。一说此诗作于东周初期。吕思勉《中国民族史》第三章《匈奴》：“至于幽王，卒有骊山之祸。时则玁狁‘整居焦获’，‘侵镐及方，至于泾阳’。周人尝命将伐之，至太原，而城朔方。诗家说此，多以为宣王时事。然观《史记·匈奴列传》，则似在骊山之役以后，疑莫能明也。”其注则曰：“《匈奴列传》，皆不言宣王时有与玁狁争战之事。《匈奴列传》

曰：'穆王之后，二百有余年，周幽王用宠姬褒姒之故，与申侯有隙。申侯怒而与犬戎共攻杀周幽王于骊山之下，遂取周之焦获，而居于泾渭之间，侵暴中国。'又曰：'初，周襄王欲伐郑，故取戎狄女为后，与戎狄兵共伐郑。已而黜狄后，狄后怨，而襄王后母曰惠后，有子子带，欲立之，于是惠后与狄后、子带为内应，开戎狄，戎狄以故得入，破逐周襄王，而立子带为天子。于是戎狄或居于陆浑，东至于卫，侵盗暴虐中国。中国疾之，故诗人歌之曰：'戎狄是膺''薄伐猃狁，至于太原''出舆彭彭，城彼朔方'。则似诗人之所咏，皆周东迁后事。案镐、方、朔方，说诗者皆不能指为何地。若以为东迁后事，则镐即武王所居，方或丰之转音也。"彭裕商《周代猃狁及相关问题》对此观点亦有申说。

关于此诗的作者，也是争议较多的问题。争论的焦点在于全诗六章，出现九个"我"字。一般认为，"我"即作者。我们认同陈子展的观点，认为此诗乃客观叙事之词，非主观抒情之作，"我"字并非诗人自我（《诗三百解题》）。作者以全知全能视角全景式地再现战事的全过程，在前四章作者以将帅南仲的口吻作第一人称的叙事，表现出深刻的忧患意识，对于王事的紧张姿态。第五，六章则用将帅室家的口吻，抒发对于久别"君子"的思念，并借着对于"喓喓草虫，趯趯阜螽""春日迟迟，卉木萋萋"的春天盛景的描绘，点出将士们凯旋献捷的时令、盛况和妇人与君子重逢的喜悦。一个事件，两个视角，使诗歌产生巨大的艺术张力。这种写法被后世战争诗、边塞诗广泛借鉴。如高适《燕歌行》："铁衣远戍辛勤久，玉箸应啼别离后。少妇城南欲断肠，征人蓟北空回首。"再如王昌龄《从军行》其一："烽火城西百尺楼，黄昏独上海风秋。更吹羌笛关山月，无那金闺万里愁。"

《出车》作者在选材上，抓住了战前准备和凯旋而归这两个关键性的典型场景。诗的前三章写战前准备情况，第一章"我出我车，于彼牧矣。自天子所，谓我来矣"，写天子的命令，写"我"的出车、召仆，烘托出一个战前紧急动员的氛围。第二章则以各种旌旗（"旐""旄""旗""旟"）写出军容之盛。第三章以"出车彭彭，旂旐央央"再叙军容之盛，最后一笔写出战胜。诗的后三章则从将帅与室家两处落墨描写凯旋归来的情景。这种选材特点，在《诗经》战争诗中是比较普遍的现象。

诗中反复出现的是绘有各种图案的旗帜。关于旗帜的种类和功用，《周礼·春官·司常》《夏官·大司马》均有记载。《司常》论述先秦旗帜制度最为详尽，其中谈到“九旗”：“司常掌九旗之物名，各有属以待国事。日月为常，交龙为旂，通帛为旜，杂帛为物，熊虎为旗，鸟隼为旟，龟蛇为旐，全羽为旞，析羽为旌。”孙诒让认为“九旗”中常、旂、旗、旟、旐为正旗。（《周礼正义》）

旗在周代战争中发挥重要作用。其一，是作为军队的标志，有集合队伍、鼓舞士气等功能。《周礼·夏官·大司马》在叙述春天教民习战时就说到“司马以旗致民”。其二，贵族必须依制用旗，故旗起到标示所有人（将帅）身份的作用。《周礼·春官·司常》述司常之职：“及国之大阅，赞司马颁旗物：王建大常，诸侯建旂，孤卿建旜，大夫士建物，师都建旗，州里载旟，县鄙建旐，道车载旞，斿车载旌。皆画其象（官事、姓名）焉。”《大司马》则曰：“辨旗物之用。王载大常，诸侯载旂，军吏载旗，师都载旜，乡遂载物，郊野载旐，百官载旟，各书其事与其号焉。”《左传·桓公二年》：“鞶、厉、游、缨，昭其数也。”“游”即“斿”，是附于旗幅下边的飘带，其数目代表天子册封的命数。可见，官各有旗、旗各有制是制度的规定。《左传》中的贵族之旗名称多不同，如郑伯之旗名“蝥弧”（《隐公十一年》），齐侯之旗名“灵姑鉟”（《昭公十年》），赵简子旗名“蜂旗”（《哀公二年》），都起到标识其身份的作用。

此诗反映了周代的献捷之礼。献捷是古代军礼中的重要内容，它包括献恺乐、献俘授馘、饮至、大赏等内容。周代的献捷礼特指周天子与诸侯国对外用兵胜利后于社、宗庙向社神及祖先神告庆，以及天子诸侯对于功臣论功行赏等活动。《周礼·夏官·大司马》：“若师有功，则左执律，右秉钺，以先，恺乐献于社。”《左传·僖公二十八年》叙晋文公城濮之战胜利后的礼仪活动：“秋七月丙申，振旅，恺以入于晋，献俘，授馘，饮至，大赏，征会，讨贰，杀舟之侨以徇于国，民于是大服。”此诗仅撮其要而举其中一项“执讯获丑”（报告神明生俘若干，杀死敌人若干，亦即《左传·僖公二十八年》之“献俘，授馘”）以概其余。

小雅·六月

六月棲棲，戎车既饬[一]。四牡骙骙，载是常服[二]。猃狁孔炽，我是用急[三]。王于出征，以匡王国[四]。

比物四骊，闲之维则[五]。维此六月，既成我服[六]。我服既成，于三十里[七]。王于出征，以佐天子[八]。

四牡修广，其大有颙[九]。薄伐猃狁，以奏肤公[一〇]。有严有翼，共武之服[一一]。共武之服，以定王国[一二]。

猃狁匪茹，整居焦获[一三]。侵镐及方，至于泾阳[一四]。织文鸟章，白旆央央[一五]。元戎十乘，以先启行[一六]。

戎车既安，如轾如轩[一七]。四牡既佶，既佶且闲[一八]。薄伐猃狁，至于大原[一九]。文武吉甫，万邦为宪[二〇]。

吉甫燕喜，既多受祉[二一]。来归自镐，我行永久[二二]。饮御诸友，炰鳖脍鲤[二三]。侯谁在矣？张仲孝友[二四]。

注释：

[一] 棲棲（xī xī）：忙碌不安貌。戎车：兵车。饬（chì）：整治，整理。二句谓六月真是繁忙，整顿兵车上战场。

[二] 骙骙（kuí kuí）：马强壮貌。载：装载。常服：军服，即韦弁服，据孔颖达《正义》，为浅赤色皮帽与浅赤色皮衣，素裳白舄。按，据《周礼·夏官·司兵》《司戈盾》《司弓矢》，周代皮甲、五兵、弓矢、戈盾都由官府掌管。遇到战争，由相应职官颁发兵器，并有所谓授兵之礼。此礼一般在宗庙举行。吕思勉："古之兵，非特民间无有而已，即大夫家亦然。《礼运》曰：'冕弁兵革，藏于私家，非礼也，是谓胁君。'《公羊》曰：'家不藏甲，邑无百雉之城。'（定公十二年）此古制也。春秋时，此制浸坏。"（《吕思勉读史札记·丘甲》）

［三］狎狁：见《采薇》注。孔：很。炽：势盛。是用：是以，因此。

［四］于：语助词。匡：救，扶助。二句谓天子出兵，挽救国家的危亡。

［五］比物：把力气和毛色一致的马套在一起。比，同。物，马。骊：纯黑的马。闲：训练。维：是。则：法则。二句谓把四匹纯黑的马套上，操练得合乎规章。

［六］服：军服；一说指服马。按，服的内涵较广，大到宫室，小到衣服器用，皆可曰服。《左传·昭公元年》："三月甲辰，盟。楚公子围设服、离卫。"杨伯峻注："服，凡衣饰器用品物皆可曰服，如《周礼·大行人》'其贡服物'，谓玄纁絺纩；《都宗人》'正都礼与其服'，谓宫室车旗。"

［七］于：往。三十里：古代军行三十里为一舍，即日行三十里。据车磊《〈诗经〉中的计量单位》，我国古代以十寸为一尺，八尺为一寻，十尺为一丈，一百八十丈为一里。周代一尺约等于 0.231 米。则一里为 415.80 米。三十里约折合为今天的 13 公里。行军速度可谓缓慢。究其原因，车战是西周春秋时期主要的战争形式，需要保持严密的队形才能有效发挥战斗力。《司马法》谓"行慎行列"（《严位》）"逐奔不踰列"（《天子之义》），强调无论攻城野战还是行军追击都要保持严整的队形。《左传·成公十六年》载晋楚鄢陵之战：晋人将伐郑，郑人闻有晋师，派使者向楚国求救，姚句耳随使者前往。姚句耳断言楚师必败，理由是"其行速，过险而不整"。由于战车与徒卒有固定组合，战车与战车之间也需要组成固定行阵，这就要求不时地整顿队形。《尚书·牧誓》载周武王牧野誓师之辞："今日之事，不愆于六步、七步，乃止，齐焉。"武王要求兵士们每行进不到 10 米，就要停下来整顿队形。故行军速度较慢。

［八］二句谓天王出兵，尹吉甫辅佐天王。

［九］修广：高大。颙（yóng）：头大貌，引申为大。二句谓驾车的四匹马非常高大，身长头也大。

［一〇］薄：发语词。奏：为，建立。肤功：大功。肤，大。

［一一］有严：严严。严，威严。有翼：翼翼。翼，整齐。共：通"恭"。严肃地对待。武之服：打仗的事。

［一二］定：安定。

［一三］匪：同“非”。茹：柔弱。整：齐。居：处，居住。焦获（hù）：泽名，在今陕西泾阳北。二句谓猃狁太猖狂，到焦获来扩张。

［一四］镐：通“鄗”。地名，即西周都城镐京，故址在今陕西长安斗门镇沣水之东。方：地名。即丰，故址在今陕西长安西部灵沼乡南沣水之西。文王所都。所谓“侵镐及方”，是指入侵的目的地，非谓到达其地。泾阳：泾水北岸。

［一五］织文鸟章：指旗上绘着飞鸟。织文，即“帜文”，标志，徽号。马瑞辰《通释》：“《周官·司常》贾疏两引《诗》皆作‘识文鸟章’。‘识’为正字，今作‘织’者，假借字，或通作‘帜’。”白（bó）旆：即帛旆。以绛帛为旆，谓红色的旗帜。白，通“帛”。《鲁诗》作“帛”。旆，在旐尾续接更细更长的一段燕尾形的帛，称为旆。《尔雅·释天》：“继旐曰旆。”旆于征战时建在先驱车上，故先驱（或曰前军）亦称为旆。央央（yīng yīng）：鲜明的样子。二句谓旗上画着飞鸟，绸旆多么鲜明。

［一六］元戎：大的战车。此特指冲锋的兵车。《史记·三王世家》裴骃集解引《韩诗章句》：“元戎，大戎，谓兵车也。车有大戎十乘，谓车缦轮，马被甲，衡扼之上尽有剑戟，名曰陷军之车，所以冒突先启敌家之行伍也。”《左传·宣公十二年》杜预注：“元戎，戎车在前也。”“言王者军行必有戎车十乘，在前开道，先人为备。”十乘：十辆。启行（xíng）：出发，启程。

［一七］如轾（zhì）如轩：车身前俯后仰。轾，车顶前倾貌。轩，本指大夫以上乘坐的车顶前高后低之车，引申指车顶前高后低貌。二句谓兵车行动稳当，前后一低一昂。

［一八］佶（jí）：健壮貌。闲：动作熟习，熟练。

［一九］大原：即太原。地名，是周与戎的接界之地，与今山西太原无关。此地亦见于《国语·周语上》：“宣王既丧南国之师，乃料民于大原。”徐元诰《集解》引汪远孙曰：“《采薇序》：‘文王之时，北有猃狁之难。’猃狁北狄，追奔逐北，自应向北而去，大原当在周之北境。宣王料民，亦以其地近边而为之备，此与《诗》之‘大原’自是一处。”顾炎武《日知录》以为在今甘肃平凉；胡渭《禹贡锥指》等以为在宁夏固原附近。

［二〇］吉甫：尹吉甫。万邦：众多的诸侯国。宪：榜样。

［二一］燕：宴饮。当指周王于宗庙行“饮至”之礼及飨礼（或谓饮至即飨）之后在王寝（正厅）举行的燕礼。喜：欢喜。祉（zhǐ）：福。后句谓尹吉甫在飨礼中接受各种赏赐。

［二二］来归自镐：谓尹吉甫从镐京归其私邑，与其私人燕饮。

［二三］饮御：进酒。御，进献。炰（páo）：蒸煮。鳖：甲鱼。脍鲤：切成细条的鲤鱼。脍，细切。

［二四］侯：语助词，维。张仲：尹吉甫的朋友。孝友：言其为人孝于父母、友于兄弟。写张仲孝友，侧面烘托尹吉甫之德。

讲析：

《毛序》：“《六月》，宣王北伐也。”点出此诗所写为宣王时北伐之事。朱熹《诗集传》在《序》说基础上进一步点出此诗的创作背景与作意：“成康既没，周室寖（渐渐）衰，八世而厉王胡暴虐，国人逐之，出居于彘。猃狁内侵，逼近京邑。王崩，子宣王靖即位，命尹吉甫帅师伐之，有功而归。诗人作歌以叙其事如此。”

今人亦以为《六月》一诗记叙的是周宣王北伐猃狁之事，其目的是通过对这次战争胜利的描写，赞美宣王时的中兴功臣亦即这次战争的主帅尹吉甫文韬武略、指挥若定的出众才能，和堪为万邦之宪的风范。我们也是同样的看法。

诗共六章。首章写出征的原因及战前的准备。二章、三章写车马军容的盛壮严整。四章写御敌。五章写车马安闲，驱敌出境。六章写克胜饮酒。首章、四章对战争爆发时的紧急情势作了反复渲染：“猃狁孔炽，我是用急。”“猃狁匪茹，整居焦获。侵镐及方，至于泾阳。”整体来看，诗篇对于战前准备过程、军容的盛壮交代较为详尽而对于战争细节如战斗场面、战略战术之类却一笔带过。

“文武吉甫，万邦为宪”强调尹吉甫是能文能武的复合型人才。文武兼备是西周时期对于贵族的基本要求。这缘于其时社会分工的不发达，文官和武官还没有明确的界限，许多贵族治理国事时是文官，出外作战时就是军队将领。体现在官制上，就是实行军政合一的制度。这种情况一直延续到春秋时期。《左传·僖公二十七年》载，晋文公准备任命中军元帅（晋国最高军事统帅），赵衰推荐郤縠，理由是其“说礼乐而敦诗书。”再如臼季（即《左传》之胥臣）。《国语·晋语四》载，文公曾学读书于臼季，可见臼季是个饱读诗书之人。《左传·僖公二十八年》的城濮之战中，胥臣作为下军副帅，对抗楚军的陈蔡之师，“胥臣蒙马以虎皮，先犯陈蔡。陈蔡奔，楚右师溃”，胥臣俨然又是一个有勇有谋的武将。将相之分，出现在战国以后，《史记·廉蔺列传》中“将相和”的经典叙事可以作为说明。对于春秋文化充满向往的雷海宗高度评价这种文武兼备的人：“一般说来，文武兼备的人有比较坦白光明的人格，兼文武的社会也是坦白光明的社会。这是武德的特征。中国两千年来社会上下各方面的卑鄙黑暗恐怕都是畸形发展的文德的产物。偏重文德，使人文弱，文弱的个人和文弱的社会难以有坦白光明的风度，只知使用心计：虚伪、欺诈、不彻底的空气支配一切，使一切都无办法。中国兵制的破裂与整个文化的不健全其实是同一件事。”（《中国的兵》）虽然历史与当下存在一定差距，但雷氏这一认识在日益讲求社会分工的今天仍有意义。活跃在西周春秋历史舞台上的这些文武全才的君子们对于我们当下的人才培养模式或可提供借鉴。

此诗对于周代作战方式有所表现。诗中“元戎十乘，以先启行”谈到先锋部队“十乘”，即十辆兵车，当有甲士百人，即每辆兵车配备十名甲士。这种兵车在装备上比较特殊，要“车缦轮，马被甲，衡扼之上尽有剑戟”，以起到“冒突先启敌家之行伍”（《史记·三王世家》裴骃集解引《韩诗章句》）的作用。这种先锋部队的作用，文献中称为“致师”。《史记·周本纪》载，牧野之战，“武王使师尚父与百夫致师”，当是“元戎十乘”的另一种表达。两处文献记载可以互相补足。另外，需要指出，此诗与《史记》所载武王伐纣的致师与春秋时期的致师不同。春秋时期的致师往往是单车行动。《左传·宣公十二年》载晋楚邲之战，“楚子又使求成于晋，晋人许之，盟有日矣。楚许伯御乐伯，摄叔为右，以致晋师，许伯曰：‘吾闻致师者，御靡旌，摩垒而还。’乐伯曰：‘吾闻致师者，左射以菆，代御执辔，御下两马，掉鞅而还。’摄叔曰：‘吾闻致师者，右入垒，折馘，执俘而还。’皆行其所闻而复。”目的也不相同。盖前者起先锋作用，具有破坏性；后者则示其必战之志，象征作用较为突出。前者用于玁狁，后者用于中原各国间。《左传》中的单车“致师”当为“元戎十乘”的演变。

小雅·采芑

薄言采芑，于彼新田，于此菑亩[一]。方叔涖止，其车三千，师干之试[二]。方叔率止，乘其四骐，四骐翼翼[三]。路车有奭，簟茀鱼服，钩膺鞗革[四]。

薄言采芑，于彼新田，于此中乡[五]。方叔涖止，其车三千，旂旐央央[六]。方叔率止，约軧错衡，八鸾玱玱[七]。服其命服，朱芾斯皇，有玱葱珩[八]。

鴥彼飞隼，其飞戾天，亦集爰止[九]。方叔莅止，其车三千，师干之试。方叔率止，钲人伐鼓，陈师鞠旅[一〇]。显允方叔，伐鼓渊渊，振旅阗阗[一一]。

蠢尔蛮荆，大邦为仇[一二]。方叔元老，克壮其犹[一三]。方叔率止，执讯获丑[一四]。戎车啴啴，啴啴焞焞，如霆如雷[一五]。显允方叔，征伐玁狁，蛮荆来威[一六]。

注释：

[一]薄言：句首语气词。芑：一种野菜。据朱熹《诗集传》，芑即苦荬菜，军行采之，人马皆可食。新田：休耕二年的田；一说初耕二年的田。《毛传》：“田一岁曰菑，二岁曰新田，三岁曰畬（yú）。”菑（zī）：休耕一年的田；一说初耕一年的田。亩：田。

[二]方叔：周宣王大臣，出征荆蛮的主帅。涖：临，来到。止：语气词。其车三千：谓出征将士之多，不必实指。师干之试：士卒们都有扞敌之用。师，众。干（gàn），扞，抵御。试，用。一说战士们拿着武器演习。干（gān），盾，武器。之，是。试，演习。

[三]率：统帅。骐（qí）：青底黑纹马。翼翼：整齐熟练貌。

［四］路车：戎路，兵车。有奭（hè）：奭奭，赤貌；一说盛貌。簟茀（diàn fú）：遮挡战车后部的有花纹的竹席。鱼服：鲨鱼皮装饰的车厢。王夫之《诗经稗疏》："服，牝服也，箱也……此皆言车，不当及矢箙也。"按，服亦有车厢义。王念孙《读书杂志·淮南内篇第十八·负辇粟》："服、辇皆车名。"钩膺：有铜制钩饰的马胸带。鞗（tiáo）革：马勒上有金饰。鞗，马笼头上连接缰绳和嚼子的小铜环。革，勒。

［五］中乡：乡中，此当指国都外郊的乡中。乡，周代行政区划单位，设在国都之外的郊中。《论语·雍也》："以与尔邻里乡党乎！"刘宝楠《论语正义》："《说文》'乡，国离邑，民所封乡也。''国离邑'者，言乡为国所附丽之邑也。"《尚书·费誓》"鲁人三郊三遂"，孔颖达《正义》："郑众云：'六遂之地在王国百里之外。'然则王国百里为郊，乡在郊内，遂在郊外。《释地》云：'邑外谓之郊。'孙炎曰：'邑，国都也。设百里之国，去国十里为郊。'则诸侯之制，亦当乡在郊内，遂在郊外。此言'三郊三遂'者，'三郊'谓三乡也。盖使三郊乡之民，分在四郊之内，三遂之民，分在四郊之外，乡近于郊，故以郊言之。"

［六］旂旐（qí zhào）：画有交龙和龟蛇图案的旗帜，有标明将帅身份与致众之用。央央（yīng yīng）：音义同"英英"。鲜明。

［七］约軧（qí）：用皮革约束车轴露出车轮的部分（并涂成红色）。约，缠束。错衡：在战车车辕前端的横木上饰以花纹。错，有文采的。衡，车辕前端的横木。鸾：车铃，在衡上。一马二鸾，四马八鸾。玱玱（qiāng qiāng）：象声词，此处形容銮铃声有节奏。

［八］服：穿。命服：周王所赐的礼服，随爵位高低而有不同，分为九等。朱芾（fú）：红色的蔽膝。芾，通"韨"，皮制的蔽膝，类似围裙而较窄。《曹风·候人》毛传："芾，韠也。一命缊芾黝珩，再命赤芾黝珩，三命赤芾葱珩。大夫以上，赤芾乘轩。"皇：犹"煌煌"，光辉貌。有玱：即"玱玱"，此处形容佩玉敲击声有节奏。葱珩（héng）：葱绿色的佩玉。

［九］鴥（yù）：疾飞貌。隼（sǔn）：鹞鹰一类猛禽。戾：至。集：聚集。爰：而。止：止息。此三句以鸟的飞翔集息，比喻方叔军队进攻、休息有方。

［一〇］钲：铙。乐器，行状似钟。伐：击。按，"钲人伐鼓"为互文，即

钲人击钲，鼓人击鼓。古时作战，击鼓进兵，鸣钲止兵。《毛传》："钲以静之，鼓以动之。"陈：陈列。师：军队编制单位。西周军制，师是最高级。天子六师（亦曰八师）。鞠：告。旅：军队编制单位。师下的建制为旅。《小雅·黍苗》郑笺："五百人为旅，五旅为师。"按，"陈师鞠旅"亦是互文，谓摆开阵势，动员队伍。

［一一］显允：高贵英伟。允，语词。渊渊：象声词，击鼓声。振旅：此指收兵。将军队收回国内。振，止。旅，众。一说"振旅"为整顿军队。振，整。旅，众。阗阗（tián tián）：击鼓声；一说即"嗔嗔"，声势盛大貌。《说文·口部》："嗔，盛气也。《诗》曰：'振旅嗔嗔。'"

［一二］蠢：愚蠢，动而无知之貌。荆蛮：对楚人的蔑称。大邦：大国，谓周。

［一三］元老：对周王朝三公、卿士的称呼。克：能。壮：光大。犹：通"猷"。谋略。

［一四］执讯：捉住俘虏。获丑：杀死丑虏并割取左耳。获，馘。杀死敌人割取左耳以计功。

［一五］啴啴（tān tān）：兵车行走之声。焞焞（tūn tūn）：原意为光明，引申为车盛貌。

［一六］荆蛮来威：威服荆蛮。荆蛮，陈子展《诗三百解题》以为就是楚国。来，语助词，有"是"义。威，威服。

讲析：

周宣王时期的方叔南征荆蛮，克敌制胜，诗人咏之。对此，文献记载基本一致。《毛序》："《采芑》，宣王南征也。"《汉书·韦玄成传》载太仆王舜、中垒校尉刘歆之议曰："臣闻周室既衰，四夷并侵，猃狁最强，于今匈奴是也。至宣王而伐之，诗人美而颂之曰：'薄伐猃狁，至于太原'，又曰'啴啴推推，如霆如雷，显允方叔，征伐猃狁，荆蛮来威'。"《汉书·陈汤传》亦引"啴啴焞焞"以下数句，谓记宣王时事。

《采芑》主要歌颂方叔出征荆蛮的韬略武功。诗共四章。从内容看，可以分为两个层次，前两章为第一层，着重表现方叔所帅军队的军容之盛及方叔的威仪，第三章、第四章为第二层，写方叔率军队出征及胜敌与成功。此诗用两章的笔墨写出征前在郊集结军队，而以渲染军容士气与方叔的威仪为主要关注点；第三章先写出征，最后一笔直接点出战胜，笔墨仍多落在军容壮盛的描绘上；第四章是战争胜利之后的总结。至于将帅与兵士在战斗中表现如何，诗歌没有作出叙写。因为缺少了战争进程的叙事，以至于有人认为此诗通篇写军队的演习，并非实写方叔南征之作。

此诗对于周代集众于郊的军礼有所表现。新田、菑亩、中乡，都是就王都之郊而言。士众在此集合，将帅在此治兵，亦即“整顿队型，使士卒分辨旗帜，各识其归属，为正式作战做好准备”（任慧峰《先秦军礼研究》）。

诗中的方叔是一个儒雅的武将。诗人盛赞他的威仪：“方叔率止，乘其四骐，四骐翼翼。路车有奭，簟茀鱼服，钩膺鞗革。”“方叔率止，约軝错衡，八鸾玱玱。服其命服，朱芾斯皇，有玱葱珩。”方叔用四匹青底黑纹马驾车，战车涂成红色，有竹帘遮蔽的鲨鱼皮车厢。马胸有带钩，马头有金勒，车轴头用皮革缠束，辕上横梁饰有花纹，车衡上八个铃铛锵锵作响。方叔身穿贵族礼服，红色蔽膝鲜艳夺目，所佩美玉玱然有声。方叔身为战争统帅，但诗人对他进行描写时，没有写他的武艺如何，也没有表现他的强武剽悍的气概，而是突出其服饰的华美，仪仗的众多，烘托出一个儒雅的文质彬彬的贵族君子形象。

大雅·江汉

江汉浮浮，武夫滔滔[一]。匪安匪游，淮夷来求[二]。既出我车，既设我旟[三]。匪安匪舒，淮夷来铺[四]。

江汉汤汤，武夫洸洸[五]。经营四方，告成于王[六]。四方既平，王国庶定[七]。时靡有争，王心载宁[八]。

江汉之浒，王命召虎[九]：式辟四方，彻我疆土[一〇]。匪疚匪棘，王国来极[一一]。于疆于理，至于南海[一二]。

王命召虎：来旬来宣[一三]。文武受命，召公维翰[一四]。无曰予小子，召公是似[一五]。肇敏戎公，用锡尔祉[一六]。

釐尔圭瓒，秬鬯一卣[一七]。告于文人，锡山土田[一八]。于周受命，自召祖命[一九]。虎拜稽首：天子万年[二〇]！

虎拜稽首，对扬王休[二一]。作召公考，天子万寿[二二]！明明天子，令闻不已[二三]。矢其文德，洽此四国[二四]。

注释：

[一]江：长江。汉：汉水。王引之《经义述闻》、陈奂《传疏》认为首句当做“滔滔”，下句当做“浮浮”。武夫：出征的将士。浮浮：《毛传》：“众强貌。”滔滔：广大貌。

[二]匪：同“非”。安：安逸。游：游乐。淮夷：居住在淮河中下游流域的东夷族。来：语助词，有“是”义。求：诛求，讨伐。

[三]设：竖起。旟（yú）：画有鸟隼的旗。

[四]舒：舒适。铺：止，驻扎。后句谓驻扎在淮夷之地。

[五]汤汤（shāng shāng）：水势盛大貌。洸洸（guāng guāng）：威武貌。

[六]经营：治理。此指讨伐。四方：四方夷狄，此特指淮夷。告成：使人传达成功的捷报。

[七]庶：庶几。定：安定。

[八]时：是。载：则。宁：安宁。二句谓这就没有战争，周王心里安宁。

[九]浒：水边。召虎：召伯虎，周宣王时期的名臣，卒谥穆公。据《国语·周语上》，他曾救过太子静（后来的周宣王）的命，又扶其继位，辅佐宣王化解宗族矛盾，和合诸侯，平定外患。

[一〇]式：发语词。辟（pì）：开辟。彻：治。二句谓你去开辟四方，整治我们的疆土。

[一一]疚：病，害。棘：通“急”。极：准则。二句谓不扰他，不迫他，就让他把王国作为准则（使他尊王即可）。

［一二］于：意义虚泛的助词，其词义取决于后面所带之词。往。疆：划分边界。理：治理（田地）。南海：南方近海（指今天的东海）的蛮夷所居之地。《左传·僖公四年》："君处北海，寡人处南海，唯是风马牛不相及也。"二句谓去画疆界，整田地，一直到那南边的海上。

［一三］命：册命，策命。来：语助词，有"是"义。旬：通"巡"。巡视。宣：宣抚。后句谓去巡视，去宣抚。

［一四］文武：周文王、周武王。受命：接受天命而有天下。召公：召公奭，姬姓，为召伯虎的太祖，卒谥康公。维：是。翰：桢干，支柱。

［一五］无：毋，不要。予小子：宣王自称。似：通"嗣"。继承。二句谓现在四方既平，不要归功于我小子，是你能继承你的先祖召公的缘故。

［一六］肇敏戎公：快快计算你的大功。《毛传》："肇，谋；敏，疾。"戎，大。公，通"功"，事。一说始谋大事。肇，开始。敏，谋（见于省吾《泽螺居诗经新证》）。用：以。锡：赐。祉：福禄。

［一七］釐（lài）：通"赉"。赏赐。圭瓒：用玉作柄的酒勺。为祭祀宗庙、飨宾客行祼礼的礼器。齐思和《中国史探研·周代赐命礼考》："在各种赏赐之中，以圭为重要，圭者受封者之符信，所谓命圭也。《崧高》曰：'锡尔介圭，以作尔宝。'"圭瓒亦然。秬（jù）：黑黍。鬯（chàng）：一种香草，即郁金，姜科，多年生。卣（yǒu）：青铜制的带柄酒壶。《郑笺》："王赐召虎以鬯酒一罇，使以祭其宗庙，告其先祖。"

［一八］文人：有文德的祖先。锡山土田：赐给你山和土地。

［一九］周：此指岐周，周人的发祥地。自：用。召祖：召氏之祖，指召康公，他曾与周公旦共同辅佐武王、成王，是周初朝廷的股肱力量。二句谓到岐周去接受策命，用召康公受封的典礼。按，策命时必称受命者之祖而命之。

［二〇］拜稽首：又称"拜手稽首"。西周时最高规格的拜礼，最敬。拜，拜手。先跪下，然后拱手于胸前，手与心平，首俯于手。拱手有"尚左手"与"尚右手"之别。"尚左手"即左手覆按右手，是男子常礼。丧礼之拱手与妇女所行拜礼则应"尚右手"。《礼记·檀弓上》："孔子与门人立，拱而尚右，二三子亦皆尚右。孔子曰：'二三子之嗜学也，我则有姊之丧故也。'二三子皆尚左。"稽（qǐ）首，先跪下，拱手至地，首亦俯于地。两手按地时

仍然保持左手覆右手的手型，非如清人两手分别按地，手前于膝盖，头又前于手。（见段玉裁《经韵楼集·释拜》）

［二一］对扬王休：感谢并称扬王的美命。对扬，臣对君赐时多用之，兼有答谢、颂扬之义。《礼记·祭统》："故卫孔悝之鼎铭曰：六月丁亥，公假于大庙……悝拜稽首，曰：'对扬以辟之。'勤大命，施于烝彝鼎。"休，美，此处指美好的赏赐册命。或以为"对扬王休"即"答扬王赐"。"休"为"赐与"之义。杨树达《积微居小学述林全编·诗"对扬王休"解》："寻金文'对扬王休'之句，必为述作器之原因，君上赏锡其臣下，臣下作器纪其事以为光宠。此所谓扬君赐也。"

［二二］作召公考：继承召公之志。按，于省吾《泽螺居诗经新证》以为"作召公考"即"作召公孝"，即"作孝召公"，即"追孝祖考召公"。考、孝通。

［二三］明明：英明。令闻：美好的声誉。已：止。

［二四］矢：施。洽：和谐。

讲析：

此诗亦为周宣王时诗。《毛序》："《江汉》，尹吉甫美宣王也。能兴衰拨乱，命召公平淮夷。"然《毛序》以为此诗乃尹吉甫所作，今人以其无据多不相信。或以为召虎自作。证据是：第一章诗人自称"我"，为第一人称手法写成；而第三章云："江汉之浒，王命召虎。"说到周王之命，又自称"召虎"。第四，五、六章也有"王命召虎""虎拜稽首"等语。其自称为"我"，而同周天子联系起来则称"召虎""虎"，合乎"父前子名，君前臣名"（《礼记·曲礼上》）的礼的规定。据此，可以肯定此诗作者确为召伯虎。

此诗同传世的周代青铜器《召伯虎簋》上的铭文一样，都是记叙召伯虎平淮夷归来周王赏赐之事。西周后期铭文亦多韵文，故有人怀疑此诗乃古器物的铭文。方玉润《诗经原始》就说："此似一篇召伯家庙纪勋铭。盖穆公平淮夷，归受上赏，因作成于祖庙，归美康公，以祀其先也。"郭沫若发展了方玉润的说法，认为《江汉》为召伯虎簋铭之一，谓"作召公考"之

“考”即“簋”的借字（《两周金文辞大系图录考释》）。不论方、郭之说是否成立，此诗都是研究诗与铭关系的重要文献。

此诗反映了周宣王时期周人与淮夷的军事冲突及相关事件。据《后汉书·东夷列传》，周厉王时因为政治昏乱，东方的淮夷入寇，虢仲征之，未能取胜。宣王即位后，首先消除猃狁之患，然后宣王亲征，平定淮夷之乱。结合此诗可知：宣王驻扎在江汉的水滨，命召伯虎率军征伐淮夷。召伯虎取胜归来，宣王于祖庙对召虎大加赏赐。召伯虎因而作此诗，以颂扬其祖召康公之德与天子之英明。《今本竹书纪年》载，宣王六年（前822），“召穆公帅师伐淮夷。王帅师伐徐戎，皇父、休父从王伐徐戎，次于淮。王归自伐徐，锡召穆公命”。据此，此诗作于宣王六年。

诗共六章。首章写召虎率兵从江汉向淮夷进发。二章写平定淮夷。三章述周王在江汉之滨对召虎的册命。四章、五章述周王在岐周祖庙对召虎的册命。六章写召虎对天子的答谢与称颂。

此诗描写战争场面的诗句不多，只是开头两章用江汉水体盛大比喻渲染王朝军队的声威。接下来诗歌就转入周宣王对召虎册封一事。周宣王对召虎的册命有两次：第一次是在军中：“江汉之浒，王命召虎。”周王在军事行动过程中发布命令，让召虎从容行事，治理南部疆土。第二次是在周王宗庙里：“王命召虎：来旬来宣。”此时讨伐淮夷的战争已经取得胜利，因此令召虎回朝，周王宣布对他的册命。宣王的册命从周初召康公辅佐文王、武王说起，勉励召虎继承祖先的事业；同时赞扬召虎能够迅速取得讨伐战争的胜利，对他加以赏赐。宣王赏赐召虎玉器、香酒、土田（都是等级的象征），并且用周初册封召康公的礼仪，庄严隆重。诗歌以召虎对宣王的赏赐表示感激结束。他一方面表示要继承先祖的事业，为国立功；一方面颂扬宣王能施行文德，使王朝与四方诸侯关系呈现出和谐融洽的局面。对于此诗的写法，后人评价极高，吴闿生《诗义会通》就说：“以美武功为主，而无一字铺张威烈。后半专叙王命及召公对扬之词。雍容揄扬，令人意远。”

召虎是周初召公的后代。召氏家族既有勋烈于前，又有大功于后，是周王室重要的依靠力量。但召虎在总结战争胜利的经验时却归美天子，显示出他对于等级制度的自觉维护。

此诗对于了解周代册命礼仪具有重要参考价值。册命制是周代政治制度（分封制）的有机构成之一。册命，也作策命。册即编简，即将用以记事的竹片、木片编连在一起称为“册”。“册”是本字，“策”是假借字。天子诸侯任命百官、赏赉有功，都要行册命之礼。册命也称赐命。册命仪式多在宗庙中举行，所谓“于周受命”是也。册命的命词通常包括叙述功劳，追述先王与臣下先祖的关系，列举赏赐实物及官职，诫勉受命者步武其先祖的功烈。天子册命的对象往往是诸侯及诸侯国内的高级贵族。《周礼·春官·内史》：“凡命诸侯及孤卿大夫，则策命之。”目的是制约诸侯的权力，以加强王权的力量。到春秋时期，周天子的权力衰微，但天子的册命仍是诸侯政权合法性的有效外衣。《左传·僖公二十八年》载晋公子重耳流亡十九年之后，在秦穆公帮助下回国即位，并在城濮之战中打败楚国，通过“献楚俘于王”，获得周王的册命过程：“王命尹氏及王子虎、内史叔兴父策命晋侯为侯伯，赐之大辂之服、戎辂之服，彤弓一、彤矢百，玈弓矢千，秬鬯一卣，虎贲三百人，曰：‘王谓叔父：敬服王命，以绥四国，纠逖王慝。’晋侯三辞，从命曰：‘重耳敢再拜稽首，奉扬天子之丕显休命。’受策以出。”杜预注：“以策书命晋侯为伯也。”

周代的册命仪式中往往伴随赐物，成为受赐者的一种殊荣。所赐之物与等级制相应。《周礼·春官·大宗伯》：“以九仪之命正邦国之位，壹命受职，再命受服，三命受位，四命受器，五命赐则，六命赐官，七命赐国，八命作牧，九命作伯。”《韩诗外传》卷八：“传曰：诸侯之有德，天子锡之。一锡车马，再锡衣服，三锡虎贲，四锡乐器，五锡纳陛，六锡朱户，七锡弓矢，八锡鈇钺，九锡秬鬯。”《公羊传·庄公元年》何休注次序略有不同。每一项赐物都表征着相应的权利：“诸侯赐弓矢，然后征；赐鈇钺，然后杀；赐圭瓒，然后为鬯。”（《礼记·王制》）诸侯得到弓矢之赐，表明获得了代表天子讨伐叛逆的权力，然后才能出兵征讨；得到斧钺之赐，表明获得了处罚罪魁的权力，然后才能诛杀；得到玉制酒勺，表明获得了独立的主持祭祀的权力，然后才能用郁金合黍米酿造的香酒来祭祀。据此，诸侯用鬯酒，必须经过天子特赐方可，因此“秬鬯”是册命赏赐物中较为重要者。晋文侯、晋文公受弓矢之赐时，都伴有“秬鬯一卣”之赐。故此诗特为拈出：“釐尔圭瓒，秬鬯一卣。”这既是对于天子赐物的称扬，也是对召公荣耀的表彰。册命亦有“授土”者，如此诗之“锡山土田”。《鲁颂·閟宫》也谈到鲁公伯禽受封时的得到土田之赐：“乃命鲁公，俾侯于东。锡之山川，土田附庸。”

天子诸侯册命时必称受命者之祖而命之。诗中“自召祖命”之句是也。《韩诗外传》卷八：“传曰：予小子使尔继邵公之后。受命者必以其祖命之。孔子为鲁司寇，命之曰：宋公之子，弗甫何孙，鲁孔丘，命尔为司寇。”这种册命形式于《诗经》有征。《大雅·烝民》写仲山甫受宣王之命到齐地去筑城：“王命仲山甫，式是百辟，缵戎祖考，王躬是保。”《韩奕》写韩侯受命：“韩侯受命，王亲命之，缵戎祖考，无废朕命。”西周册命金文亦常见。有学者指出：“这种称其祖以命之的现象说明，策命制终归成为保护贵族世袭特权的政治手段，只不过每一次爵命世袭必经策命的程序加盖合法印记而已。”（葛志毅《周代分封制度研究》）关于周代的册命礼更具体的细节，可以参看齐思和《中国史探研·周代赐命礼考》。

大雅·常武

赫赫明明，王命卿士[一]。南仲大祖，大师皇父[二]。整我六师，以修我戎[三]。既敬既戒，惠此南国[四]。

王谓尹氏，命程伯休父[五]。左右陈行，戒我师旅[六]。率彼淮浦，省此徐土[七]。不留不处，三事就绪[八]。

赫赫业业，有严天子[九]。王舒保作，匪绍匪游[一〇]。徐方绎骚，震惊徐方[一一]。如雷如霆，徐方震惊[一二]。

王奋厥武，如震如怒[一三]。进厥虎臣，阚如虓虎[一四]。铺敦淮溃，仍执丑虏[一五]。截彼淮浦，王师之所[一六]。

王旅啴啴，如飞如翰[一七]。如江如汉，如山之苞[一八]。如川之流，緜緜翼翼[一九]。不测不克，濯征徐国[二〇]。

王犹允塞，徐方既来[二一]。徐方既同，天子之功[二二]。四方既平，徐方来庭[二三]。徐方不回，王曰还归[二四]。

注释：

［一］赫赫：显耀盛大貌。明明：明智昭察貌。此句形容周宣王的威仪。卿士：周王朝的执政大臣。

［二］南仲：人名，周宣王时的主事大臣。大祖：指周宣王的太祖庙（周人以后稷为太祖）。“南仲大祖”即在太祖庙命南仲。孔颖达《正义》：“言王命南仲于太祖，谓于太祖之庙命南仲也。皇父为太师，谓命此皇父为太师……南仲卿士，文在‘太祖’之上，是先为卿士，今命以为大将。太师皇父，在‘太祖’之下，则于太祖之庙始命以为太师。其实皆在太祖之庙并命之，故‘太祖’之文处其中也。”大师：太师。是职任较高的武职，非后来的乐官（详参杨宽《古史新探》）。皇父：人名。宣王时大臣。马瑞辰《通释》：“据《竹书纪年》：‘幽王元年，王锡大师尹氏皇父命。’则皇父实为尹氏，即二章所云‘王谓尹氏’也。”二句谓周王在太祖庙任命南仲为将，命皇父为太师。

［三］整：治。六师：六军。据《周礼·夏官·司马》，周制，王建六军。一军一万二千五百人。修：习，整理，整顿。戎：兵器。按，李零认为：“商代和西周的军队，师是最高一级，例如甲骨卜辞提到右、中、左‘三 s（师）’，西周金文和《诗》《书》等古书也提到西周军队是分为驻屯成周的‘成周八 t（师）’或‘殷八 u（师）’和驻屯宗周的‘西六 v（师）’。军是后起的编制，有人根据《诗·小雅·采芑》‘方叔率止，其车三千’，认为周宣王时已有天子六军之制（按 25 人一乘折算，3000 乘合 75000 人），其说尚不能落实，但春秋时期，军普（通）［遍］出现。《周礼》说‘王六军’，六军应即由六师扩充而成。军或师往往分右、中、左，六军或六师也就是两套三军或三师。根据殷墟卜辞和铜器铭文，殷人城郊有东、南、西、北四单，略如《周礼》所谓‘乡’，也许‘成周八师’就是由四单所出的两套四师，‘西六师’则是由三单所出的两套三师，所以《诗·大雅·公刘》说‘其军三单’。”（李零《中国古代居民组织的两大类型及其不同来源》）

［四］敬：通“儆”。警戒。惠：施恩。南国：南方诸国，淮夷所居之地。按，朱凤翰认为，在西周时人的观念中，“南国”与“南土”二者有别。“南土”是周王国南方的国土，在其南部边域地区设有“侯”之类具有军事防

卫职能的长官。“南国”则更在其南，大致在今淮水流域、南阳盆地南部与汉淮间平原一带。西周早期，周人曾力图掌控与经营南国西部区域中的汉淮间地区，但以昭王南征荆楚失败而告终。南国的东部区域为淮水流域，即淮夷各邦的聚居区，是周王朝以军事强制手段搜刮其重要经济资源与人力资源之所在，整个西周中晚期，周王朝为控制这块区域多次与淮夷发生战争，但终西周之世，周人亦并未能实现对该地常规化的、有效的行政管理。“南国”不宜被理解为周人之国土，它大体上可以认为是西周王国的附属区（朱凤翰《论西周时期的“南国”》）。

［五］尹氏：即上文的“皇父”。程伯休父：封在程地的伯爵，名休父。据《国语·楚语下》及《史记·太史公自序》，他是司马迁的远祖，本为史官，此次战役中被任命为司马。

［六］陈行（háng）：列队。戒：告诫。

［七］率：循。淮浦：淮水边。省：巡视。徐土：指徐国，嬴姓，故址在今安徽泗县北，为淮夷中的大国。

［八］留：延迟，耽搁。处：安。三事：指三事大夫，即司徒、司空、司马。按，南仲当为司徒，皇父当为司空，程伯休父当为司马。姚际恒《诗经通论》：“三事，毛传。谓‘为之立三有事之臣’。按此即《书·立政篇》‘作三事’及《诗·十月篇》‘择三有事’，《雨无正篇》‘三事大夫’也。谓分主六军之三事大夫，无一不尽职以就绪也。”绪：业。二句谓不要长久留在徐土，三卿从事一切要妥当。

［九］业业：高大貌。有严：严严，威严貌。

［一〇］舒：舒徐。保作：安稳地行军。保，安。作，起。绍：缓慢。游：游荡。二句谓周王军队安稳前行，不迟缓，不游荡。

［一一］徐方：徐国。方，国。绎：军阵。《毛传》：“绎，阵。”骚：骚动。陈奂《传疏》：“‘徐方绎骚’，言未战而徐之军陈已动乱失次矣。”

［一二］霆：炸雷。二句谓王师的气势如雷鸣霹雳，令徐国感到恐惧。

［一三］奋：奋发，振起。厥：其。武：威武。如：而。震：威。后句谓周王发了威，动了怒。

［一四］进：先遣。虎臣：勇猛如虎的武士。陈奂《传疏》：“进，犹先也。

虎臣，即虎贲氏，启行之元戎也。”阚（hǎn）如：阚然，虎怒貌。虓（xiāo）：虎啸。二句谓周王先遣武士们进攻，武士们发怒如啸虎。

［一五］铺：布，布阵。敦（tún）：通“屯”。屯聚，屯兵。《郑笺》：“敦，当作屯……陈屯其兵于淮水大防之上以临敌。”濆（fén）：高岸。仍：因，就；一说频繁，屡次。丑虏：丑恶之虏，对敌军的蔑称。

［一六］截：整治，整齐。《毛传》：“截，治也。”所：处。二句谓王师整整齐齐驻扎在淮水边。

［一七］啴啴（tān tān）：形容兵车行走的声势；一说众盛貌。飞：飞禽。翰：鹞鹰一类的鸷鸟。后句谓周王的军队像鸟一样，鹰一样。

［一八］苞：茂盛，引申为坚壮。

［一九］緜緜翼翼：密密齐齐。緜緜，形容军队队形绵长密集。翼翼，形容军队阵容整齐有序。

［二〇］濯：大。

［二一］犹：通“猷”。谋略。允：诚。塞：实，指谋略不落空。来：归附。

［二二］同：集，同集于朝。《周礼·春官·大宗伯》：“殷见曰同。”指诸侯一同朝见天子。

［二三］来庭：来朝觐天子。庭，朝觐。

［二四］回：违，违抗。还归：旋归，凯旋而归。

讲析：

《毛序》：“《常武》，召穆公美宣王也。有常德以立武事，因以为戒然。”是《毛序》以为此诗的作者是召虎，诗的立意在于赞美周宣王能在武力征服中显示德行。后人或不认同此说。如姚际恒《诗经通论》：“诗中极夸美王之武功，无戒其黩武意。毛、郑亦无戒王之说，然则作《序》者其为腐儒之见明矣。”结合诗的内容，我们认为此诗是赞美周宣王平定徐国的武功之作，或者就是“平定徐方庆功典礼上的乐歌”（李山《诗经选》）。

此诗为宣王时之作，诗中有两个人物为证：一个是南仲，此人见于《出车》，亦见《鄦惠鼎》（称“司徒南中”），《汉书·古今人表》与《后汉书·庞参传》所载《马融上书》都认定南仲是宣王时人。另一个是程伯休父，《国语·楚语下》云重黎“其在周，程伯休父其后也。当宣王时，失其官守，而为司马氏”。《今本竹书纪年》载，宣王六年（前822），“王帅师伐徐戎，皇父、休父从王伐徐戎，次于淮。”《常武》叙述的就是这次战役。

此诗题目较为特别。《诗经》各篇大多是取首句语词为题，有的虽然不是首句，但也是诗中的语词，而“常武”一词不见于该诗，故说诗者议论纷纭。王质《诗总闻》谓“当是自南仲以来，累世著武，故曰常武”（《诗经集校集注集评》卷一四）。方玉润《诗经原始》以为“常武”是乐名：“武王克商，乐曰《大武》，宣王中兴，诗曰《常武》，盖诗即乐也。此名《常武》者，其宣王之乐欤？”近人或以为古常、尚通用，“常武”即尚武，此解颇与诗旨相合。

此诗与《江汉》都是记载周王朝与淮夷关系的重要文献。据学者的研究，淮夷（族）本来居住在今山东泰山以南，西周封建，周人势力向东扩张，该族被迫南迁至淮河流域（参阅徐中舒《蒲姑、徐奄、淮夷、群舒考》）。西周中期，南淮夷仍保留了邦国组织，但有周王派来的常驻官员专司监督，令其献贡纳赋。进入西周后期，周王室对江汉、淮水流域的控制削弱，淮夷或“不庭”。周王朝为获得此地的物质资源，对其全力征讨。此诗即以此为历史背景，赞美周宣王率兵亲征徐国，取得重大的胜利（参阅许倬云《西周史》）。

诗人的叙述基本按照事件的发展：首章写宣王委任将帅并部署战备任务。第二章通过尹氏向程伯休父下达作战计划。第三章写进军。诗人先从“我方”着笔：王师沉稳从容，不紧不慢。敌方感受到王师的威严与压力，阵营骚动、震恐，以致如五雷轰顶，仓皇失措。一镇定，一惊慌，两相对照，显示出王师强大的力量，未战便已先声夺人。第四，第五两章连续运用形象的比喻，表现王师的军威，是全诗最精彩的部分。战将如猛虎，士兵众多，如滔滔江汉，如巍巍高山。在渲染军威的过程中，有夸张，有比喻，但没有过分表现战争的恐怖，看不到刀光剑影和血腥之气，而是在展示军容声威时渗透着礼乐文化精神。周王朝的军队不可测度，同时又从容不迫，显示着周文化对于“好整以暇”的审美追求。第六章写王师凯旋，归功天子。诗人先颂扬天子计谋允当，再说胜利是“天子之功”，然后写到周王下令“还归”，叙述次第井然。“王曰还归”回应篇首“王命卿士”，结构完善。

本篇小结

在方国林立的西周春秋时期，战争自然不可避免。因之，周人重视战争，以为“国之大事，在祀与戎”（《左传·宣公十二年》）。这表现在许多方面。比如贵重的青铜，在西周春秋时期，主要不是用于铸造农具，发展生产，而是用于两个方面：铸造祭器与兵器。《左传·僖公十八年》载，郑伯朝楚，“楚子赐之金。既而悔之，与之盟曰：‘无以铸兵。’故以铸三钟。”《国语·齐语》也说：“美金以铸剑戟，试诸狗马；恶金（质量差的青铜）以铸鉏夷斤斸，试诸壤土。”《诗经》对于发生的战争事件从各种角度作出表现。

周王朝面临的主要敌人是南方的淮夷荆蛮与北方的猃狁。从上面五首《雅》诗来看，对南方荆蛮的战争比较顺利，情绪昂扬；对西北猃狁的战争较为坎坷，情绪复杂。周王朝的态度也不同，对于北方的猃狁，驱之即可；对于南方的淮夷，以服之为目的。周王朝对于周边关系的战略布局以及如此布局的原因，由《诗经》可以概见。

《诗经》中的战争诗尤其是《大雅》中的诗篇，多以尚德为宗旨，尚德是战争的出发点和归宿。

《大雅·江汉》叙述周宣王派召虎率兵征伐淮夷并取得胜利的全过程。天子对召虎加以赏赐，召虎答谢天子总结经验时称：“明明天子，令闻不已。矢其文德，洽此四国。”战争取得了胜利，却说是天子发扬“文德”使天下四方和谐融洽，把战争置于“文德”的统辖之下。《大雅·皇矣》叙述文王伐崇亦然：

帝谓文王：予怀明德，不大声以色，不长夏以革。不识不知，顺帝之则。帝谓文王：询尔仇方，同尔兄弟。以尔钩援，与尔临冲，以伐崇墉。

文王伐崇本来是战争行动，但诗中却以上帝的名义赞扬他的“明德”。

文王的“明德”包括两个方面的内容：第一，不滥用暴力刑罚；第二，顺从上帝的规则。诗人通过假托上帝立言，使伐崇之战涂上了崇尚“德”的色彩。这种“尚德”的倾向，表现在诗的内容布局上，就是侧重写战前的准备，写军容之盛，不写战斗场面。《左传》在战争叙事方面也渗透“耀德不观兵”的理念，表现在布局上也是多写战前准备，交代战争双方的是非曲直。但同样是尚德，《左传》与《诗经》对“德”的理解有所不同。《皇矣》中的“德”神意天命色彩浓厚。《左传》中的“德”主要落实在人事方面，而非天命。如《宣公十二年》对于晋楚邲之战的叙事，耀德不观兵的理念主要体现在晋国上军统帅随会的言论中。随会反对与楚国交战，理由是：

会闻用师，观衅而动。德、刑、政、事、典、礼不易，不可敌也，不为是征。楚君讨郑，怒其贰而哀其卑。叛而伐之，服而舍之，德、刑成矣。伐叛，刑也；柔服，德也，二者立矣。昔岁入陈，今兹入郑，民不罢劳，君无怨讟，政有经矣。荆尸而举，商、农、工、贾不败其业，而卒乘辑睦，事不奸矣。蔿敖为宰，择楚国之令典，军行，右辕，左追蓐，前茅虑无，中权，后劲。百官象物而动，军政不戒而备，能用典矣。其君之举也，内姓选于亲，外姓选于旧。举不失德，赏不失劳。老有加惠，旅有施舍。君子小人，物有服章。贵有常尊，贱有等威，礼不逆矣。德立、刑行，政成、事时，典从、礼顺，若之何敌之？见可而进，知难而退，军之善政也。兼弱攻昧，武之善经也。子姑整军而经武乎！犹有弱而昧者，何必楚？

随会从德行、刑罚、政令、事务、典则、礼仪等六个方面论证楚军是盛德之师。这六个方面都是现实的政治、军事、制度问题，是人间事务的充分展开，与天命、神意毫不相干。在随会看来，这样的军队是不可抵挡的。随会对“德”的理解体现了“德”观念在春秋时期的新发展。

《诗经》中的战争诗在对战争统帅进行描写时，侧重表现其从容儒雅的风度。《小雅·采芑》描写征伐荆蛮的统帅方叔即立足于此。《六月》中的尹吉甫征伐猃狁亦然：“戎车既安，如轾如轩。四牡既佶，既佶且闲。薄伐玁狁，至于大原。文武吉甫，万邦为宪。”诗人反复描写尹吉甫的车服仪仗，写他的从容：兵车行动稳当，前后一低一昂，俯仰自如，四马健壮而又技艺娴熟。周人认为，这才是理想的统帅。

《诗经》中的战争诗还侧重表现整体军威：浩大的气势、整齐的阵容、严明的纪律。如《大雅·常武》写宣王伐徐："王旅啴啴，如飞如翰，如江如汉，如山之苞，如川之流。緜緜翼翼，不测不克，濯征徐国。"王师众多，行军迅速，稳如高山，动如江河，密密齐齐，不可测度，不可战胜。诗中表现的都是整体军威，至于单独个人的勇猛果敢、武器精良、技击出众等细节，却没有涉及。诗的作者对这些因素兴趣不大。为什么会出现这样的情况呢？

我们认为，这主要是由车战的作战方式决定。西周春秋时期，车战是周人主要的作战方式。兵车的多少反映一国的军事实力。车与人的配比，文献记载或有不同。《周礼·地官·小司徒》郑注引《司马法》："革车一乘，士十人，徒二十人。"即兵车一乘，马四匹，甲士十人，均穿戴盔甲。其中三人立车上，称甲首；其余甲士七人，在车旁步行。另有徒卒二十人。计一车三十人。据金鹗、孙诒让研究，徒二十人包括步卒十五人加上厩养（饲养牲口的兵卒）五人（金鹗《求古录礼说·军制车乘士卒考》、孙诒让《周礼正义》卷五四）。然《小雅·信南山》孔颖达《正义》引《左传·成公元年》服虔注所引《司马法》又云："四邑为丘，有戎马一匹，牛三头，是曰匹马丘牛；四丘为甸，甸六十四井，出长毂一乘，马四匹，牛十二头，甲士三人，步卒七十二人，戈楯具备，谓之乘马。"对此，蓝永蔚《春秋时代的步兵》解释说："三十人制是西周旧制""七十五人制是春秋编制"。当然，中间的转换是个复杂过程，不能一刀切，如春秋前期就仍存在每乘战车"士十人，徒二十人"的情况。

在步兵还没有充分发展起来的时候，大方阵运动最能发挥车战的优势，这就要求兵车数量众多，构成一个庞大的阵容。而以车战为主的进攻队形的整齐又是方阵战斗力最重要的保证。为此，行军时必须每隔相当短的距离就要停下来整顿一次队列，这就需要严格的纪律作为保障。但也导致了行军速度的缓慢。《周礼·夏官·大司马》叙教战之法，谓于仲冬之月，大司马要教民大检阅之礼。大检阅之前，要教习战法。虞人在将要田猎的"野"设表，每百步设一表，设三表（由南向北依次称为前表、三表、二表）；又（与二表）间隔五十步设一表（称为后表）。司马在后表与二表的中间树立旗帜，"中军以鼙令鼓，鼓人皆三鼓，司马振铎，群吏作旗，车徒皆作，鼓行鸣镯，车徒皆行，及表乃止。二鼓摝铎，群吏弊旗，车徒皆坐。又三鼓，振铎，作旗，车徒皆作，鼓进鸣镯，车骤徒趋，及表乃止，坐、作如初。乃鼓，车驰徒走，及表乃止。鼓戒三阕，车三发，徒三刺，乃鼓退，鸣铙且却，及表乃止，坐、作如初”。据此，军队整顿队形的频次以百步为节，“表”是动作停止以整顿的标志物。很多军事训练、战略战术的总结都与这种作战方式有关，如《司马法·仁本》就说“古者，逐奔不过百步，纵绥不过三舍”，《孙子·军争》则曰“穷寇勿迫”。李零对此有比较细致的分析，可以丰富我们的认识。他说：“因为当时作战靠的是队形即阵法，在运动状态下很难保持协同，遇敌败走，一窝蜂去追，会自乱阵脚，反为敌乘。《仁本》所说‘百步’，参看《周礼·夏官·大司马》述教战之法，是队列行进的基本节限，要立表为标志，‘及表乃止’；而‘三舍’，参看《左传》，则是用来表示行军的距离。古代行军，常规速度为日行三十里，每到三十里要宿营，叫做‘舍’（《左传》庄公三年）。一般说，只要有三舍之地，双方就脱离了接触的可能，所以当时有‘退舍求平’的事。晋文公以退三舍避之报答楚成王（《左传》僖公二十八年），也是根据这一点。敌人远走，紧追不舍，比‘逐奔’危险更大。《孙子·军争》说两军争利，日行百里（超过三舍），只有1/3的人能到达，会使全军覆没（‘则擒三将军’）；日行五十里（不到二舍），只有1/2的人能到达，也会使先头部队陷敌（‘则擒上将军’）；日行三十里（一舍），才能有2/3的人先到达。这就是讲高速行军的危险。其常规速度比《左传》所述还慢。”（李零《“车马”与“大车”（跋师同簋）》）在讲求协同作战的车战时代，个人的技艺淹没在群体的协调中，所以《诗经》中的战争诗几乎没有行军迅速的描绘，也没有个人勇敢、技击出众的描写。

《诗经》中的战争诗缺少对战争过程、战争细节的描绘。《剑桥中国文学史》以中西对比的方式作出如下论断：“作为神话纪念、仪式表达的文本库，《大雅》堪与古希腊的伟大史诗相提并论，即便规模不及后者。二者之间的最大区别，或许在于《大雅》完全缺乏战争颂。与《荷马史诗》不同，中国的这些颂诗竭力淡化对战争细节的描述。”这在一定程度上把握到《诗经》大雅战争诗的特点。当然，缺乏战争颂，不是说《诗经》中没有战争题材的作品，而是缺少对战争血腥场面作出描写的热情。不但《大雅》中的战争诗如此，《小雅》中的战争诗亦然。周人对于所参与的战争，更侧重于表现战前的准备和战后的情况，对于战斗过程，往往一笔带过。前面所列的几首诗，都体现出这样的结构特点。《左传》的战争叙事，很多也有这样的倾向。

《诗经》中的战争诗表现周人对和平的热爱，对战争的厌倦。《小雅·采薇》之“我心伤悲，莫知我哀”、《出车》之“忧心悄悄，仆夫况瘁”便直抒胸臆，表达对于参战一事的伤怀忧虑。原因在于，农业民族安土重迁，热爱和平。周族创造的是农业文明，是以定居的方式生活的农业民族，因此，它排斥战争，反对扩张和炫耀武力。早期神话中就有这种观念的流露。《山海经·大荒北经》：“蚩尤作兵伐黄帝，黄帝乃令应龙攻之冀州之野。应龙蓄水，蚩尤请风伯雨师，纵大风雨。黄帝乃下天女曰魃，雨止，遂杀蚩尤。魃不得复上，所居不雨。”在这则神话中，战争的结局是黄帝一方胜利，蚩尤集团失败。但是黄帝一方虽然是胜利者，也要吞食战争结下的苦果：请天女魃助战之后，这位旱神再无法回到天上，所以人间出现旱灾。自然界的旱灾，被归结为战争造成的危害。这一解释反映古人对和平的热爱，对战争负面作用的朴素认识。

《老子》也是农业文明的产物，书中反复表达对于战争的消极看法，《三十章》言兵为凶事：“以道作人主者，不以兵强天下。其事好还：师之所处，荆棘生。”其《三十一章》亦云：“夫佳兵者，不祥之器，物或恶之，故有道不处。君子居则贵左，用兵则贵右。兵者不祥之器，非君子之器，不得已而用之，恬淡为上，故不美，若美之，是乐煞人。夫乐煞人者，不可得意于天下。故吉事尚左，凶事尚右。是以偏将军居左，上将军居右，煞人众多，以悲哀泣之；战胜，以哀礼处之。”老子认为，“武力是带来凶灾的东西。用兵是出于不得已的——若是为了除暴救民而用兵，也该恬淡为上，战胜了不要得意洋洋，得意洋洋就是喜欢杀人，喜欢杀人的人，不能在天下得到成功。如不得已而应战，要以丧礼的仪式来处理，带着悲痛的心情去参加。”然则这种观点，为儒道所同有，且对后世文学艺术影响深远。《三国演义》第九十回“烧藤甲七擒孟获”：三万藤甲军，烧得互相拥抱，死于盘蛇谷中。

孔明在山上往下看时……垂泪而叹曰："吾虽有功于社稷，必损寿矣！"左右将士，无不感叹。又第九十一回"祭泸水汉相班师"：孔明大军班师回国，欲度泸水，见阴风大起，波涛汹涌，人马皆惊。土人告之曰："自丞相经过之后，夜夜只闻得水边鬼哭神号。"孔明乃云："此乃我之罪愆也。前者马岱引蜀兵千余，皆死于水中，尽弃此处。狂魂怨鬼，不能解释，以致如此。吾今晚当亲自往祭。"这段文字的演绎即受此观念支配。

与二《雅》等周人的战争诗不同，《秦风》中的战争诗表现了秦人的好战之风。秦人是东夷族的后裔，加之以西迁之后，迫近戎狄，故一直保留尚武传统。《秦风·无衣》一般以为是秦民间应战相谓之词。朱熹《诗集传》："秦人之俗，大抵尚气概，先勇力，忘生轻死，故其见于《诗》如此。"《秦风·小戎》是一位女性思念丈夫远征西戎的诗，所念皆是军容之盛：

小戎俴收，五楘梁辀。游环胁驱，阴靷鋈续。文茵畅毂，驾我骐馵。言念君子，温其如玉。在其板屋，乱我心曲。

四牡孔阜，六辔在手。骐骝是中，騧骊是骖。龙盾之合，鋈以觼軜。言念君子，温其在邑。方何为期？胡然我念之！

俴驷孔群，厹矛鋈錞。蒙伐有苑，虎韔镂膺。交韔二弓，竹闭绲縢。言念君子，载寝载兴。厌厌良人，秩秩德音。

刘玉汝《诗缵绪》说此诗："首章先言车而后及所驾之马，言马者一言而已。次章先言马，而后及所乘之车，言车者二言。末章兼言车马矛盾，而于弓矢为详。秦人性强悍、尚勇敢，又值犬戎之变而事战斗，其平居暇日所以修其车马器械，以备战伐之用者，无不整饰而精致，故家人妇女亦皆习见而熟观之。而襄公又能以王命命之，大义驱之。其民勇于赴斗，而甘于死敌，故其家人妇女亦深喜而乐道之。"《诗经集校集注集评》卷五）寥寥数语便道出秦人好战的缘由。

乡思篇

就现实生活而言，历代都有因为各种原因离开乡土的人。乡思，是离家在外者共有的情感体验，也是诗歌书写的重要主题。但是细按文本，我们发现，不同时代人们用以维系心念之“乡”的所指与乡思的具体内容并不相同。这其中既反映着文体的差异，作家文化身位的差异，也有时代文化对于文体的冲击与影响。

邶风·击鼓

击鼓其镗，踊跃用兵[一]。土国城漕，我独南行[二]。
从孙子仲，平陈与宋[三]。不我以归，忧心有忡[四]。
爰居爰处？爰丧其马[五]？于以求之？于林之下[六]。
死生契阔，与子成说[七]。执子之手，与子偕老。
于嗟阔兮，不我活兮[八]！于嗟洵兮，不我信兮[九]！

注释：

[一] 镗（tāng）：形容鼓声。踊跃：犹跳跃。踊，向上跳。跃，向前跳。朱熹《诗集传》：“踊跃，坐作击刺之状也。”兵：兵器。

[二] 土：服役土工。国：国都。城：修筑城墙。漕：漕邑。在今河南滑县东南白马城。

［三］孙子仲：此次出征的将领。朱熹《诗集传》："孙，氏。子仲，字。时军帅也。"平：和。

［四］不我以归：不让我回来。有忡：犹言"忡忡"。忧之甚貌。

［五］爰：兼词。在哪里。

［六］之：我；一说指马。

［七］契阔：聚散，离合。成说：约定，誓约。二句谓生离死别，我与你定了誓约。

［八］于（xū）嗟：同"吁嗟"。叹词。阔：阔别。活：生还，生活；一说通"佸"，相会。马瑞辰《通释》："活，当读为'曷其有佸'之'佸'。《毛传》：'佸，会也。'"

［九］洵：远，此指远行从军。信：守信，守约。二句谓我就这样的远走，不能守信与你白头！

讲析：

关于此诗主旨，旧说以为是卫人怨州吁用兵。《毛序》："怨州吁也。卫州吁用兵暴乱，使公孙文仲将而平陈与宋，国人怨其勇而无礼也。"按，州吁事见《左传·隐公四年》：州吁本为卫国公子，弑兄篡位。为了在诸侯中树立威信，州吁联合宋、陈、蔡攻打郑国，"于是陈、蔡方睦于卫，故宋公、陈侯、蔡人、卫人伐郑"。《郑笺》《正义》亦从《序》说，认为《击鼓》因此役而作。方玉润《诗经原始》指出"平陈与宋""不我以归"二语与《左传·隐公四年》所陈之事不符："夫所谓平者，平其祸乱也。州吁围郑，是要宋与陈、蔡同行，何以独云陈、宋而不及蔡，亦何可谓之为'平陈与宋'？围郑仅五日而还，何以谓之'不我以归'？"方氏认为此诗"乃戍卒嗟怨之辞"，表明"戍卒思归不得"的感情。我们以为方说较为合理。

诗分五章，章四句，但并非重章叠唱的形式。首章点出自己的不幸——大家都在"国"做土功、筑城墙，我却出征在外。次章点出出征的缘由及忧心忡忡的情感。第三章写军队的涣散。第四章乃诗人追忆与室家诀别相盟之辞。第五章感叹自己有背当时的约誓。

此诗内容与写法都别开生面，揭示的道理也颇深邃。前面三章表明诗人面对所从事战役的怨怼无奈的情绪。“平陈与宋”的诗语揭示出这场战争无关乎保家卫国，纯是君主强行加在国人身上的负担，战败与溃散也就理所当然，参战之人的怨怼也是人之常情。因为战争非但关乎将士个人的生死，也关乎将士室家的幸福。后者本应该是战争的原因与动力，但此诗中的战争却构成了对后者的破坏。诗对于战争伦理的揭示或者是无意的，却让读者反思警醒。后面两章抒写诗人的室家之情，这固然是诗人的忧思，客观上也构成了对于非正义战争的控诉。

征行之人，自然要思乡念家。但是在外者处境不同，思念的内容也有所区别。同样是对室家的思念，战胜凯旋，是“其新孔嘉，其旧如之何”（《豳风·东山》）的往昔追忆与重逢的期盼；战败离散，却分明是生死未卜的忧惧与重逢的绝望。诗人于战败的交代之后，出之以与妻子临别时的约誓与约誓或将成空的懊恨与绝望，这是对战争最有力的控诉，也是最深切的思念。

魏风·陟岵

陟彼岵兮，瞻望父兮[一]。父曰：嗟！予子行役，夙夜无已[二]。上慎旃哉，犹来无止[三]！

陟彼屺兮，瞻望母兮[四]。母曰：嗟！予季行役，夙夜无寐[五]。上慎旃哉，犹来无弃[六]！

陟彼冈兮，瞻望兄兮[七]。兄曰：嗟！予弟行役，夙夜必偕[八]。上慎旃哉，犹来无死！

注释：

[一] 陟：登。岵（hù）：有草木的山。《尔雅·释山》：“多草木岵，无草木屺。”

［二］夙夜：早晚。无已：犹“无止”。末句谓早晚不停地忙。

［三］上：通“尚”。希望。旃：之。止：滞留。

［四］屺（qǐ）：无草木的山。

［五］季：兄弟中排行第四或最小者。寐：通“沬”。已。王引之《经义述闻》卷五：“寐读为沬。无沬，犹无已也……作寐者，假借字耳。”

［六］弃：指弃我不归。

［七］冈：山岗。

［八］偕：俱。后句谓早晚跟着大伙忙。

讲析：

《毛序》论此诗的诗旨与背景：“《陟岵》，孝子行役，思念父母也。国迫而数侵削，役乎大国，父母兄弟离散，而作是诗也。”我们认为，不必“孝子行役”，才“思念父母”。行役之人，思亲思家，是人之常情。就诗论诗，这是一首征人思乡之作，主人公的乡情具体体现为对父母和兄长的思念。

全诗三章，采取重章叠唱的形式，虽然每章只是变换数字，却充分体现了人物的身份与情感特征。父曰“无止”，要求其不要滞留不归；母曰“无弃”，强调母子关系，有哀婉之情；兄曰“无死”，要求其生还，诗语体现出时人所认同的血缘伦理观念，即“父义、母慈、兄友、弟恭、子孝”（《左传·文公十八年》）。同时父、母、兄的顺序安排也反映出其时的又一伦理观念：父尊于母，母尊于兄。

前人推此诗为“千古羁旅行役诗之祖”（乔亿《剑溪说诗又编》）。这并非是说它最初表现了征人思亲的主题，而在于它开创了中国古代思乡诗一种独特的抒情模式。首先是登高思乡。登高抒怀，是古代文学的传统。有人统计，《全唐诗》3276 位诗人，写过登临诗者 346 人（薛芳芸《唐代登临诗初探》），可见登高临远是诗人抒发情感的较好切入点。登临激发的情感比较多样，有壮逸豪迈之志，有凄怆失意之悲，有吊古伤今之痛，有怀乡念远之情。最后一类的上源可以追溯至此诗。其次，从思念的对象落笔写自己的乡思。诗人自己思亲念家，表现却别具一格，他不直接写自己思亲，却通篇从对面落笔，写父母、兄长的叮咛。思情袅袅，余韵悠长。沈德潜《说诗晬语》以情深解之："《陟岵》，孝子之思亲也。三段中但念母兄之思己，而不言己之思父母与兄。盖一说出，情便浅也。情到极深，每说不出。"《周南·卷耳》亦然（妇人思夫）。

唐风·鸨羽

肃肃鸨羽，集于苞栩[一]。王事靡盬，不能艺稷黍，父母何怙[二]？悠悠苍天，曷其有所[三]？

肃肃鸨翼，集于苞棘[四]。王事靡盬，不能艺黍稷，父母何食？悠悠苍天，曷其有极[五]？

肃肃鸨行，集于苞桑[六]。王事靡盬，不能艺稻粱，父母何尝[七]？悠悠苍天，曷其有常[八]？

注释：

[一] 肃肃：鸟拍打翅膀的声音。鸨：鸟名，似雁而大，足有蹼，能涉水，善走不善飞。集：止。苞栩：丛生的柞树。苞，丛生。

[二] 靡：无。盬（gǔ）：穷尽。艺：种植。稷黍：两种谷物名。稷，谷子，脱壳后为小米；黍，一年生草本作物，子实称黍子，脱粒后北方通称黄米，性黏，可以酿酒。怙：恃，依靠。

[三] 所：处所，安居之处。

[四] 棘：酸枣树。一种落叶灌木或乔木，枝上多刺，初夏开红绿色小花。果实较枣小，暗红色，味酸。

[五] 极：尽头。

[六] 行：行列。

[七] 粱：优良品质的粟。按，秦汉以前，粟为谷类的总称，包括黍、稷、粱、秫等。尝：吃。

[八]常：正常。

讲析：

《鸨羽》，旧说以为是讽刺晋昭公的诗。《毛序》："刺时也。昭公之后，大乱五世，君子下从征役，不得养其父母，而作是诗也。"孔颖达《正义》："此言大乱五世，则乱后始作，但乱从昭起，追刺昭公，故为昭公诗也。"就诗论诗，我们看到的是一个行役之人的哀叹。他叹息的内容无非是王家的差事没有穷尽，以至于自己不能回家孝养父母。

此诗三章，分别以鸨集于柞树、酸枣树、桑树上起兴作比。但何以以此起兴作比，诸说不同。一说以鸨止于树上比兴君子不得已于行役、居非常处的辛苦。《毛传》："鸨之性不树止。"《郑笺》申之："喻君子当居安平之处，今下从征役，其为危苦，如鸨之树止然。"一说以鸨居树侧的安然反衬诗人不得其所的苦况，意在说明人不如鸟。周悦让《倦游庵椠记·毛诗》："鸨大抵重十许斤，而栩、棘、桑之苞者，率围不盈指，高不数尺，非所能集。其集者，乃止于其侧，就食草子木实耳。诗人起兴，言人不如鸟之得其所止，非危苦也。"两相比较，似以前说为胜。

此诗的乡思之情带有农耕文明的痕迹。诗人的乡思具体落实为对于父母的牵挂与对于家中农事荒废的担忧。"艺稷黍""艺黍稷""艺稻粱"是往昔诗人的日常劳作，也是其孝养父母的手段之一，此时则构成身在异乡的诗人的亲切回忆，也是吸引其还乡的力量。

豳风·东山

我徂东山，慆慆不归[一]。我来自东，零雨其濛[二]。我东曰归，我心西悲[三]。制彼裳衣，勿士行枚［四］。蜎蜎者蠋，烝在桑野[五]。敦彼独宿，亦在车下[六]。

我徂东山，慆慆不归。我来自东，零雨其濛。果臝之实，亦施于宇[七]。伊威在室，蠨蛸在户[八]。町畽鹿场，熠燿宵行[九]。不可畏也，伊可怀也[一〇]。

我徂东山，慆慆不归。我来自东，零雨其濛。鹳鸣于垤，妇叹于室[一一]。洒扫穹窒，我征聿至[一二]。有敦瓜苦，烝在栗薪[一三]。自我不见，于今三年[一四]。

我徂东山，慆慆不归。我来自东，零雨其濛。仓庚于飞，熠燿其羽[一五]。之子于归，皇驳其马[一六]。亲结其缡，九十其仪[一七]。其新孔嘉，其旧如之何？[一八]

注释：

［一］徂（cú）：往。东山：出征的目的地。慆慆（tāo tāo）：既指出征地的遥远，也指时间长久，思情悠长。二句谓我从军出征到东山，离家已经有了一段日子。

［二］零雨：落雨。零，落。濛：形容雨细。二句谓我从东方动身返乡，天上下着濛濛细雨。秋雨濛濛，挈阔久别，远道跋涉，一派迷蒙冷清的气氛，是典型环境。思乡之情由此烘托出来。

［三］曰：语词，无意义。二句谓我身在东方将要回乡，想着西方心里万分悲伤。

［四］制：裁衣。士：事，从事。行枚：衔枚。枚，形状略似筷子，行军时放在口内，防止喧哗。二句谓制好那日常的服装，不再行军打仗。

［五］蜎蜎（yuān yuān）：虫类爬行的屈曲之状。蠋（zhú）：野蚕。烝：众多。二句谓那么多的蠕动着的野蚕，爬行在那边的桑田。

［六］敦（duī）：蜷缩成一团的样子。二句谓那蜷成一团独睡的人，在那兵车的下边。

［七］果臝：植物名。瓜蒌，蔓生葫芦科，果实圆形，可以实用。施（yì）：蔓延。宇：屋檐。

［八］伊威：土鳖虫。蟏蛸（xiāo shāo）：蜘蛛。户：门一扇曰户，两扇曰门。

［九］町畽（tǐng tuǎn）：有禽兽践踏痕迹的空地。鹿场：群鹿栖息之地。宵行（háng）：萤火虫，鬼火。

［一〇］伊：是，这。

［一一］鹳（guàn）：水鸟，鹳雀，俗名“老等”。垤（dié）：小土堆。

［一二］穷：尽。窒：塞。我征：出征的我。聿：语词。有将要之义。

［一三］敦（tuán）：团。《毛传》：“敦，犹专专也。”陈奂《传疏》：“专，古‘团’字。”瓜苦：瓜瓠。植物名，也称瓠子、葫子，果实圆长，首尾粗细略同，可以食用。苦，通“瓠”。栗薪：柴堆。

［一四］于今：至今。

［一五］仓庚：黄莺。

［一六］皇：毛色黄白的马。驳：毛色红白的马。

［一七］亲：妻子的母亲。

［一八］孔：很。嘉：美。

讲析：

旧说此诗之作，乃是赞美周公东征。《毛序》：“周公东征，三年而归。劳归士，大夫美之，故作是诗也。”“君子之于人，序其情而闵其劳，所以说也。‘说以使民，民忘其死’，其唯《东山》乎？”学者多从《序》说。

关于此诗作者，《毛序》以为是大夫，朱熹以为是周公，谓“此周公劳归士之词，非大夫而美之而作也”（《诗序辨说》），清人方玉润《诗经原始》、王先谦《集疏》俱从朱熹之说。从诗的艺术成就看，此诗不会是周初的作品，也自然与周公东征的关联不大。

回归文本，我们于诗句中看不到对将士的慰劳赞美，而是出征军人在返乡时的自述。此诗是《诗经》最出色的抒情诗之一。诗共四章。首章写主人公在回乡的路上，见到的被战争摧毁的田园一片荒凉，凯旋的兵士无处投宿，只能蜷睡在野外，思乡与厌战之情渗透在景物的描写当中。第二章写主人公顺势幻想家中的荒凉景象：野葫芦挂满了屋檐，土鳖虫爬满了堂屋，蜘蛛网结满门窗，房舍边的空地上鹿迹纵横，夜晚萤火虫在窗外闪烁。第三章仍是主人公的想象：生死阔别，妻子如何？想必是独守空房，天天叹息着等候自己回来。如今，我的归期将至，她正为此而紧张忙碌。第四章写主人公回想当年的新婚，自己英俊潇洒，新娘美丽大方，如今久别重逢，不知她是怎生模样？表达主人公对夫妻团聚的渴望。崔述《读风偶识》对此章的构思极为赞赏："凡其极力写新婚之美者，皆非为新婚言之也，正以极力形容旧人重逢之可乐耳。新者犹且如此，况于其旧者乎？一句点破，使前三章之意至此醒出，真善于行文者。"

这是一首艺术性很高的抒情诗。融现实、回忆、想象于一炉。现实的景物是"零雨其濛""蜎蜎者蠋，烝在桑野"；想象中的情形是"果臝之实，亦施于宇""伊威在室，蠨蛸在户""町畽鹿场，熠耀宵行""鹳鸣于垤，妇叹于室""洒扫穹窒，我征聿至""有敦瓜苦，烝在栗薪"，回忆中的场景则为"仓庚于飞，熠耀其羽""之子于归，皇驳其马""亲结其缡，九十其仪"。其中，现实中沿途所见的景物与想象中的家乡都是被战争毁坏的田园事象，表现主人公对战争的厌倦和对家乡田园的怀念。诗人思乡的情感更多指向室家之好，通过对于妻子新婚的回忆和当下生活的想象来表现。而无论是主人公对妻子的回忆还是想象，也都是生动具体的画面。主人公情感的抒发都是在对客观事物的描述中完成，是借景抒情。

第三章的构思尤其巧妙。诗人不写自己如何思乡，而从对面落笔，写家人怎样想念自己，让读者从妻子对诗人的念之深去推想诗人对于妻子的思之切："鹳鸣于垤，妇叹于室。洒扫穹窒，我征聿至。"与此同时又做到了化虚为实，化情思为景物，使抽象的情感附丽于具体形象的画面上，令读者驰骋想象于虚实之间，优于"我心郁结"的直接表达。杜甫《月夜》构思同此："今夜鄜州月，闺中只独看。遥怜小儿女，未解忆长安。香雾云鬟湿，清

辉玉臂寒。何时倚虚幌，双照泪痕干？”二诗并是千古的名篇。（《杜诗详注》卷四）

此诗关注与想象的物象如蠋、桑野、果臝、伊威、蟏蛸、鹿场、瓜苦、仓庚等，都是田园景物，物候的标志。主人公的怀归之情带有农业文明的痕迹，与游牧文明及后世脱离劳动的文人关注的物象迥然有别。后者如唐人王维《杂诗》：“君自故乡来，应知故乡事。来日绮窗前，寒梅著花未？”（《王维集校注》）再如宋人蒋捷《一剪梅·舟过吴江》：“一片春愁待酒浇，江上舟摇，楼上帘招。秋娘度与泰娘娇。风又飘飘，雨又萧萧。何日归家洗客袍，银字笙调，心字香烧。流光容易把人抛。红了樱桃，绿了芭蕉。”绮窗、寒梅、银字笙、心字香、樱桃、芭蕉，均是典型的文人事象与情调。

小雅·黄鸟

黄鸟黄鸟，无集于榖，无啄我粟[一]。此邦之人，不我肯谷[二]。言旋言归，复我邦族[三]。

黄鸟黄鸟，无集于桑，无啄我粱[四]。此邦之人，不可与明[五]。言旋言归，复我诸兄[六]。

黄鸟黄鸟，无集于栩，无啄我黍[七]。此邦之人，不可与处[八]。言旋言归，复我诸父。

注释：

[一] 黄鸟：黄雀，喜吃粮食。榖（gǔ）：树名，即楮树。粟：谷类的总称。

[二] 谷：养育。“不我肯谷”即“不肯谷我”。

[三] 言：语助词，无实义。旋：通“还”。回归。邦族：邦国家族。

[四] 粱：优良品质的粟。

[五] 明：通“盟”。信用、结盟之意。

[六] 诸兄：邦族中诸位同辈。

［七］栩（xǔ）：柞树。黍：一年生草本作物，子实称黍子，脱粒后北方通称黄米，性黏，可以酿酒。

［八］处：相处。

讲析：

关于此诗的诗旨，《毛序》说："《黄鸟》，刺宣王也。"不言谁刺，亦不言所刺何事。《毛传》："宣王之末，天下室家离散。妃匹相去，有不以礼者。"《郑笺》："刺其以阴礼（男女之礼）教亲而不至，联兄弟之不固。"孔颖达《正义》："《笺》解妇人自为夫所出，而以刺王之由。刺其以阴礼教男女之亲而不至笃，联结其兄弟夫妇之道不能坚固，令使夫妇相弃，是王之失教，故举以刺之也。"盖以为宣王末年，在男女之礼的教化方面有所疏忽，以至于发生夫妇相弃的情况，诗人作此诗以讽刺宣王。胡承珙《毛诗后笺》将此诗与后面一首《我行其野》关联起来看，申毛、郑之说："以经文证之，此言'复我邦族'与《我行其野》之'复我邦家'正同。彼明言'昏姻之故'，而与此诗相次，则此诗自亦为室家相弃而作。毛、郑之说不可易矣。"朱熹《诗集传》说："民适异国，不得其所，故作此诗。"今人多从朱说。

全诗三章，章七句，每章均以谴责黄鸟啄"我"粟为比，批评当地人不能善待于"我"，引出主人公的还乡之意，语言含蓄生动。赵沛霖《兴的源起——历史积淀与诗歌艺术》将此诗与《邶风·燕燕》《唐风·鸨羽》《小雅·伐木》《鸿雁》《沔水》《小弁》《小旻》《緜蛮》等诗并论，认为上述诸诗都写思念宗族故国、怀念祖先父母，"都是以鸟类为'他物'起兴"，这不是偶然的现象，而是"具有以一定的宗教观念内容为基础的内在联系"，亦即以鸟为图腾的宗教观念催生了这种兴喻。同时他也指出，"鸟类兴象起源于鸟类图腾崇拜，只是就发生的意义而言"，后世则把鸟类兴象广泛用于各种不同的思想内容，从而使鸟类兴象变得复杂和多样化起来。赵沛霖的解读，可以丰富我们对于此诗内涵的理解。

宗族尤其是宗族中的父辈、兄弟辈是其流离失所的企盼，可见诗人往昔的人际环境，也可见诗人对于同姓血缘倚重的心曲。由邦族而诸兄、诸父的顺序，体现出逐层递进的血缘诉求。

本篇小结

乡思，是《诗经》的重要主题。需要注意的是，《诗经》中并没有“故乡”一词，《诗经》中的“乡”，也并不指代家乡，而是特定的行政区划单位，特指国都近郊的行政区域，如《小雅·采芑》“于彼新田，于彼中乡”所示。因此，我们便不能从词语概念层面来入手，探讨《诗经》中的乡思作品。我们判断为乡思作品的依据，主要是就其离家在外而有归思的文本内容。据此，《诗经》中可以明确认定为乡思的作品，大致有《邶风》中的《击鼓》《泉水》，《卫风》中的《河广》，《王风•扬之水》，《魏风•陟岵》，《唐风》中的《鸨羽》《杕杜》，《桧风·匪风》，《豳风·东山》，《小雅》中的《四牡》《采薇》《出车》《黄鸟》《小明》等14篇。另有几篇作品表现为泛泛地对于所居故地的怀想，表达笼统的“归”思，也属于广义上的乡思诗。如《泉水》写出嫁后女子对祖国（卫国）的怀念，想回来探望，但不可得：“我思肥泉，兹之永叹。思须与曹，我心悠悠。”《河广》是旅卫的宋人的思乡：“谁谓宋远，跂予望之。”“谁谓宋远，曾不崇朝。”《四月》写遭时乱离的痛苦：“秋日凄凄，百卉具腓。乱离瘼矣，爰其适归？”但没有说明归思的具体内容。而我们这里比较关注的是，《诗经》中乡思的具体内容为何？

父母之养、宗族之情与室家之好是《诗经》中在外行役征战流离之人怀想的主要内容。《唐风·鸨羽》写一个男子因为长久在外，产生浓郁的乡思之情。父母的赡养问题，构成主人公乡思的主要内容：“王事靡盬，不能艺稷黍。父母何怙？悠悠苍天，曷其有所？”《魏风·陟岵》的主人公有父母兄长，所以他们的叮嘱在他登高望远时便构成一幅家乡的图画，让他欷歔落泪。《小雅·四牡》是“供王事者”苦于行役，不能回乡孝养父母的愁叹：“王事靡盬，不遑将父。”“王事靡盬，不遑将母。”“岂不怀归？是用作歌，将母来谂。”《小雅·祈父》侧重于抱怨让自己转徙流离的人，兼写思母之情："祈父！亶不聪。胡转予于恤？有母之尸饔。"《小雅·北山》乃大夫怨王役使不均，而使自己不得孝养父母的怨叹之词，诗云："陟彼北山，言采其杞。偕偕士子，朝夕从事。王事靡盬，忧我父母。"可以视为此类作品的补充。

相对于对父母、宗族的牵挂依恋之情的书写，《诗经》乡思作品对于室家之好的怀恋写得尤其风情摇曳，艺术成就较高。《邶风·击鼓》《豳风·东山》都是此类作品的名篇。《王风·扬之水》也是表现戍守将士的归思："扬之水，不流束薪。彼其之子，不与我戍申。怀哉怀哉，曷月予还归哉！""彼其之子"亦即那个女子，是将士怀想的对象。《桧风·匪风》中的游子触景生情，希望有个西归的人为自己捎个平安信："谁能亨鱼？溉之釜鬵。谁将西归？怀之好音。"由烹鱼之事，可以判断，他怀思的对象是妻子[9]。《小雅·小明》是一位被派遣到荒远之地（"艽野"）服役的官吏，因政事纷繁，离家日久却不知归期。他思亲念家，并对让自己颠沛流离的执政者也表示出不满的情绪。诗云："念彼共人，涕零如雨。岂不怀归，畏此罪罟。""念彼共人，睠睠怀顾。"对于"共人"，旧说以为是作者的同僚。屈万里《诗经诠释》有不同的意见："共，同恭。按：共人，温恭之人，盖行役者谓其妻也。"高亨《诗经今注》也有类似的意见："共，通'恭'。恭人，恭敬的人，此指作者的妻。"我们认为屈万里、高亨的说法合乎文本的意思。依此，诗人因想念妻子而无法入睡，潸然落泪，又因满怀的相思与归念无处落实而"兴言出宿"。

《诗经》中游子所思的对象，为父母、宗族，为妻室，都属于亲情范畴，他们是诗人在疲惫仕路中的牵挂与安慰。换言之，包括父母妻室在内的家族成员，是《诗经》中乡情的主要内涵，这也是《诗经》中乡思诗的特色。从时代文化看，其时大家庭（宗族）的存在、聚族而居的生活方式是此类作品风貌形成的直接原因，进深言之，是受制于以血缘家族为本位的文化类型。聚族而居的生活方式在西周时期曾普遍存在于士庶以上的阶层，

---

[9] 闻一多《说鱼》认为，在中国语言中，每有"以鱼来代替'匹偶'或'情侣'""以烹鱼或吃鱼喻合欢或结配"的情形，且于此诗有征——"釜鬵是受鱼之器，象征女性，也是隐语"（闻一多《诗经研究》）。结合《诗经》的具体篇章看，闻一多的说法大体成立。但是对于此诗的主题，我们认为并非他所说的"望夫词"，而是一首游子怀乡的诗。

这是毋庸赘言的。这种情形到春秋时期也还没有发生根本的改变。朱凤翰《商周家族形态研究》就立足于传世文献与出土文献及考古发现的成果，得出结论：从商代到春秋时期，虽然国家已经建立，但是“社会的基层单位却并未立即转变为纯粹的地区性团体，而血缘性的家族组织仍长期地作为社会的基层单位存在着”。此期人们生前聚族而居，宴享与神事活动亦合族举行，死后则葬于一处。传世文献多以此为背景描述当时的各种礼仪、规制。如《周礼》就立足于族葬的习俗，规定“墓大夫”之职为“令国民族葬而掌其禁令”（《周礼·春官·墓大夫》）。时人的精神生活打上家族的烙印。与此相应，其时个体成员的情感、义务、权利，也依于宗族结构。所以当个体成员离家在外，父母、妻室而外，宗族成员也成为他怀想的主要对象。

《诗经》中的乡思诗，主人公对亲情的追忆与牵挂往往与农事相牵系，如《唐风·鸨羽》《豳风·东山》所示。但我们不能因为谈到耕作便认为这类诗是没有政治话语权的农民之作。在较早的时期，士以上的贵族也要从事生产劳动。《礼记·少仪》所载“问士之子长幼，长则曰能耕矣，幼则曰能负薪、未能负薪”的礼仪问对，正是基于前此乃至当时的生活实际而产生。《管子·问》的“士之身耕者几何家”的问语也反映了春秋时期下层的士在平时靠种田生活的情形。结合《诗经》中的乡思主体大半都是从事征役、劳碌王事之人，以及历史学者关于周代国野（乡遂）制度的相关考察[10]，可以断定这类诗的原作者为“国人”以上的身份。依朱凤翰的理解，“国人”包括下层的士与庶民的上层（《商周家族形态研究》），他们与上层之士以上的贵族一样，“具有国家公民的性质，属于当时统治阶级”（杨宽《古史新探》）。这是我们关于此类诗作者的保守看法。至如早期的说诗者更不以是否耕作为依据判定《诗》作者的身份高低。如《鸨羽》一诗，《毛序》便以“君子下从征役，不得养其父母”为说，可见汉人还不以此为疑，而以“君子”论定此诗

[10] 杨宽《试论西周春秋间的乡遂制度和社会结构》：“‘国’的本义，是指王城和国都。在王城的城郭以内，叫做‘国中’；在城郭以外，有相当距离的周围地区，叫做‘郊’或‘四郊’。在‘国’以外和‘郊’以内，分设‘六乡’，这就是乡遂制度的‘乡’。从‘郊’的广义而言，所有‘六乡’地区，都可以称为‘郊’或‘四郊’。对野而言，以王城为中心，连同四郊六乡在内，可以总称为‘国。’”“六乡的居民则可称为‘国人’。”“‘六乡’的居民是自由公民性质，有参与政治、教育和选拔的权利，有服兵役和劳役的义务。”（杨宽《古史新探》。）

主人公身份。对于同样以农事为主要乡思内容的《小雅·小明》(诗云:“昔我往矣,日月方奥。曷云其还,政事愈蹙。岁聿云莫,采萧获菽。”),《毛序》判定为“大夫悔仕于乱世”之作,赋予诗作者以更高的身份。或者是去古未远熟知其情使然。概言之,《诗经》中的乡思主体,虽然总体上身份不高,但可以肯定的是,他们是“国人”以上的身份甚至不乏大夫之流。

习惯上我们认为,中国古代是农业文明,农业文明下的人们安土重迁,一旦离开故乡,便有不可遏制的思乡之情。但主体身位不同,时代与文化氛围不同,思乡之情的具体指向也有所不同。在宗族意识高于一切的《诗经》的时代,国人士大夫的思乡之情,往往与族居的生活方式相关联,表现在作品中,便是怀念父母、妻室、宗族。《诗经》中的故乡,体现为一系列的农耕活动与现实生活中的血缘亲情,是根植于日常生活的基本的世俗情感。

留恋乡土,也是汉代的普遍人情。但在汉代歌诗的乡思书写中,却因为具体环境的差异,呈现出不同于《诗经》的乡思内容。

汉乐府中创作时间较早的《铙歌十八曲》中的《巫山高》有哀怨的乡思:“临水远望,泣下霑衣,远道之人心思归,谓之何?”(郭茂倩《乐府诗集》卷一六)一般以为此诗是刘邦被项羽封为汉王迁往汉中时军中将士的乡思之作。此后怀乡之歌不绝如缕,成为汉代歌诗的重要表现内容。汉武帝时,江都王刘建之女刘细君远嫁乌孙国昆莫,穹庐为居、肉食酪饮的游牧生活令细君公主心怀伤悲,思念故土中原,自作歌诗曰:“吾家嫁我兮天一方,远托异国兮乌孙王。穹庐为室兮旃为墙,以肉为食兮酪为浆。居常土思兮心内伤,愿为黄鹄兮归故乡。”(《汉书·西域传》)细君公主的歌诗表达的是对迥异于乌孙国的穹庐为屋室、肉酪为食饮的中土旧有的生活方式的追念,突出其对于异域生活的不适感。细君公主流落异域的境遇在当时极具特殊性,她的乡思歌诗是汉代女性作品中的绝唱。整体而言,汉代乡思作品,更多是由男性士子发出的吟唱。“思念故乡,郁郁累累”(《悲歌》,逯钦立《先秦汉魏晋南北朝诗·汉诗》卷十)、“男儿在他乡,焉得不憔悴”(《古歌》,同上)、“征夫怀远路,游子恋故乡”(《李陵录别诗》,同上),“日暮途且远,游子悲故乡”(《古诗》,同上),是汉代游子们的普遍的异乡情态。士子们的乡思,更能表现普遍的时代文化特征。

两汉士子或游学或仕宦，在仕进机遇有限的情况下，产生种种愁苦的情绪，也时时追问生命的意义，寻找情感的安顿之所。如《古诗十九首·东城高且长》[11]就是因洛阳求仕无望而作："东城高且长，逶迤自相属。回风动地起，秋草萋已绿。四时更变化，岁暮一何速！晨风怀苦心，蟋蟀伤局促。"（《文选》卷二九）诗的一开始，诗人就触景生情：远远望去，东城的城墙那么高而且长，连绵不断，它象征繁华与名利，对我构成一种隔绝与排斥。更哪堪秋风刮起，秋草变黄等时物变迁。于是诗人感慨岁月易逝，思求放情娱乐，摆脱羁绊。节序的迁移，时间的迅迈，对失意的倦客来说，是特别敏感的，更容易引发人生无常的感慨，既然如此，那么就快意当前吧："荡涤放情志，何为自结束？"接下来，作者就细致描写了燕赵佳人当户理清曲的艳态，以及作者对她的无限倾慕。但是这种倾慕不是纯洁的爱情，而是放情志的一种消遣，是百无聊赖境遇中的一种寄托。除了于杯酒、美色中求得欢乐以外，在远游士子的内心，还有一个"故乡"可为退守之所。我们再看《古诗十九首·去者日已疏》：

去者日以疏，生者日已亲。出郭门直视，但见丘与坟。古墓犁为田，松柏摧为薪。白杨多悲风，萧萧愁杀人！思还故里闾，欲归道无因。（《文选》卷二九）

诗人长时间求仕于外，却感到时光流逝功业无成的恐惧，思乡之情因之而起，但是衣锦还乡的旧念却令他的乡情无法满足，诗人于最后发出一声"欲归道无因"哀叹。《明月何皎皎》亦然：

明月何皎皎，照我罗床帏。忧愁不能寐，揽衣起徘徊。客行虽云乐，不如早旋归。出户独彷徨，愁思当告谁？引领还入房，泪下沾裳衣。（同上）

---

[11]《古诗十九首》原来也是合乐而歌的乐府歌词，古今学者对此多有讨论。黄节《汉魏乐府风笺》卷四引清人朱秬堂（乾）《乐府正义》曰："《古诗十九首》皆乐府也。中有《青青河畔草》，又有《客从远方来》，本是两首。惟《孟冬寒气至》一篇，下接《客从远方来》，与《饮马长城窟行》章法同。盖古诗有意尽而辞不尽，或词尽而声不尽，则合此以足之。如《三（归）[妇]艳》，如《董娇娆》'吾欲竟此曲'之类，皆曲调之余声也。古人诗皆入奏，故有此等，后世则不然矣。"与十九首风味相近的秦嘉的《赠妇诗》三首，在当时也被称为"歌诗"。如抄写较早的俄藏敦煌文献《后汉秦嘉徐淑夫妻往还书》中，秦嘉《重报妻书》描述自己赠给徐淑的诗说"歌诗十首，是吾所作"。徐淑的回信《又报嘉书》评价这些诗说："歌诗宛约，妙语新声。"（参阅《俄藏敦煌文献》敦煌号第12213号《后汉秦嘉徐淑夫妻往还书》）

诗中刻划了一个久客异乡、愁思辗转、夜不能寐的游子形象。他的乡愁由明月引发，以彷徨独步来排遣，最后以泪下沾衣结束。乡愁之深之重可以想见。

那么，故乡牵系游子的又是什么呢？那里主要是思妇的柔情与牵念。《十九首》的诗人往往托之以思妇的口吻婉转表达游子的乡思。这类歌诗将思妇的情感写得缠绵悱恻，这种缠绵悱恻的情意构成游子乡思的重要内容，时时萦怀，剪不断理还乱。如《凛凛岁云暮》：

凛凛岁云暮，蝼蛄夕鸣悲。凉风率已厉，游子寒无衣。锦衾遗洛浦，同袍与我违。独宿累长夜，梦想见容辉。良人惟古欢，枉驾惠前绥。愿得常巧笑，携手同车归。既来不须臾，又不处重闱。亮无晨风翼，焉能凌风飞？眄睐以适意，引领遥相睎。徙倚怀感伤，垂涕沾双扉。（《文选》卷二九）

诗人客居洛阳，乡思萦绕，提笔抒写之际，他没有从自己一方落墨写思乡的情绪，而是从对面写起，写家乡企盼的思妇：她担心游子天寒无衣，更担心游子的移情："锦衾遗洛浦，同袍与我违。"思妇累夜的相思又辗转汇成初嫁时的一梦。在思妇的梦中，良人"枉驾惠前绥"，与她携手同归。梦觉时分，只能引领相睎、徙倚伤怀、泪沾双扉，思情绵绵，感人至深。思妇的企盼其实就是游子的乡思。

与《诗经》的乡思表现为对于父母、宗族的依恋与室家之情并重不同，汉代游子歌诗的乡思指向主要是室家之情。汉代乡思主题的歌诗上述特点的形成，根源在于汉代家庭结构。从传世文献与出土文献看，汉代平民家庭子壮则出分，而长子则与父母共同生活，因之大部分家庭成员不过五七口，甚至更少，这在汉代是比较普遍的情形，杜正胜《传统家庭试论》即将平均人口数不超过五口的家庭称为"汉型家庭"。子壮则出分，一方面有助于政府增加税收，因之，政府"鼓励并适应个体小家庭的精神"（王彦辉《张家山汉简〈二年律令〉与汉代社会研究》）；另一方面，对于财产寡少的平民家庭而言，维持父母兄弟同居共财的情况较为困难。所以中下层社会以小型家庭居多。当这些中小家庭的士子出游四方，其所怀思的对象自然是与之朝夕相伴以妻子为主的小家庭成员。相反，"在贵族、官僚士大夫和地主富豪中，成年兄弟同居却是比较普遍的"（李根蟠《从秦汉家庭论及家庭结构的动态变化——兼与杜正胜先生商榷》),但这种贵族伦理在汉代乡思主题的歌诗中没有获得表现,也可以从侧面说明歌诗作者的中下层士子的社会身份。概言之,汉代歌诗中所书写的乡情,是室家之好,是中下层士子的世俗人情。

颂祖篇

恩斯特·卡西尔站在西方文化的立场上观照中国传统文化，也因此把握到中国文化异于西方的特点，他说："中国是标准的祖先崇拜国家，在那里我们可以研究祖先崇拜的一切基本特征和一切特殊含义。"（《人论》）文献记载表明，周人的祖先崇拜观念已得到充分发展。《诗经》中有许多歌颂祖先的诗篇，如《大雅·生民》《公刘》《緜》《皇矣》《文王》《大明》，《商颂·玄鸟》《长发》《殷武》等。有学者称此类诗篇为"史诗"。为避免纠结于"史诗"概念的标准内涵与《诗经》中此类诗篇的龃龉，我们统称这类诗为颂祖诗。需要说明，本篇所选的四首诗，没有如前面几篇那样，按照今本《诗经》的顺序排列，而是为理解的方便，依诗歌所反映的历史事实的先后顺序重新做了安排。

大雅·生民

厥初生民，时维姜嫄[一]。生民如何？克禋克祀，以弗无子[二]。履帝武敏歆，攸介攸止[三]。载震载夙，载生载育，时维后稷[四]。

诞弥厥月，先生如达[五]。不坼不副，无菑无害，以赫厥灵[六]。上帝不宁，不康禋祀，居然生子[七]！

诞置之隘巷，牛羊腓字之[八]。诞置之平林，会伐平林[九]。诞置之寒冰，鸟覆翼之[一〇]。鸟乃去矣，后稷呱矣[一一]。实覃实讦，厥声载路[一二]。

诞实匍匐，克岐克嶷，以就口实[一三]。艺之荏菽，荏菽旆旆，禾役穟穟

[一四]。麻麦幪幪，瓜瓞唪唪[一五]。

诞后稷之穑，有相之道[一六]。茀厥丰草，种之黄茂[一七]。实方实苞，实种实褎，实发实秀，实坚实好，实颖实栗[一八]。即有邰家室[一九]。

诞降嘉种，维秬维秠，维穈维芑[二〇]。恒之秬秠，是获是亩[二一]。恒之穈芑，是任是负[二二]。以归肇祀[二三]。

诞我祀如何？或舂或揄，或簸或蹂[二四]。释之叟叟，烝之浮浮[二五]。载谋载惟，取萧祭脂，取羝以軷[二六]。载燔载烈，以兴嗣岁[二七]。

卬盛于豆，于豆于登[二八]。其香始升，上帝居歆[二九]。胡臭亶时，后稷肇祀[三〇]。庶无罪悔，以迄于今[三一]。

注释：

[一] 厥初：当初。生民：生下周人（的人）。民，人。先秦文献中，"民"常作"人"解。如《离骚》："哀民生之多艰。"时：是，这。维：为。姜嫄：周人男性始祖后稷的母亲。现代一般认为是原始社会有邰氏部落女酋长。

[二] 克：能够。禋：祭祀名。置牺牲于柴上，燃柴使烟气上达于神。弗：祓，除不祥。二句谓姜嫄禋祀神灵以消除无子的不祥。

[三] 履：踏。帝：上帝。武：足迹。敏：大拇指。歆：若有所感。攸：语助词。介：另居，止息。马瑞辰《通释》："介之言界，谓别居也。"《小雅·甫田》郑笺："介，舍也。"止：休息。

[四] 载：语助词。震（shēn）：通"娠"。怀孕。夙：通"肃"。生活严肃。古人重胎教，要求孕妇怀孕时举止庄重。后稷：姬姓，名弃，后稷为其官名。传说中的周人男性始祖。

[五] 诞：发语词，有叹美之意。先生：初生。达：羊胞。《郑笺》："达，羊子也。"按，羊出生时裹在胞衣里，被胞衣包裹的羊羔形如肉卵，马瑞辰《通释》引陶元淳曰："凡婴儿在母腹中，皆有皮以裹之，俗所谓胞衣也。生时其衣先破，儿体手足稍舒，故生之难。惟羊子之生，胞仍完具，堕地而后母为破之，故其生易。后稷生时盖藏于胞中，形体未露，有如羊子之生者，故言'如达'"。后句谓后稷初生时如同羊羔之生，裹在胞衣里。

［六］坼（chè）：主动开裂。副（pì）：用刀劈开。菑：同“灾”。灾害，灾难。赫：显示。按，“坼”原作“拆”，阮元校：“唐石经、相台本‘拆’作‘坼’，案‘坼’字是也，《释文》可证。又《说文·土部》‘坼’下引此诗。作‘拆’者，形近之伪。《正义》中十行本尚间作‘坼’，明监本、毛本尽改为‘拆’，误甚。“此据改。

［七］宁：安。康：安享。

［八］隘：狭。腓（féi）：庇护，庇荫。字：爱抚。

［九］平林：平地上的树林。

［一〇］覆：盖。翼：覆蔽，遮护；一说藉。朱熹《诗集传》：“以一翼覆之，以一翼藉之也。”

［一一］呱（gū）：啼哭声。

［一二］实：语助词，用以加强语意。覃：长。讦（xū）：大。载：满；一说为语助词。路：大路；一说大。

［一三］岐、嶷（nì）：站立。马瑞辰《通释》：“岐、嶷谓渐能起立也。”一说有所知、有所识别。就：求。

［一四］艺：种植。荏菽（rěn shū）：大豆。旆旆：茂盛。禾役：禾颖，禾穗。禾，稷类植物（粟）的总称。役，通“颖”。《说文·禾部》“穟”字下引作“禾颖穟穟”，段玉裁注：“按，‘役’者，‘颖’之假借字。古支、耕合韵之理也。”穟穟（suìsuì）：禾穗沉甸甸下垂貌。

［一五］幪幪（méng méng）：茂盛貌。唪唪（běng běng）：果实累累貌。

［一六］穑：种植五谷。相：视，相地。道：方法。

［一七］茀：拔。黄茂：嘉谷。

［一八］实：语助词，用以加强语意。方：发芽。苞：含苞；一说庄稼丛生（于省吾《泽螺居诗经新证》）。种：短。《左传·昭公三年》卢蒲嫳言于齐侯：“余发如此种种，余奚能为？”褎（yòu）：长，此指苗变长的样子。发：抽出茎。秀：抽穗。坚：谷粒灌浆饱满，坚实；一说茎坚。好：谷粒均好。颖：垂穗。栗：谷粒饱满。

［一九］即：就。家室：建立家室。有邰（tái）：即台骀氏，此指台骀氏氏族所居之地。《毛传》：“邰，姜嫄之国也。尧见天因邰而生后稷，故国

后稷于邰。”一般认为，其地在今陕西武功县西南。钱穆《周初地理考》以为其地约在今山西汾水、涑水流域的平阳、安邑和夏县一带。

［二〇］降：（上帝）降下，赐与。维：是。秬（jù）：黑黍，古人视为嘉谷，用为制秬鬯的原料。按，秬鬯，一种香酒，用以降神及赐有功诸侯。秠（pī）：一壳中有双粒的黑黍。穈（mén）：赤苗嘉谷，谷子的一种。芑：白苗嘉谷，高粱的一种。

［二一］恒（gèng）：满（地），遍（地）。亩：按亩计数；或曰堆在田里。

［二二］任：抱。负：背。

［二三］肇：开始。

［二四］舂：用杵在臼中捣米。揄（yǎo）：舀，（将米）自臼中取出。簸：扬弃糠皮。蹂：揉搓，使糠、米分离。

［二五］释：淘米。叟叟：淘米声。烝：同“蒸”。蒸饭。浮浮：热气上升貌。

［二六］谋：商量。惟：思。萧：香蒿。祭脂：用为牺牲的牛的肠间脂肪。羝（dī）：公羊。軷（bá）：剥羊的皮（于省吾《泽螺居诗经新证》）。

［二七］载：语助词。燔：烧。烈：在架上烤。兴：使兴旺。嗣岁：来岁，来年。

［二八］卬（yǎng）：“仰”的古字。升，举。于省吾《泽螺居诗经新证》：“古人祭祀时，设豆于俎几之上，祭者跪拜于神主之前，执燔烈之肉以上盛于豆，故曰‘卬盛于豆’。”豆：祭祀或燕享时用来盛食物的器具。多为木制，也有陶制和铜制的，盛鱼肉齑酱等。登：祭祀用的盛食器，多为陶制，用来盛肉羹。《毛传》：“木曰豆，瓦曰登。豆，荐菹醢也。登，大羹也。”

［二九］居歆：安然享用。居，安。歆，享。

［三〇］胡：大。亶：真，实在。时：美。

［三一］庶：几乎。迄：直到。二句谓子孙蒙其福，以至于今。

讲析：

较早的论诗者都从文王、武王功业渊源的角度解释此诗的创作动机。《毛序》：“《生民》，尊祖也。后稷生于姜嫄，文武之功起于后稷，故推以配天焉。”所谓“配天”，就是郊祀祭天时以后稷配祭，《礼记·祭法》所谓“郊稷”即是，其文曰：“周人禘喾而郊稷，祖文王而宗武王。”孔颖达《正义》发挥《序》说：“以后稷生于姜嫄而来，其文王受命，武王除乱，以定天下之功，其兆本起由于后稷。及周公、成王致太平、制礼，以王功起于后稷，故推举之以配天，谓配夏正郊天焉。”朱熹《诗集传》同。

关于此诗的创作时间与时代背景，争议较多。学者或谓《生民》乃周公作。赵逵夫主编的《先秦文学史》据《尚书大传》周公摄政六年（前1037）制礼作乐的记载，认为此年“周公尊后稷以配天而作《生民》”。李山认为：“诗篇从语词、句法及总体风貌，都是西周中期的作品。征诸《尚书·虞夏书》诸篇及《史墙盘》《遂公盨》诸铭文，当时有一个构建古史的思想运动，即将周家的历史与传说的尧舜时期联系在一起……西周中期的穆王时代，还有一个提倡农耕恢复社会经济的时代热点，大、小《雅》与《周颂》中与农事相关的若干诗篇，也为此期典礼歌唱。《生民》之歌正是这样远近背景下的产物，与文、武的关系不是很紧密。”（《诗经选》）而孙康宜主编的《剑桥文学史》则认为包括《生民》在内的《大雅》31篇“很可能至早成于西周末年”。我们认为，此诗很早应该有一个雏形，以口头的形式传唱，到西周中后期始写定为今天我们所见到的文本。

这是一首充满神话色彩的颂祖诗，歌颂周人的男性始祖后稷。此诗艺术成就较高，是《大雅》诗中不可多得的作品。诗共八章。首章言后稷的母亲受孕的神异经过，点明后稷是感天而生，是人神之子。次章言后稷诞生的灵异：他没有像一般婴儿般出生，而是以卵生的形式来到世间。第三章写后稷被弃的经历：虽然屡屡被弃，但总是获得帮助，此章最后写他破卵而出的响亮哭声。透过对他哭声所作的描写，暗示这位新生儿所潜藏的生命活力。第四章写后稷从事农业的天才。第五章先言五谷生长，后言后稷有功而受封于邰地。第六章写后稷于丰收后祭祀上帝。第七章写后稷祭祀以祈来年的丰收。第八章写周人祭祀场面及后人世世用心于此，祭祀不怠。因之，“周虽旧邦，其命维新”，上天仍然眷顾周人。

此诗结构谨严，次第有序。首尾言人神感应，中间部分写人的活动。人神杂糅，把人的现实活动置于神的灵光之下，人神之间通过农业生产而得以沟通协调。具体而言，前三章写后稷诞生的神异，充斥浪漫的神话色彩；四、五、六章写后稷这个人神之子善于稼穑及教会周人耕作，是写实的笔法；七、八章写祭祀场面，人的虔诚与神的感应糅合，笔涉神异。

诗歌还塑造了多个富于形象的画面，如履迹、弃子、五谷生长、收割、祭祀场面，描摹入纤，有境有态。如四、五、六三章，重点摹写五谷生长与收割场面，富有农业文明的气息。与此相关，是语言上的精准生动。一是动词的运用极其准确，通过茀、种、获、亩、任、负等一系列表示动作的词语，展示出庄稼从种到收的全过程。二是形容词极其生动传神。旆旆、穟穟，一为上扬，一为下坠，分别显示出庄稼生长期和成熟期的良好状态。幪幪，写庄稼向上茂长；唪唪，写果实累累下垂。种，低矮；褎，修长。这些表现庄稼生长状态的词语，两个一组，构成对应关系，把庄稼的多种样态生动而形象地刻画出来。这源于周人对于农业生产活动的熟悉与热爱。

后稷由其母感天而生的叙事，颇令后世学者辞费。问题的焦点在于有父与感生是否冲突。据孔颖达《正义》引许慎《五经异义》，齐、鲁、韩三家都认为包括后稷在内的圣人“皆无父，感天而生”。《毛序》未言后稷之父为谁，《毛传》则以为“帝，高辛氏之帝也”。是《毛诗》一派不认同后稷的无父感生之说。《史记·周本纪》则认为姜嫄有夫（帝喾），后稷有父，又相信感生一说，谓“姜原为帝喾元妃。姜原出野，见巨人迹，心忻然说，欲践之，践之而身动如孕者”。郑玄也认为姜嫄有夫，后稷有父，又相信感生一说，谓姜嫄为“高辛氏之世妃”，“帝，上帝也”，可见他是融合了《毛传》与三家诗的说法。今天看来，这段语涉怪诞的叙事不过是周人在强调他们的祖先乃是人神之子，强调其天命的属性。现代学者或以为后稷是由母系制向父系制过渡时的人物，其时人们只知其母不知其父。闻一多《姜嫄履大人迹考》则从文化人类学角度揭示姜嫄履大人迹的真相：履迹乃祭祀仪式之一部分，疑即一种象征的舞蹈；所谓帝即代表上帝的神尸；神尸舞于前，姜嫄尾随其后，践神尸之迹而舞，舞毕相携止息于幽闭之处，因而有孕。后人讳言野合，更欲神异其事，乃曰履帝迹。（见《闻一多全集》）

从神话学的角度看，此诗生动记述了早期的感生神话。上古不同部族，有不同的感生神话[12]。此篇所记为履迹感生神话。另有吞卵生子神话。文献对吞卵生子神话的记载有个逐步明晰的过程。《商颂·玄鸟》的相关叙事还比较隐晦，但言“天命玄鸟，降而生商，宅殷土芒芒”，至《吕氏春秋·音初》则增益了较多细节，曰：“有娀氏有二佚女，为之九成之台，饮食必以鼓。帝令燕往视之，鸣若谥隘。二女爱而争搏之，覆以玉筐。少选，发而视之，燕遗二卵，北飞，遂不反。二女作歌一终，曰：‘燕燕往飞’，实始作为北音。”《史记·殷本纪》在前人基础上，加以历史化，云：“殷契，母曰简狄，有娀氏之女，为帝喾次妃。三人行浴，见玄鸟堕其卵，简狄取吞之，因孕生契。”契就是商人的男性始祖。《史记·秦本纪》对于秦人的女性祖先女修的叙事类之，谓“女修织，玄鸟陨卵，女修吞之，生子大业”，此大业就是秦人的男性始祖。另外，还有吞薏苡生子的神话。《吴越春秋·越王无余外传》：“鲧娶有莘氏之女，名曰女嬉。年壮未孳，嬉于砥山，得薏苡而吞之，意若为人所感，因而妊孕，剖胁而产高密。家于西羌，地曰石纽。”《史记·夏本纪》正义引《帝王纪》：“（禹）父鲧妻修己见流星贯昴，梦接意感，又吞神珠薏苡，胸坼而生禹。”至于产生此类神话的根本原因是因处于母系制向父系制过渡时代，其时人们只知其母不知其父，还是后人有意“宠神其祖，以取威于民”（《国语·楚语下》），抑或其他原因，待考。

此诗语涉怪诞之处尚有姜嫄弃子的情节。后稷被弃的原因，自来纷纭。此择其要而述：一、无故生子不祥。如《史记·周本纪》：“姜原为帝喾元妃。姜原出野，见巨人迹，心忻然说，欲践之，践之而身动如孕者。居期而生子，以为不祥，弃之隘巷。”认为姜嫄以无故生子为不祥，故弃子。二、试子说。此说源于《毛传》：“天生后稷，异之于人，欲以显其灵也。”王肃引马融说在此基础上踵事增华，云：“帝喾有四妃，上妃姜嫄生后稷，次妃简狄生契，次妃陈锋生帝尧，次妃娵訾生帝挚。挚最长，次尧，次契。下妃三人皆已生子。上妃姜嫄未有子，故禋祀求子。上帝大安其祭祀而与之子，任身三月，帝喾崩，挚即位而崩，帝尧即位。帝喾崩后十月而后稷生，盖遗腹子也。虽为天所安，然寡居而生子，为众所疑，不可申说。姜嫄知后稷之神奇，必不

[12] 感生神话，是关于人类始祖诞生的神话类型。一般包含如下情节结构：某女身体接触或感受到某物，或意念涉及到某物而受孕，然后产生人类始祖。

可害，故欲弃之，以著其神，因以自明。尧亦知其然，故听姜嫄弃之。"（《毛诗正义》）现代学者或承《毛传》，以为这一章反映古代新生儿被考验的仪式。姜嫄弃子与牛羊鸟的救助，实际上是初生的后稷被考验时，他母亲的族人在帮助他，这一段是把他的考验仪式神化了。三、为保名节说。《吴越春秋·吴太伯传》、方玉润《诗经原始》以为未嫁生子，不合礼教，故弃子。四、易生说。苏洵《喾妃论》："稷之生也，无灾无害，或者姜原疑而弃之乎？郑庄公寤生，惊姜氏，姜氏恶之，事故有然者也。"（《三苏全书》第六册）五、因战难而弃子。王夫之《诗经稗疏》主之。六、由于生活困难或习俗禁忌等原因。于省吾《泽螺居诗经新证》："各原始民族由于生活困难和某些习俗禁忌，弃子是常见到的事。""但是，如果被弃者为后世统治阶级的远祖或始祖，则多神化其事，显示他们来历的非凡。"综校诸说，似乎以于省吾的说法较为合理。

此诗反映先民的卵崇拜观念。先民对后稷出生加以神化时，强调他"先生如达"。同样，文献中高句丽的男性始祖朱蒙、周穆王时的徐偃王等人也有与后稷相似的出生经历。《魏书·高句丽传》载："高句丽者，出于夫余。自言先祖朱蒙。朱蒙母河伯女，为夫余王闭于室中，为日所照，引身避之，日影又逐。既而有孕，生一卵，大如五升。夫余王弃之与犬，犬不食；弃之与豕，豕又不食；弃之于路，牛马避之。后弃之野，众鸟以毛茹之。夫余王割剖之，不能破，遂还其母。以物裹之，置之暖处，有一男破壳而出。及其长也，字之曰朱蒙……朱蒙告水曰：'我是日子，河伯外孙。'……遂居焉，号曰高句丽，因以为氏焉。"徐偃王的相关叙事见于张华《博物志》："徐君宫人娠而生卵，以为不祥，弃之水滨。孤独母有犬名鹄苍，猎于水滨，得所弃卵，衔以东归。孤独母以为异，覆暖之，遂蜅成儿。生时正偃，故以为名。"《博物志校证》卷七），这些神话与后稷神话关系密切，为我们提供了神话传播与接受的具体信息。

此诗对周人尚臭的祭祀礼仪风俗有所反映。《礼记·郊特牲》对于殷、周文化的分异有如下说明："殷人尚声，臭味未成，涤荡其声。乐三阕，然后出迎牲。声音之号，所以诏告于天地之间也。周人尚臭，灌用鬯臭，郁合鬯，臭阴达于渊泉。灌以圭璋，用玉气也。既灌，然后迎牲，致阴气也。萧合黍稷，臭阳达于墙屋。”这段文字大意是说，殷人的祭祀崇尚声乐，在杀牲、煮牲之前，先奏乐降神。音乐过了三段，然后才出门迎接祭牲。声乐的呼号，就是殷人在天地间寻觅、召唤鬼神的手段。周人的祭祀，崇尚食物的香气，开始向神献酒用的是郁金香草配合黍米酿制的香酒，把酒洒在地上，让香气下达到地下渊泉。灌郁鬯用的是圭璋做柄的酒勺，兼有使用玉的香气的意思。灌郁鬯于地之后，然后才出去迎牲，这是先向幽阴的地面下求神灵来临受祭。将香蒿和黍稷混合燃烧，使香气上达墙屋，这是因为人死之后魂气归天的缘故。《生民》结尾两章对于“周人尚臭”的礼俗表现尤其突出。《商颂》五篇作为殷文化的载体，首篇《那》言乐：

猗与那与！置我鞉鼓。奏鼓简简，衎我烈祖。汤孙奏假，绥我思成。鞉鼓渊渊，嘒嘒管声。既和且平，依我磬声。於赫汤孙！穆穆厥声。庸鼓有斁，万舞有奕。我有嘉客，亦不夷怿。自古在昔，先民有作。温恭朝夕，执事有恪。顾予烝尝，汤孙之将！

《那》的下一篇是《烈祖》，盛言酒馔，当是有意识的排列。

大雅·公刘

笃公刘，匪居匪康[一]。乃埸迺疆，乃积迺仓[二]。乃裹餱粮，于橐于囊[三]。思辑用光，弓矢斯张[四]。干戈戚扬，爰方启行[五]。

笃公刘，于胥斯原[六]。既庶既繁，既顺乃宣，而无永叹[七]。陟则在巘，复降在原[八]。何以舟之[九]？维玉及瑶，鞞琫容刀[一〇]。

笃公刘，逝彼百泉，瞻彼溥原[一一]。乃陟南冈，乃觏于京[一二]。京师之野，于时处处，于时庐旅，于时言言，于时语语[一三]。

笃公刘，于京斯依[一四]。跄跄济济，俾筵俾几[一五]。既登乃依，乃造其曹[一六]。执豕于牢，酌之用匏[一七]。食之饮之，君之宗之[一八]。

笃公刘，既溥既长，既景迺冈[一九]。相其阴阳，观其流泉[二〇]。其军三单，度其隰原，彻田为粮[二一]。度其夕阳，豳居允荒[二二]。

笃公刘，于豳斯馆[二三]。涉渭为乱，取厉取锻[二四]。止基乃理，爰众爰有[二五]。夹其皇涧，遡其过涧[二六]。止旅乃密，芮鞫之即[二七]。

注释：

［一］笃：叹美之词，有“伟大”义。马瑞辰《通释》：“朱彬作《释大》一篇，言《尚书》凡言大者，皆语词。丕、诞、洪、宏，皆大也，亦皆语词……今按《墨子·经篇》‘厚，有所大也’。是‘厚’与‘大’同义。故‘笃’训‘厚’，亦为语词。”公刘：传说为后稷之后十余世的又一周人英雄祖先。《史记·刘敬列传》：“周之先，自后稷尧封之邰，积德累善十有馀世，公刘避桀居豳。”《匈奴列传》：“夏道衰，而公刘失其稷官，变于西戎，邑于豳。”《汉书·古今人表》亦将公刘列在夏末。按，《史记·周本纪》载先周世次依次为后稷、不窋、鞠、公刘，曰：“后稷之兴在陶唐虞夏之际，皆有令德。后稷卒，子不窋立。不窋末年，夏后氏政衰，去稷不务，不窋以失其官而奔戎狄之间。不窋卒，子鞠立。鞠卒，子公刘立。”以为公刘为后稷的曾孙。此说有误。戴震《周之先世不窋已上缺代系考》已证实不窋以上世系有缺（《戴东原集》卷一）。一般以为，“公”是称号，“刘”是名。匪：同“非”。不敢。居：安居。康：安乐。

［二］埸（yì）：本指田界。此处用为动词，指划分田界。疆：田的大界。此处用为动词，划分田界。积：堆积，露积。仓：把粮食装在仓里。二句谓分田界，画田疆，（丰收的粮食）或露积，或入仓。

［三］裹：装载。餱（hóu）粮：干粮。于：在。橐（tuó）：无底的口袋，装物后以绳系扎两端。囊：有底的口袋。

［四］思：发语词。辑：聚集众人。用：以。光：大。此句谓公刘积聚力量而使周人强大。斯：于是；一说语助词。张：安上弓弦或拉紧弓弦。

［五］干：盾牌。戈：横刃长柄兵器。戚：斧子。扬：举起。爰：于是。方：开始。启行：出发。

［六］于：往，去。胥：观察。《大雅·緜》：“爰及姜女，聿来胥宇。”斯原：谓豳地（今陕西旬邑县西）的原野。斯，这。

［七］既庶既繁：谓当地土著人口众多。《郑笺》：“民既众矣，既多

矣。”庶、繁，众多。顺：巡。宣：宣示。于省吾《泽螺居诗经新证》认为，顺古通“巡”，宣即宣示，“谓公刘既巡行，乃宣示，巡行其原，宣示其众”。永叹：长叹。后二句谓公刘巡行宣示，当地人没有怨叹之声。

［八］陟：升，登。巘（yǎn）：山（顶）。二句谓公刘上山下原，相察地势。

［九］舟：周，环绕，佩戴。

［一〇］瑶：似玉的美石。鞞（bǐng）：刀鞘。琫（běng）：佩刀鞘上近口处的玉制饰物。容刀：佩刀。陈奂《传疏》：“容刀，佩刀也，佩刀以为容饰，故曰容刀。”一说“容”为动词，装。二句谓公刘身上有美玉，有宝石，腰间佩着佩刀，刀鞘上嵌着美玉。

［一一］逝：往。百泉：极言泉水多。溥原：广大的原野。溥，广大。

［一二］南冈：南山。陈奂《传疏》：“山脊曰冈。冈即豳山之冈也。豳山在百泉之南，故曰南冈。”觏：看见。京：豳地名，当是在南冈之下的大块高地。《郑笺》：“绝高为之京。”

［一三］京师之野：京地的原野。《郑笺》：“京地乃众民所宜居之野也。”一说“京师”指驻有重兵的高地。杨宽《中国古代都城制度史研究》：“‘京’就是大块的向阳高地，适宜修建许多宫室的地方。‘师’就是指军队的驻屯地。‘京师’连称，因为此地驻有重兵。”于时：于是。处处：安居。庐、旅：二字同义，寄居。按，刘家和《说〈诗·大雅·公刘〉及其反映的史事》一文据“旅”的本义“象众人聚于旗下之形”，认为“春秋以前确有一种由共同体成员组成的兵农不分的旗下之众。这种共同体的滥觞，总是民族、部落组织，那时的旗，也就是图腾的标志”，“公刘时代的旅……只能是一种亦血缘、亦地域、亦兵亦农、亦行亦止的浑然不分的共同体。所谓庐旅，就是组成这种共同体的周人暂时寄居下来”。“于时处处，于时庐旅”二句谓于是定居的人仍然定居，新来的人寄居下来。言言、语语：重言以见人声鼎沸。《毛传》：“直言曰言，论难曰语。”众人的言语论难，就上下文义求之，当是商量立君之事。按，谋立君等大事于众，此风绵延甚远。《周礼·秋官·小司寇》述小司寇之职，即言“掌外朝之政，以致万民而询焉。一曰询国危，二曰询国迁，三曰询立君”。

［一四］依：凭依。后句谓依靠京这个地方。

［一五］跄跄：行进步伐有节奏。济济：众多而整齐。俾：使。筵：铺在地上的坐席。此用为动词，铺席。几：可依凭的小桌。此用为动词，安放几案。

［一六］既：已经。登：登上（筵席）。依：依靠（几案）。造：比，排列。俞樾《群经平议·毛诗》："造犹比也。《尔雅·释水》曰：'天子造舟。'郭注曰：比船为桥……上句'既登乃依'，《传》曰：宾已登席坐矣，乃依几矣。然则毛训曹为群者，其意谓众宾也。'乃造其曹'者，谓比次其众宾之位也。"一说"造"为"告"，三家诗即作"告"。曹：众宾；一说同伴，同辈。

［一七］执：捉。豕：猪。牢：猪圈。酌：斟酒。之：宾客，众人。匏：瓢，葫芦一分为二而成的酒器。

［一八］君之：为之君，做他们的君长。宗之：为之长，做他们的族长。按，"君之"与"宗之"有别，前者是从社会权力的角度讲，后者是从宗法的角度讲。

［一九］既：已。溥：开垦的土地已经很广阔。长：土地绵长。景：同"影"。测日影。《周礼·地官·大司徒》："以土圭之法测土深，正日景（影），以求地中……日至之景尺有五寸，谓之地中：天地之所合也，四时之所交也，风雨之所会也，阴阳之所合也。然则百物阜安，乃建王国焉，制其畿方千里而封树之。"冈：登上山冈。陈奂《传疏》："既景乃冈，从上起下之词。《正义》云：考其日景，即上'既溥既长'，以日景考之也。参之高冈，即下'相其''观其'，是登冈视之也。"

［二〇］相：观察。阴阳：山北山南。朱熹《诗集传》："阴阳，向背寒暖之宜也。流泉，水泉灌溉之利也。"

［二一］三单：三个作战单位（也是管理和劳动编制）。单，丁山以为是"旜"的简体，指族旗，引申指以族旗为标志的人员编制单位。许倬云《西周史》在丁山说的基础上指出："军事上周人组织了三个作战单位……这是氏族军事化的组织形态，颇与满洲初有八旗时相似。"李零《中国古代居民组织的两大类型及其不同来源》："根据殷墟卜辞和铜器铭文，殷人城郊有东、南、西、北四单，略如《周礼》所谓'乡'，也许'成周八师'就是由四单所出的两套四师，'西六师'则是由三单所出的两套三师，所以《诗·大雅·公刘》说'其军三单'。"度（duó）：测量。隰（xí）原：

低地和高原。隰，低湿之地。彻田：治理田地。彻，治。为粮：种植粮食。

［二二］度（duó）：测量。夕阳：山的西面。《尔雅·释山》：“山西曰夕阳。”豳居：豳地的居住空间。豳，地名，在今陕西旬邑、彬县、永寿、长武一带。《史记·周本纪》：“公刘卒，子庆节立，国于豳。”张守节《正义》引《括地志》：“豳州新平县即汉漆县，《诗》豳国，公刘所邑之地也。”《汉书·地理志上》右扶风栒邑：“有豳乡，《诗》豳国，公刘所都。”汉之漆县即今陕西彬县，栒邑即今之旬邑县。允：确实。荒：广大。

［二三］馆：房舍。此处用为动词，指建筑房舍。

［二四］渭：渭水。为：而。乱：横流而渡。厉：同“砺”。砺石，用来打磨用具的石块。锻：同“碫”。捶物的大石。陆德明《释文》：“厉，本又作‘砺’。锻，本又作‘碫’。”赵世超《周代国野制度研究》：“锻与砺只是锻锤磨砺青铜器的石具。试验证明，青铜锻锤后可以增加硬度。唐兰先生曾说，故宫所藏殷周青铜工具和兵器大都是经过锻锤的。”

［二五］止基：即“之基”，这块基地。止，当为“之”的误字（于省吾《泽螺居诗经新证》）。基，基地。一说“止基”为定居（朱熹《诗集传》：“止，居。基，定也。”）理：治理。爰：于是。众：来居住的人口众多。二句谓这块基地于是得到治理，于是人口众多，财物富足。

［二六］夹：夹水而居。皇涧：豳地涧名。遡：面对。《毛传》：“遡，乡也。”过涧：豳地涧名。

［二七］止旅：大众。止，当为“之”的误字（于省吾《泽螺居诗经新证》）。旅，大众。一说“止旅”为止居之众（朱熹《诗集传》）。密：密集。芮（ruì）：通“汭”。豳地水名，即汭水。泾水支流。王先谦《集疏》：“泾水东南流，至邠州长武县。芮水自平凉府灵台县界流泾县南，而东注于泾。公刘所居故豳城，正在二水相会内曲之处也。”一说“汭”为水边向内凹处。鞫（jū）：水边向外凸处。即：接近。

讲析：

关于此诗的创作动机，《毛序》说：“《公刘》，召康公戒成王也。成王将涖政，戒以民事，美公刘之厚于民而献是诗也。”认为是周成王将亲政之际，召康公戒之而作，目的是通过述公刘之有功德于民的业绩，为成王提供一个治民的典则。此说对后世影响很大。《郑笺》申之曰：“公刘者，后稷之曾孙也。夏之始衰，见迫逐，迁于豳，而有居民之道。成王始幼少，周公居摄政，反归之成王，将涖政，召公与周公相成王为左右。召公惧成王尚幼稚，不留意于治民之事，故作诗以深戒之也。”朱熹《诗集传》亦承《序》说：“旧说，召康公以成王将涖政，当戒以民事，故咏公刘之事以告之曰：‘厚哉，公刘之于民也！’”然《史记·周本纪》只说“周道之兴自此（谓公刘迁豳）始，故诗人歌乐思其德”，不言召公作。此诗当与《生民》同，是以口头的方式从远古时候流传下来，并于西周中后期写定。

公刘是后稷之后的周族又一英雄祖先，据《国语·周语上》《史记·周本纪》等文献记载，周人的远祖后稷从虞夏之际开始，世代做“后稷”之官，到夏朝衰落，不窋失掉职守，逃奔到戎狄中，放弃了农耕生活。到不窋之孙公刘时，才“复修后稷之业，务耕种，行地宜，自沮、漆度渭，取材用，行者有资，居者有畜积，民赖其庆”（《史记·周本纪》）。上述文献均从周族发展史的角度强调公刘在摆脱戎狄之俗、复兴农业、迁豳之事上的卓越贡献。

此诗与其他文献记载相比，显然更倾向于历史细节的展示。诗歌围绕迁豳之事，从多方面表现公刘的业绩才能。诗共六章，每章十句。第一章写起程之前的准备，突出公刘的远见卓识：他率领族人在原居住地精心经营农业，做了充足的储备，为迁移奠定物质基础。在迁移过程中，又令族人带足口粮，并且全副武装，高度戒备，保证了迁徙的安全与拥有新居址的武力保障。第二章写公刘初到豳地，相土安众：他巡视了整个豳地，有时登上山顶，有时走在平原，不辞劳苦。公刘是威武的，他佩戴着华美的佩刀，是众人瞩目的对象，因而收获人心。最后两句闲笔涉趣，以见诗人感性，以及众人对公刘的尊敬和爱戴。第三章写营建临时居所。并由言言、语语引出立君之事。第四章写聚众宴饮：周族先民在新的居地聚集一堂，在愉快的氛围中，公刘被推举为首领。第五章叙述公刘测量土地，根据地势驻扎了三支军队，并开始拓垦土田，发展农业。第六章写公刘带领众人营建永久性邑居。

诗歌通过一系列事件的有序描述，把公刘的远见卓识、细致周到、勤劳务实等品质和才干展示出来。相较于后稷，公刘的神性因素消失，这与公刘时代人们的认知水平有关。

从第一章的“弓矢斯张，干戈戚扬”、第二章的“既顺乃宣，而无永叹”的叙述看，公刘的移民颇多武力征服的色彩，但在后世儒家学者的阐释中，暴力征服的底色全然褪去，而仁义道德的内涵充斥其中。如首章《郑笺》：“厚乎，公刘之为君也。不以所居为居，不以所安为安。邰国乃有疆埸也，乃有积委及仓也。安安而能迁，积而能散。为夏人迫逐己之故，不忍斗其民，乃裹粮食于橐囊之中，弃其馀而去，思在和其民人，用光大其道，为今子孙之基。”公刘完全变成一个爱惜人民、重视积德累善的仁德之君的角色。

此诗叙述公刘统率部落从邰（故址在今陕西武功县境内）迁豳之事。公刘迁豳在部族迁移（古代移民）史上是重要事件，此诗对于考察古代部族关系（周人与西戎关系）具有文献价值。

关于周人在公刘时期的文化定位，学界看法颇为分歧。从政治制度史的角度看，主要集中在对于公刘时期是否进入国家阶段的讨论上：(1)郭沫若《中国史稿》认为，公刘的时代是原始社会末期，还没有进入国家阶段；李亚农《周族的社会制度》认为，“根据《公刘》篇所描写的情况，我们同样可以看出周族还是处于氏族制时代，不过家族和私有制已经出现”。(2)许倬云《西周史·周的起源》认为，“周人在公刘时代，大约始有相当的政治组织……周人在公刘时代大约是一个由族长率领的武装移民”。张建军《诗经与周文化考论》申此说，认为“公刘时代，周人正生活在由氏族、部落阶段向国家阶段过渡的时期，公刘本人所具有的是由部落大酋长向国王过渡的一种身份，当时的周人处于由部落社会向雏形国家过渡的一种形态下”“公刘在诗中的表现，说明他是一位十分优秀的部落首领”。(3)杨宽《西周史·周的起源和兴起》认为，公刘第一个称“公”，与“王”是一样的称号，该是当时周族对国君的尊称，以此，“周族创建国家当在公刘时代”，“公刘不仅是周族所建立的国家的第一个国君，而且是第一个有计划地营建国都的人”。(4)孙作云《从诗经中所见的灭商以前的周社会》认为,周人自不窋开始,已经进入国家阶段,“公刘本人是一位国王”(《〈诗经〉研究》)。录以备考。

此诗在聚落文明发展史上也占有重要地位。杨宽即将《公刘》一诗放到都城建设的历史上来看。他认为公刘所兴建的原始都邑是西周都城布局的起点:“西周国都的布局有一定的特点,既有贵族的宫殿区,又有‘国人’的居住区,更有军队的驻屯地。”“西周都城的这些特点,是在不断建设的过程中,逐步形成的。《诗·大雅·公刘》记载周的祖先公刘迁居到豳(今陕西彬县东北)的情况,已经注意到选择有充分水源的肥美平原、适宜建筑住处的大块向阳高地以及驻屯军队的营地,还要开垦适合生产粮食的农田。”“公刘所建的豳这个都邑,还是很原始的。这里没有城墙的建筑,也没有宫殿和宗庙的建设。”(杨宽《中国古代都城制度史研究·西周都城布局的发展》)陈子展《诗三百解题》则赋予公刘迁豳以更高的文化史、文明史意义:“《公刘》篇所说的京师当是由村落而建立的城市,不然就无以容纳公刘带去的那么多的军民。那么,周家五迁,一迁于豳,再迁于岐,三迁于丰,四迁于镐,五迁于洛,除洛先已作邑外,其余都是迁时作邑,新作城市,这是从夏末公刘迁豳开始的……公刘的建立京师当是周人有城市的开始,也就是周人由原始文化进入文明的开始,也就是所谓王道的开始。”

大雅·緜

緜緜瓜瓞,民之初生,自土沮漆[一]。古公亶父,陶复陶穴,未有家室[二]。

古公亶父,来朝走马[三]。率西水浒,至于岐下[四]。爰及姜女,聿来胥宇[五]。

周原膴膴,堇荼如饴[六]。爰始爰谋,爰契我龟[七]。曰止曰时,筑室于兹[八]。

乃慰乃止,乃左乃右[九]。乃疆乃理,乃宣乃亩[一〇]。自西徂东,周爰执事[一一]。

乃召司空，乃召司徒，俾立室家[一二]。其绳则直，缩版以载，作庙翼翼[一三]。

捄之陾陾，度之薨薨[一四]。筑之登登，削屡冯冯[一五]。百堵皆兴，鼛鼓弗胜[一六]。

乃立皋门，皋门有伉[一七]。乃立应门，应门将将[一八]。乃立冢土，戎丑攸行[一九]。

肆不殄厥愠，亦不陨厥问[二〇]。柞棫拔矣，行道兑矣[二一]。混夷駾矣，维其喙矣[二二]。

虞芮质厥成，文王蹶厥生[二三]。予曰有疏附，予曰有先后，予曰有奔奏，予曰有御侮[二四]。

注释：

[一]緜緜：连绵不绝貌。瓞(dié)：小瓜。民之初生：周族开始兴盛时，谓公刘时代。民，人，此指周人。首二句以瓜的绵延和多实兴喻周人的兴盛。自：在。土：《齐诗》作“杜”，《汉书·地理志》引作“杜”，豳地水名。沮(jū)：豳地水名。漆：豳地水名。杨善群《周族的起源地及其迁徙路线》：“杜、沮、漆都是邠地周围南流入渭的水。”后句说明周人在古公亶父迁徙以前生活的地点。

[二]古公亶父：文王祖父。古公是号，亶父是名，或曰字。初居豳，后遭狄人侵扰，迁至岐山之下，定国号曰周。《史记·周本纪》“止于岐下”裴骃《集解》：“徐广曰：‘山在扶风美阳西北，其南有周原。’骃案：皇甫谧云：‘邑于周地，故始改国曰周。’”武王伐纣定天下，追尊他为太王。陶：冶烧，烧土。复：复穴，在住穴之内，是大穴中的小穴，即窖穴。于省吾《泽螺居诗经新证》认为，“陶复陶穴”应为“陶穴陶复”，诗人是为协韵而倒文。一说“复”指住所的地上部分，“穴”指住所的地下部分。家室：房屋。

[三]来朝：第二天早上。一说“朝”即“周”，周原。于省吾《新证》：“朝、周古音近字通。”走马：《玉篇》引作“趣马”。驰马，使马奔驰。趣，疾，快。

[四]率：循，沿着。西：指豳西。浒：水边。岐下：岐山之下。岐山在

今陕西岐山县东北。此二句谓亶父从豳西的水涯，到那边的岐山脚下。

［五］爰：发语词，乃。及：娶。按，“及”有嫁娶之义。《国语·晋语四》：“男女相及，以生民也。”韦昭注：“相及，嫁娶也。”姜女：太姜，亶父之妻。刘向《列女传》列为“周室三母”之一：“三母者，太姜、太任、太姒。太姜者，王季之母，有吕氏之女。太王娶以为妃。生太伯、仲雍、王季。贞顺率导，靡有过失。太王谋事迁徙，必与太姜。君子谓太姜广于德教。”按，姬、姜乃长期以来的通婚之族。如武王妻邑姜，他如西周康王、穆王、懿王、厉王、幽王妻均为姜女。聿：发语词。胥：相，视察。宇：居处，谓建房的地址。

［六］周原：岐周的原野，位于关中平原的西部，北倚岐山，南临渭河，东濒千河，西有漆水，包括今天的陕西凤翔、岐山、扶风、武功四县的大部分，兼有宝鸡、眉县、乾县的小部分。整个原面东西延袤七十余里，南北宽达二十余公里。（参阅史念海《周原的历史地理与周原考古》）朊朊（wǔ wǔ）：肥沃貌。堇（jǐn）：植物名，野生，味苦。荼（tú）：苦菜。饴：麦芽糖。此二句写周人对于新居址满意喜悦的心理感受。

［七］爰：于是。始：谋。契：用刀刻。龟：龟甲。古人迷信，凡事占卜，尤其重视卜居邑、卜宅。据《尚书·召诰》，周初经营洛邑，“惟太保先周公相宅，越若来三月，惟丙午朏，越三月戊申，太保朝至于洛，卜宅。厥既得卜，则经营。”《洛诰》载周公献卜兆于成王：“予惟乙卯，朝至于洛师。我卜河朔黎水。我乃卜涧水东、瀍水西，惟洛食。我又卜瀍水东，亦惟洛食。伻来，以图及献卜。”《鄘风·定之方中》写迁卫楚丘亦言“卜云其吉”。

［八］曰：发语词。止：居住。时：止，居住。王引之《经义述闻·毛诗中》：“‘时’亦‘止’也……《玉篇》曰：‘《尔雅》室中谓之跱。跱，止也。’（《广雅》同。《玉篇》又曰：‘跱，止不前也’。）今本《尔雅》‘跱’作‘时’。”一说“时”为“是”，这里。兹：此地。

［九］慰：举。止：居住。左、右：指方位的东、西。此处用为动词，分出东西的区域。

［一〇］疆：划定疆界（大界）。理：区分田亩的条理。宣：疏通，此指翻地，翻土使地松软。亩：动词，开沟筑垄，为田地打埂。二句谓于是划分田界，于是翻地修垄。

［一一］西：周原的西端。徂：往。周：普遍。爰：语助词。执事：执行工作。后句谓亶父普遍巡视，无事不过问。

［一二］司空：掌管土地、工程建筑的官。司徒：掌管劳力的官。俾：使。立：建立。室家：指宫室房屋。

［一三］绳：绳墨，用以取直的工具，筑墙前用来划正地基经界；一说悬绳垂直，是当时取直的先进技术。缩版：筑墙时用的两面直版。缩，直。版，木板。以：因而。载：通“栽”。树立（筑墙长版）。“缩版以载”犹言直版以树，言竖立筑墙的长板。作：建造。庙：宗庙。翼翼：严正貌。

［一四］捄（jū）：盛土于器。陾陾（réng réng）：盛土声。度（duó）：向版内填土。薨薨（hōng hōng）：填土声。

［一五］筑：夯土，捣土使墙坚实。登登：捣土声。削屡（lóu）：将墙土隆高的地方削平。屡，古“娄”字，隆高，此指土墙隆起处。冯冯（píng píng）：削土声。

［一六］百堵：许多土墙。堵，版筑墙的计量单位。《郑笺》：“五版为堵。”兴：动工。鼛（gāo）：大鼓。敲鼓是为了使劳动者兴奋。二句谓百堵之墙同时兴工，众声齐起，鼛鼓的声音反不能胜过了。

［一七］皋门：王宫的外门。有伉（kàng）：即伉伉，城门高大貌。伉，高。

［一八］应门：王宫的正门，又称中门。将将（qiāng qiāng）：高大整饬貌，严正貌。

［一九］冢土：祭祀土地神的高大土丘。在皋门之内，应门之外。《周礼·考工记·匠人》：“左祖右社。”宫殿左边（东）为祖庙，右边（西）是社坛。按，社的最原始的形态为“土主”（土地神的神主），人们常将社建成高大土丘之形，或高大土丘之上，一些高丘遂有“社”名。亶父所建的冢土，就是将高大的土丘作为社神的神主，而并非礼书所说的王为百姓所建的“大社”。戎丑攸行：戎狄丑虏因而遁去。攸，用，因此。行，去，逃遁。一说“戎丑攸行”，指在社举行献俘礼。戎丑，俘获的戎狄丑虏。攸，结构助词，所。行，举行。

［二〇］肆：故，因此。殄（tiǎn）：杜绝。厥：其，指古公亶父。愠：愤怒。陨（yǔn）：坠，失。厥：亶父。问：名声。二句谓难以消除亶父内心的愠怒，也不会损伤其名声。

[二一]柞（zuò）：灌木，丛生有刺。棫（yù）：白桵，小木，丛生有刺。拔：拔除干净。兑：道路通畅。二句谓周人拔去柞棫等树木，修通了道路（扩张之举）。

[二二]混（kūn）夷：又作“昆夷”。古部族名，西戎之一，也就是犬戎。駾（tuì）：惊骇奔突。维其：何其。喙（huì）：疲困，喘息。

[二三]虞：古国名，故虞城在今山西平陆东北。芮（ruì）：古国名，故芮城在今山西芮城西。质：盟信，盟誓；一说纳质（表示归附）；一说要求平断。厥：副词。乃，就。成：平，和平结好。蹶：迅速，很快；一说感动。生：出生；一说通“性”。此二句谓虞、芮两国向周人纳质归附，文王很快就出生。一说此二句谓虞、芮两国国君争田，要求文王平断官司，文王感动了虞、芮国君礼让的天性（据《毛传》，虞芮两国国君来到周国境内，被周人的礼让之风所感，遂自动推让所争之田，且归服于周）。

[二四]予：周人自称。曰：语助词。疏附：率下亲上之臣。先后：左右辅佐相导之臣。奔奏：为君王奔走四方之臣。御侮：捍卫国家抵御外侮之臣。《尚书大传》：“周文王，胥附、奔辏、先后、御侮，谓之四邻，以免于羑里之害。”

讲析：

此诗叙述周人又一英雄祖先古公亶父从豳迁岐的事迹。《毛序》以文王为坐标立论：“《緜》，文王之兴，本由大王也。”认为周人所以作诗称颂古公亶父，乃在其为文王的基业奠定了基础。朱熹《诗集传》谓“此亦周公戒成王之诗”，今人或承其说，系此诗于成王即位八年，周公还政成王之后（《先秦文学编年史》）。我们的意见与理由一仍前面的《生民》《公刘》，断其为西周中后期写定的作品。

此诗九章章六句，结构整齐。诗按时间顺序叙述古公亶父率领周人到岐山一带艰苦创业的经历。首章写迁徙之前的情况。次章写选定新居址。三章写占卜定居。四章写划分疆界、开荒种田。有了基本的谋生物资，于是开始考虑长久居住问题。接下来的五、六、七章写建造房屋、城郭。同样是写修造房屋，此诗与《公刘》侧重写“庐旅”“斯馆”的大众生活不同，而写后代王权重视的城郭、宗庙、社、皋门、应门等建筑的营造，说明周人此时在物质与制度两个方面有了飞速发展。八章写周人伐木开路，惊走混夷。九章写周边部族的归附，周族事业开始昌大。诗的后三章展示的是周族日益强大的景象：宫室建筑已成规模，为国人提供了安全的居住场所。在此基础上，周人消除边患，又通过与虞、芮结盟，获得可供依傍的屏障。末章用四个递进句，道出周族在安全方面已经有了绝对保障。疏附、先后、奔奏、御侮，四组词语看似平列，实则层层递进，把周族日益强大之势叙述得非常到位。

古公亶父是文王的祖父，相去公刘有十代，大约生活在殷商后期的武乙时期。《后汉书·西羌传》：“及武乙暴虐，犬戎寇边，周古公逾梁山而避于岐下。”这次迁徙的原因，是迫于戎狄部落的侵扰。《孟子·梁惠王下》叙此事曰：“昔者大王居邠，狄人侵之，事之以皮币，不得免焉。事之以犬马，不得免焉。事之以珠玉，不得免焉。乃属其耆老而告之曰：‘狄人之所欲者，吾土地也。吾闻之也：君子不以其所以养人者害人。二三子何患乎无君？我将去之。’去邠，逾梁山，邑于岐山之下居焉。邠人曰：‘仁人也，不可失也！’从之者如归市。”《毛传》与之大同。《史记·周本纪》：“古公亶父复修后稷、公刘之业，积德行义，国人皆戴之。薰育戎狄攻之，欲得财物，予之。已复攻，欲得地与民。民皆怒，欲战。古公曰：‘有民立君，将以利之。今戎狄所为攻战，以吾地与民。民之在我，与其在彼何异？民欲以我故战，杀人父子而君之，予不忍为。’乃与私属遂去豳，度漆、沮，逾梁山，止于岐下。豳人举国扶老携弱，尽复归古公于岐下。及他旁国闻古公仁，亦多归之。于是古公乃贬戎狄之俗，而营筑城郭室屋，而邑别居之。作五官有司。民皆歌乐之，颂其德。”后人所记，颇强调古公亶父作为仁德之君的一面，是在儒学理念的支配下对他的重新塑造，未必是历史的真实。倒是《史记·匈奴列传》的说法较为朴实，谓“戎狄攻大王亶父，亶父亡走岐下”，然则历史的真相应该是戎狄势力强盛，古公亶父没有取胜的把握，所以被迫迁徙。

由此诗来看，古公亶父在周族发展过程中起重要作用，周人最后能够推翻殷人统治，基础即由古公亶父奠定。亶父是一个有远见有魄力的伟大首领。迁徙，对于游牧民族而言，不为苦事，因为他们的日常生活就是“转徙随时，车马为家”（《辽史·营卫志》）。但周人以农业立国，对于土地较为依赖，农业文明下的人们安土重迁，留恋故土。古公迫于形势，率族离开故地，另辟发展空间，这对他来说是个严峻的考验。诗首先叙述古公亶父率周人在杜、漆、沮流域的艰苦状况：没有房屋可以栖息，只能住半地穴的房屋。在此情况下（诗歌未言戎狄的侵扰），亶父当机立断，率领族人来到岐山脚下。“来朝走马”把他的果决、高效生动地展示出来。诗歌接下来写他在岐山的创业。他的创业内容包括选定居址，开荒种田，营筑宫室宗庙，消除边患，以此奠定了周族强大的基础。

此诗语言生动，所用词语准确形象，把劳动程序、场面、气氛全方位加以展现，从中可以感觉到周族先民对于新生活的热爱，以及古公亶父的调度有方。写种田，连续运用疆、理、宣、亩几个词语，依次呈现农耕活动，画面感强烈；写建筑，用捄、度、筑、削等动词，呈现不同阶段的劳动方式，用陾陾、薨薨、登登、冯冯等象声词，拟象不同的动作方式发出的声响。词语丰富生动形象，足见诗人体物的细腻与善于形容。

亶父迁岐，是先周发展史上的重要事件。自亶父迁岐之后，周人形成了比较完整的国家机构，政治、经济、文化、军事方面有了较大的发展，在先周历史上是一个里程碑。此诗的作者对此有清晰的认识，这也是周人的共识。《鲁颂·閟宫》对此也有回顾：“后稷之孙，实维大王。居岐之阳，实始翦商。”正是因为太王亶父迁岐，才开始了周人“翦商”的大业。对此，学者多有言说。范文澜就说：“古公在周原上筑城郭邑屋，以邑为单位居住归附人，改革戎狄旧俗，设立官司，形成一个初具规模的周国。”（《中国通史简编》）宋振豪认为：“古公迁岐，实标志着周早期国家由此进入较成熟阶段。其社会构成主体，不单单有豳地举国举家迁来的原属民，还汇入了异姓姜部落和不少他姓旁国，尽管仍维持着别邑族居形式，但在周国的领土范围内大体以国民的属性而成为社会各个阶层，这样就使国家的存在形式带有亲族关系和地域关系的双重内涵。而公职官员的任命，也开始脱离血缘关系，渐次形成一复杂的官僚统治集团。”（李学勤主编《中国古代文明与国家形成研究》第三编《“肇彻周邦”——周的建国及华夏国家的形成》）

此诗表现出周人的祖先崇拜观念。诗歌在叙述修筑宫室建筑的顺序时，最先着手的是“作庙”，其次才是“乃立皋门”“乃立应门”“乃立冢土”等。宗庙的修筑排在首位，反映出周人强烈的尊崇祖先的意识。后世成为制度，并获得明确的表述。《礼记·曲礼下》所谓“君子将营宫室，宗庙为先，厩库为次，居室为后”，就是这种意识的反映。

供奉祖先神位的场所——宗庙是周代贵族的精神寄托，也是他们权利地位获得保障的所在，在周代政治生活、伦理生活中发挥重要作用。西周春秋的王侯岁时祭祀祖先于此，朝觐会盟在此，宴饮庆功于此，分封诸侯的册命仪式在此，出征、娶亲也要告庙而行，出征时甚至要载着庙主出行，返回时也要告庙。婚礼也有“庙见”等程序。《左传·昭公元年》载，楚国公子围到郑国公孙段家迎亲，郑人担心有诈，不准公子围一行住在国都之内，公子围命伯州犁应对，说公子围来郑之前曾“围布几筵，告于庄、共之庙而来”，而此番在野外迎娶，“又使围蒙其先君”，公子围将无法返国复命。这里面两处提到宗庙之礼：一、公子围来郑迎亲之前，曾到祖父楚庄王、父亲楚共王庙中告祭；二、如果不得依礼受妇于女家之祖庙，公子围就是欺骗先君，无法回去告命于先祖。可见，告庙是婚礼的重要环节，直接关系到婚礼意义的成立与否。据《周礼·春官·大司乐》，出征胜利，还要在宗庙举行献捷礼。

诗的第七章结尾有“乃立冢土，戎丑攸行”之句，从字面上看，是说周人的冢社修建之后，戎狄丑虏都逃遁了。但诗歌没有交代何以修筑社坛之后，戎丑便遁去。这要从古老的祭社方式谈起。古代有杀人祭社习俗。据俞伟超《铜山丘湾商代社祀遗址的推定》，江苏徐州附近的铜山县曾发现商代大彭国的社遗址，其周围埋有人的躯体骨架、头颅骨等，从人骨反缚双手、头骨破碎等情况看，当是杀人祭社的反映。这是因为，“在许多原始民族宗教信仰中，只有用人血才能恢复地力，使作物丰收”（冯汉骥《云南晋宁石寨山出土铜器研究——若干人物活动图像释》）。这种习俗向下绵延到春秋时期。《公羊传·僖公十九年》：“己酉，邾娄人执鄫子，用之。恶乎用之？用之社也。其用之社奈何？盖叩其鼻以血社也。”血社，《穀梁传》作“衈社”。古祭礼杀牲取血以涂祭社之器谓之“衈”。此谓叩鄫子之鼻，取其血涂祭社之器。《左传·昭公十年》：“秋七月，平子伐莒，取郠。献俘，始用人于亳社。”杜预注：“以人祭殷社。”可见，直到春秋后期，以人为祭社之牺牲的风俗在鲁国还有很大影响。

与杀人取血的祭社方式相关，古代社神除了具有促进丰收和繁衍的功能以外，还承担惩罚职能。《尚书·甘誓》相传是夏启征伐有扈的战前动员令，其中写道："用命，赏于祖；弗用命，戮于社，予则孥戮汝。"夏启威慑众人：执行命令的，胜利后将在祖庙得到赏赐；不执行命令的，将在神社受到惩罚，我将把你们沦为奴隶，或加刑杀。社神具有惩罚功能，在《甘誓》的书写时代已经是普遍的认知。对于鲁僖公十九年宋国国君让邾文公杀死鄫子来祭祀次睢之社的原因，《左传》有明确的交代，谓"欲以属东夷"，即想让东夷来归附。那么他"用鄫子于次睢之社"的行为就得到了解释：通过在社神面前杀死不服从者，借以震慑威服东夷。社神的惩罚功能与威慑功能往往相伴而生，并被应用于重大社会政治与军事活动中。周人出征作战往往载社而行，以期获得社神的佑护。《周礼·春官·大祝》："大师，宜于社，造于祖，设军社，类上帝，国将有事于四望，及军归献于社，则前祝。"《太平御览》卷三〇六引挚虞《决疑要注》也说："古者帝王出征伐，以齐车载迁庙之主及社主以行。"既然军队出征要把祖先及社神牌位载于兵车，那么战后就要把它们送回祖庙及土地庙，在此期间向社神奉献俘虏，乃至杀人取血祭社，也是情理之中的事情。这些都为我们解释了"乃立冢土，戎丑攸行"的原因：正因为古公亶父时代人们赋予了社神以强大的惩罚功能，并有用俘于社的行为，所以才有戎狄丑虏见而逃遁的情况。

那么，社神的促进丰收与繁衍（详见婚恋篇）的功能与惩罚功能何者在先呢？一般认为，社是从生殖崇拜、自然崇拜出发的。从起源上讲，祭社比祭祖更为古老。商代早期以前，社的职能主要体现在影响收成与降雨方面，并不具有社会政治职能。从卜辞看，社神与现实政治联系起来，大约在商代后期开始。高智群《献俘礼研究》："夏商以后，地神不仅具备自然属性，更兼任干预人类现实社会生活的职能，从商代社祭卜辞看，向社神奉献囚虏已经不单纯是为了祈求丰年，而是将它作为国家守护神加以礼敬膜拜。"（《切问集》下）于周人而言，在古公亶父时代已经开始。周代社祭成为一项重要的祭典，人们把社神与现实政治的权力进行联系，社稷逐渐称为政权的代称。后世相关制度以此为基础展开。据《逸周书·作雒解》《史记·三王世家》引《春秋大传》，诸侯受封时各受天子大社五色土一块，归至封国立国社。立社、祭社，乃是周代天子、诸侯的特权。

此诗也是研究古代都城制度史的重要文献。杨宽注意到此诗的标志性意义，说："《緜》只说建立室家，建筑宗庙兴建宫门和土墙，没有说到筑城郭。所谓'百堵皆兴'，当是指宫殿的围墙。当时未必有城郭的建筑，但是公亶父建设国都的布局，影响是深远的。皋门、应门等宫门的建筑，宗庙和神社的设置，都是从这时创始的。使用司空、司徒等官吏大规模征发人民建设都城，也是从这时开端的。"（《中国古代都城制度史研究·西周都城布局的发展》）

大雅·大明

明明在下，赫赫在上[一]。天难忱斯，不易维王[二]。天位殷適，使不挟四方[三]。

挚仲氏任，自彼殷商[四]。来嫁于周，曰嫔于京[五]。乃及王季，维德之行[六]。大任有身，生此文王[七]。

维此文王，小心翼翼[八]。昭事上帝，聿怀多福[九]。厥德不回，以受方国[一〇]。

天监在下，有命既集[一一]。文王初载，天作之合[一二]。在洽之阳，在渭之涘[一三]。文王嘉止，大邦有子[一四]。

大邦有子，伣天之妹[一五]。文定厥祥，亲迎于渭[一六]。造舟为梁，不显其光[一七]。

有命自天，命此文王。于周于京，缵女维莘[一八]。长子维行，笃生武王[一九]。保右命尔，燮伐大商[二〇]。

殷商之旅，其会如林[二一]。矢于牧野[二二]：维予侯兴，上帝临女，无贰尔心[二三]。

牧野洋洋，檀车煌煌，驷騵彭彭[二四]。维师尚父，时维鹰扬[二五]。凉彼武王，肆伐大商，会朝清明[二六]。

注释：

［一］明明：光明貌。在下：在人间。赫赫：显盛貌。在上：在天上。二句谓有明明的功德在人间，则有赫赫的显应在天上。按，此二句谈的是天人感应。严粲《诗缉》："首二句泛言天人之理。明明在下，君之善恶不可掩也。赫赫在上，天之予夺为甚严也。在下而明，明则达乎上。在上而赫，赫则监乎下。天人相与之际，甚可畏也。"（《诗经集校集注集评》卷一一）

［二］天：天命。忱：相信，信赖。斯：语气词。不易：大的变动。不，通"丕"，大。维：是。

［三］位：即"立"，古"位""立"同字。適（dí）：通"敌"。一说通"嫡"，指殷王的嫡子纣。挟：挟有，拥有。二句谓上天立起殷纣的敌人，使他不再拥有天下。

［四］挚：殷商畿内国名，仲虺的后裔，任姓，在今河南汝宁。《左传·定公元年》："薛之皇祖奚仲，居薛，以为夏车正……仲虺居薛，以为汤左相。"仲氏任：即仲任。仲氏，第二个女儿。任，姓。据《国语·晋语四》司空季子之言，黄帝之子有二十五宗，分别为十二个姓氏，任姓是其中之一。按，古代女子的姓放在排行后面，与男子先姓后名有别，如鲁宣公之女、成公之妹称"伯姬"。自：来自。挚国的后裔，为殷商的臣子，故说太任"自彼殷商"。

［五］曰：发语词。嫔：妇，做媳妇；一说嫁。京：周的京师。

［六］乃：于是。及：嫁给。王季：古公亶父（太王）之子，文王之父。维：以。行：行列。后句谓德与之齐等，即太任的德与王季相配。

［七］大任：太任，即挚仲氏任。大，同"太"。有身：怀孕。文王：周文王，姬姓，名昌。殷纣时居岐山之下，受到诸侯的拥护，为西方诸侯之长，称西伯，迁都于丰。周人认为文王受天命代殷。

［八］翼翼：谨饬恭敬貌。

［九］昭：光明。事：服侍。聿：发语词。怀：来，招来。二句谓明白怎么奉事上帝，招来许多福气。

［一〇］厥：其。回：邪僻，违背。方国：各方诸侯，周围诸侯国。

[一一] 监：监视。在下：人间。有命：天命。有，词头。集：就，降临。后句谓天命已经从殷纣转移到文王身上。

[一二] 初载：人刚刚能自立行走的时候。戴震《毛郑诗考正》："盖古字栽、载通，为丰殖树立之义。初载，谓初免于怀抱，能自立之时，大姒以是时生。"（《清人诗说四种》）一说"初载"指文王刚即位时。载，年。天作之合：天作成他的配偶。作，作成。合，匹配，配偶。

[一三] 洽（hé）：水名，源出陕西合阳，东南流入黄河，今称金水河。阳：河的北面。渭：渭水，黄河最大的支流，源于甘肃渭源，经陕西，于潼关流入黄河。涘：水边。陈奂《传疏》："是商莘国在洽水北……渭，亦莘国之水名。莘国虽东滨大河，亦在渭水之北，故下文云亲迎于渭也。"

[一四] 嘉止：嘉礼，婚礼。止，礼。大邦：殷商。子：女儿，指太姒；一说指殷高宗帝乙的女儿。《周易·归妹》："帝乙归妹，其君之袂不如其弟之袂良。"谓此即指殷高宗嫁女于文王事。二句谓文王的嘉礼到了，大国有一个女子。

[一五] 伣（qiàn）：如，好比。天之妹：天神的女儿。妹，少女。

[一六] 文：礼文，指"纳币"之礼；一说占卜的文辞。祥：吉祥，吉利。上句谓行了聘礼，定了这吉祥的婚事。亲迎：婚礼六道程序（纳采、问名、纳吉、纳徵、请期、亲迎）中的最后一道。

[一七] 造舟：将船连接起来。造，比，排列。梁：浮桥。不：通"丕"，大。光：（婚礼的）光辉。

[一八] 周：周地。缵：通"孇"。美好。马瑞辰《通释》："孇谓好女，犹言淑女、硕女、静女，皆美德之称。诗言莘国有好女，倒其文则曰缵女维莘。"一说续（娶）。顾颉刚《周易卦爻辞中的故事》据《周易·泰·六五》："帝乙归妹，以祉，元吉"以及《归妹·六五》："帝乙归妹，其君之袂不如其娣之袂良，月几望，吉"等几则材料，认为文王所娶"大邦之子"即帝乙所嫁之少女，文王曾分别娶过"帝乙少女"和大姒。李镜池《周易探源·周易筮辞考》也以为《周易》记的是帝乙嫁女于文王之事，并阐明原因："自从太王'居岐之阳，实始翦商'（《鲁颂·閟宫》）以来，商日受周的威胁，不得不用和亲之策以为缓和之计，像汉之与匈奴一般。所以王季的妻就是从

殷商嫁来，虽不是商的王族，也是商畿内的诸侯之女。至帝乙归妹，诗称‘伣天之妹’，当是王族之女了。后来续娶的莘国之女，也是出于商王畿内的侯国的。周本是专与姜姓通婚姻的，而在这一段‘翦商’期间，却经常娶东方民族的女子了。这在商是不得已的亲善，而在周则以西夷高攀诸夏，正是他们民族沾沾自喜的举动呢。所以这件事就两见于爻辞。”莘（shēn）：国名，在今陕西合阳一带，姒姓。《毛传》：“莘，大姒国也。”文王娶莘国之女，故称太姒。后句谓漂亮的姑娘是那莘国的女儿。

［一九］长子：长女，谓太姒。行：列，齐等，言太姒与文王之德等齐；一说出嫁。笃：语助词，有叹美之义。武王：周武王。姬姓，名发。周王朝的创立者，都镐。

［二〇］保右：即保佑。命：命令。尔：武王。燮伐：袭伐，即袭击讨伐。燮，通“袭”（马瑞辰《通释》）。

［二一］旅：军队。会（kuài）：通“旝”。军旗。后句极言殷商军队之多。

［二二］矢：同“誓”。誓师。牧野：牧，又称“沬”或“妹”，即朝歌，是商代后期从殷邑向南扩展建立离宫别馆之地，商纣王常居此。野，郊外之地。牧野，朝歌的郊外之地，此特指朝歌南郊郊外之地，在朝歌西南约七十余里，今河南淇县一带。

［二三］予：我，武王自称。侯：是。兴：兴起。临：监视。女（rǔ）：指参加誓师的各路军队，据《尚书·牧誓》，参战与国有庸、蜀、羌、髳、微、卢、彭、濮等，地望均在今湖北、四川一带。无：勿。贰：有二心。此二句乃武王牧野誓师之词。按，武王牧野誓师，《尚书·牧誓》有详细记载，武王先言纣之恶，继言己之受天命伐商，并要众人努力作战，云：“今日之事，不愆于六步、七步，乃止，齐焉。勖哉夫子！不愆于四伐、五伐、六伐、七伐，乃止，齐焉。夫子勖哉！尚桓桓！如虎、如貔、如熊、如罴，于商郊。弗迓克奔，以役西土，勖哉夫子！尔所弗勖，其于尔躬有戮！”

［二四］洋洋：广阔貌。檀车：用檀木造的兵车。煌煌：鲜明貌。驷騵（yuán）：四匹赤毛白腹的骏马。彭彭：强健貌。

［二五］维：发语词。师：太师，武官名。此指齐的始祖吕尚。《左传·成公二年》载单襄公说：“夫齐，甥舅之国也，而大师之后也。”大师即太师。

尚父：吕尚。姜姓，其先封于吕，故称吕尚。年老隐钓于渭水之上，文王访得，载与俱归，立为师，又号太公望，辅佐文王、武王灭纣。时：是。维：句中语助词。鹰扬：如雄鹰飞扬，言师尚父的勇猛。

［二六］凉（liàng）：通“亮”。辅助，辅佐。肆伐：意同前文之“燮伐”。肆：突袭。《大雅·皇矣》：“是伐是肆。”《郑笺》：“肆，犯突也。”会：适逢，正赶上。朝：黎明。清明：天气晴朗。一说“会朝清明”指一朝会师而天下清明。《毛传》：“会，甲（始）也。不崇朝而天下清明。”

讲析：

关于此诗的主旨，《毛序》说：“《大明》，文王有明德，故天复命武王也。”认为此诗旨在表现文王的明德，其他叙事如武王伐纣也是因文王有明德的庇佑。朱熹《诗集传》说此诗与《緜》同：“此亦周公戒成王之诗。”说它和《文王》一样，“周公追述文王之德，明周家所以受命而代商者，皆由于此，以戒成王”。诗歌很难看出是周公所作，也很难看出有警戒成王的意思。

此诗叙述从王季时代到武王伐商这个阶段的先周历史。诗以歌颂文王为主，兼及王季和武王，《毛序》的把握不差。全诗八章。历代各家的章句划分稍有不同，这里是根据诗意确立的分章方式。第一，三、五、七章章六句，第二，四、六、八章章八句。排列起来，颇有整齐而不乏错落的美。

此诗时序井然，层次清楚，叙事上首尾呼应，“天监”“有命”的主题贯穿其中。首章先从赞叹皇天伟大、天命难测说起，以引出殷命将亡、周命将兴，是全诗的总纲。次章即歌颂王季娶了太任，有德，生子文王。三章写文王敬天有德，因而承受天命，“以受方国”。四章又说文王有“天作之合”，得配佳偶。五章、六章写文王于渭水之滨娶妻太姒，生下武王。武王受天命而“燮伐大商”，与首章遥相照应。七章写武王伐纣的牧野之战，敌军虽盛，而武王斗志更坚，并以“上帝临女，无贰尔心”暗示天命集于武王。最后一章写牧野之战的盛大，武王在姜尚辅佐之下一举灭殷，回应第一章“天位殷適，使不挟四方”。

此诗反映周人敬天崇德的观念。王季及其配偶太任因为有德，所以成为天命所钟的对象，让他们生下贤子文王。文王知道如何恭谨地服侍上帝，德行端正，因此迅速得到上帝吉祥的回报：首先，是“以受方国”，使各路诸侯听从他的统辖，成为西方诸侯的首领（西伯）。其次，上帝为他指定了婚配的对象，娶有莘氏之女。最后，上帝又把文王与太姒所生的武王指定为伐商的盟主，实际上是把天下交付周人。武王的牧野誓师之辞，也是以上帝垂监来激励士气。武王所以拥有翦商的大权，很大程度上是来自王季、文王美德的回报。《大明》对“德”的理解，以“敬天”为主。

“维师尚父，时维鹰扬”一句透出师尚父的勇武形象。由此诗来看，早期的师尚父，有勇有谋。《史记·周本纪》如是叙述牧野之战：“帝纣闻武王来，亦发兵七十万人距武王。武王使师尚父与百夫致师，以大卒驰帝纣师。”《周礼·夏官·环人》郑玄注：“致师者，致其必战之志。古者将战，先使勇力之士犯敌焉。”《周本纪》中的师尚父形象与《大明》诗中师尚父的勇武形象没有不同。刘向《说苑·贵德》记载，“武王克殷，召太公而问曰：‘将奈其士众何？’太公对曰：‘臣闻爱其人者，兼屋上之乌；憎其人者，恶其馀胥。咸刘厥敌，靡使有馀，何如？’”说牧野之战后，周武王向群臣咨询如何对待殷商贵族遗民，太公的建议是斩尽杀绝。可见汉人的印象中，太公还是个嗜杀的武者。相对于太公的血腥政策，邵公、周公的建议则显得温和。邵公对曰：“有罪者杀之，无罪者活之。”周公的建议是：“使各居其宅，田其田，无变旧新，惟仁是亲，百姓有过，在予一人。”（《说苑校证》）但《封神演义》中的姜子牙，虽为三军统帅，却乏于武勇，智谋平平，又命途多舛，有七死三灾的厄难，在战场上总是靠着别人的保护或神仙的救助而活命。后者是对前者的改造，反映的是明代的民间文化趣味。

此诗反映周人对于婚姻政治意义的肯定。王季、文王通婚于殷商属地的贵族，是要在周人势力范围之外通过通婚来寻求政治盟友。王季所娶的任氏是商朝挚国君主的女儿，《国语·周语中》：“昔挚畴之国也，由大任。”韦昭注：“挚畴二国，任姓，奚仲、仲虺之后，大任之家也。”王夫之《诗经稗疏》“挚仲氏任”条：“任姓者，奚仲之后，为夏后氏车正，封于薛。《潜夫论》曰：‘奚仲后迁于邳，其嗣仲虺居薛，为汤左相。’……挚、薛古音相近通用，挚盖薛也……《唐书·宰相世系表》云：‘奚仲为夏车正，更封于薛。又十二世孙仲虺为汤左相。大戊时有臣扈，武丁时有祖己，徙国于邳。祖己七世孙成侯又迁于挚，一谓之挚国。’”如此，则大任的祖先历仕夏商，地位显赫，是古老的家族。周挚的联姻，有作为后进部族，努力接受先进文化影响的考虑，更主要的原因，恐怕还是出于扩大政治联盟的需要。或谓王季（季历）的嗣立，其妻子太任的身份起了至关重要的作用，而非尽如《史记·周本纪》所云之文王的圣瑞："太姜生少子季历，季历娶太任，皆贤妇人，生昌，有圣瑞。古公曰：‘我世当有兴者，其在昌乎！’”有以也。

大姒，是有莘氏之女。马瑞辰《通释》引《元和郡县志》："夏阳县古有莘中，汉郃阳县之地。乾元三年改为夏阳县，县南有莘城，即古莘国，文王妃大姒即此国之女。"王夫之《诗经稗疏》："缵女维莘"条："地之以莘名者非一。古有莘氏之国在河北濮东者，晋文公登有莘之墟是也。地在河、汝之间者，春秋‘荆败蔡师于莘’是也。在河南函谷之外者，神降于虢之莘是也……《唐书·宰相世系表》云：‘夏后启封支子于莘，夏后故姒姓，今同州郃阳县有故莘城’是已。姒姓之莘当作姺，或作侁。伊尹耕（侁）于莘野，一曰为有侁氏之媵臣。赵武曰：‘商有（优）[侁]邳。’《竹书》：‘河亶甲之世，侁人叛入于班方。彭伯、韦伯伐班方，侁人来宾。’则侁当殷世为强国。"《吕氏春秋·本味》云："（伊尹）长而贤，汤闻伊尹，使人请之有侁氏。有侁氏不可。伊尹亦欲归汤，汤于是请取妇为婚。有侁氏喜，以伊尹为媵送女。"据此，有莘氏乃夏王室后裔，与商王室为婚姻之族，地位更为显赫。文王娶之，是以西夷高攀诸夏的华胄。有学者以为，《周易》之"帝乙归妹"的记载，"也只是说帝乙嫁了一个少女给文王，女子并不一定是商的王族，只要是大邦殷的女子，而且是由帝乙做主嫁出的就行了。汤娶于有莘氏，从母系方面来看，大姒与商王有着共同的来源"（张建军《诗经与周文化考论》），由帝乙做主将其嫁给文王事也是可能的事情。文王与太姒的婚姻，周人的收益是巨大的，首先，提高了偏居西北的小邦周在诸侯之中的地位；其次，周人进一步汲取了中原文化；最后，得以广泛地争取盟国，扩大了周人的政治联盟。因此，《大明》用三章（四、五、六章）的篇幅对文王娶太姒事做详细而热情的叙述，交代了迎娶的地点和方式。

此诗对于周人同姓不婚的婚姻观念也有所反映。王季娶任氏，文王娶姒姓的有莘氏女，体现的是同姓不婚的原则。同姓不婚，是周人的重要观念，先秦文献多有记载，多从不利于繁衍角度立论。《国语·晋语四》："同姓不婚，恶不殖也。"《左传·僖公二十三年》郑国叔詹说："男女同姓，其生不蕃。"《昭公元年》子产云："内官不及同姓，其生不殖。"《礼记·郊特牲》则谓"取于异姓，所以附远厚别也"。对于"附远厚别"，有学者作出如下解释："这厚别，自是氏族社会以来人类在生理学方面对'男女同姓，其生不蕃'的优生认识。这'附远'则因'婚姻为兄弟'，为统治阶级的利益服务。如《国语·鲁语上》云'夫为四邻之援，结诸侯之信，重之以婚姻，申之以盟誓，固国之艰急是为'，《诅楚文》云'缪力同心，两邦若一，绊（系）以婚姻，袗以斋盟'，说得再明白不过。"（宋振豪《商代婚姻的运作礼规》）是比较全面的探本之言。

本篇小结

前面具体讲析的四首诗都是周族的颂祖诗，商族颂祖诗有《商颂·玄鸟》《长发》《殷武》，追述从契、相土（契孙）、商汤、武丁等商族英雄的业绩。《玄鸟》写契之诞生，又写成汤、武丁建国、拓疆的情况；《长发》主要写相土拓土，汤伐桀而有天下；《殷武》写汤孙高宗武丁伐荆楚、臣诸侯。

商周颂祖诗共同点是都追溯祖先，贯穿祖先崇拜观念。但也有区别：商族史诗主要表现先公先王的勇武——开疆拓土，向外扩张，有歌颂暴力的倾向。周族史诗主要表现祖先对农业的贡献，而面对异族入侵，则三番五次躲避迁移，表现获得新居址的快乐。

抛开诗篇写作时代观念的制约，原因可以追溯至不同的文明类型。商族文明，尤其是早期，主要是游牧文明。商人依靠畜牧业发展起来，并出现了这方面的发明家。《世本》："胲（即王亥，汤之七世祖）作服牛，相土作乘马。"（陈其荣增订《世本》）相土到王亥时代，商族已经开始用牛马驾车，商族祖先的功绩主要在驯养牲畜方面，表现出游牧民族的特征。据《史记·殷本纪》，商族从契到汤共 14 代，其间迁都 8 次；汤至盘庚传 10 代，其间迁都5次。有学者认为，从迁徙的频繁程度来看，殷商前期一直过着游牧生活，只是在盘庚迁殷前后，农业才取代游牧成为主要生产部门，过上较稳定的定居生活[13]。游牧民族崇尚勇武，好田猎是尚武的表现。据日本松丸道雄统计，甲骨文中所记商王田猎，武丁时无定期，祖丁、祖甲一般定在十干日的乙、戊、辛三天；廪辛至文武丁时，大体以乙、戊、辛、壬四天为多，帝乙、帝辛则大多放在乙、丁、戊、辛、壬五天中田猎。实际上这意味着一旬之内可举行三次田猎活动。田猎在古代的目的之一是军事操练，当然，亦有盘游的性质。（参阅宋振豪《夏商社会生活史》）无论是出于盘游还是军事操练目的，都是尚武的表现。

游牧民族的人普遍迁徙无定，视战争为乐事。迁徙与好战，两者紧密相关：据说，古代游牧的日耳曼人非常好战，他们以战争为职业，靠战争获取荣誉，假如本部落没有战争，许多贵族青年便自动参加其他部落的战争。他们宁愿在战争中负伤而得到荣誉，却不愿意耕种。凯撒《高卢战记》也说到古代的日尔曼人：“长官与首领们每年都在适宜的地方指定土地分配给那些汇聚起来的部落和氏族，但是一年之后，又强迫这些耕种者迁移到别处。他们这样做，是有很多理由的，——他们害怕人们会安土重迁，以农耕代替好战的热情。”（参阅李炳海《民族融合与中国古代文学》）东汉马援曾长期在边地放牧，成为将军以后，曾有豪言：“男儿要当死于边野，以马革裹尸还葬耳，何能卧床上在儿女子手中耶？”（《后汉书·马援传》）《商颂》作为殷商族祭祀宗庙的歌诗，在展现祖先的英雄业绩时，当然要反映出游牧文化的特征，表现其勇武。

周族是较早进入农耕的民族，它的祖先神不是畜牧神，而是农神、谷神。后稷作为周族的男性始祖，他的功绩主要是从事稼穑，种植五谷。在他的传奇经历中，培育和种植各种农作物是最辉煌的一页。由后稷奠定的周文化在本质上是农业文化，农业文明下的人们热爱和平，视战争为灾难。所

[13] 柳诒徵《中国文化史》、郭沫若《中国古代社会研究》主此说。对于盘庚迁殷的原因，另有三种说法：一、去奢行俭。二、水灾说。三、游农、游耕说（商族处在烧田、木耜的“游农”阶段，粗耕几年后，地利耗尽，就要迁移新地。（参见刘起釪《尚书校释译论》）

以周族的颂祖诗多和平的诗章。《生民》是,《公刘》《緜》亦然:公刘使周人得到豳这一块长久生活之地,古公类之。他们都是长久和平的缔造者,为周人的荣耀。后世儒家则赋予其“成王道”的意义。所谓“王道”,就是以仁义治天下。文王与武王相比,少一点血腥,后世儒家更重文王,以为“受天命”者。《公羊传·隐公元年》解释经文“元年春王正月”云:“王者孰谓?谓文王也。”依《春秋》经文,“王”乃泛指周王,但《公羊传》解释为文王,是因其将文王看作周历改正朔的代表,隐含文王受命的认识。《史记·周本纪》说得更明白:“西伯盖受命之年称王。”《皇矣》毛序:“美周也。天监代殷莫若周,周世世修德莫若文王。”这种态度正是农业文明与儒家文化的折射。

周人的颂祖诗还有一个突出特点,就是多言天命。所谓天命,就是至上神的意志。至上神的出现,从现有的文献和考古资料看,当是在殷商时期。在商人的观念中,“帝”是至尊之神,它统治自然,支配人类社会,它的意志就是“天命”。《尚书·盘庚》记载,盘庚迁殷受到贵族的抵触,他就以“恪谨天命”来回应反对的声音。与此相应,商人在歌颂自己的英雄祖先时,也强调天命的眷顾。如《玄鸟》:“天命玄鸟,降而生商。”“古帝命武汤,正域彼四方。方命厥后,奄有九有。商之先后,受命不殆,在武丁孙子。”《长发》:“有娀方将,帝立子生商。”《殷武》:“天命多辟,设都于禹之绩。岁事来辟,勿予祸適。”可以说,对于“天命”的重视,是商周共有的观念。只不过周人称谓更多——或称“天”,或称“帝”,或称“皇天上帝”。周族颂祖诗在对自己英雄祖先的叙事中,洋溢着对于获得天命的自豪感。《生民》的叙事强调后稷是由其母感天而生,其实质是要对周的支配权赋予一种神圣的必然性。《大雅·皇矣》之“天立厥配,受命既固”,表达的是天帝早将大命赐予周人的历史想象。《大明》的“有命自天,命此文王”“保右命尔,燮伐大商”,也是强调文王、武王是由上帝择选出来并被赋予亡商的使命。文王翦商、武王灭商的行为,笼罩在天命的神圣光环之下。

在周人的天命观念中,“天命靡常”(《大雅·文王》),即天命不主于常。《大明》“天难忱斯,不易为王”之句,表述的也是这样的思想。也正是如此,天命才由商人转移到周人。对此,后人反复申说,如《文王》毛序:“文王受命作周也。”《大明》毛序:“文王有明德,故天复命武王也。”

在周人的诠释中，“天命”还与“德”关联密切。天命对于人王的庇护，取决于人王之“德”的有无。在周人的总结中，商人但言天命，恃天命而不重人德。《尚书·西伯戡黎》就通过纣王君臣的对话呈现这一认识：

西伯既勘黎，祖伊恐，奔告于王，曰：“天子！天既讫我殷命。格人元龟，罔敢知吉。非先王不相我后人，惟王淫戏用自绝。故天弃我，不有康食。不虞天性，不迪率典。今我民罔弗欲丧，曰：‘天曷不降威？’大命不挚，今王其如台？”王曰：“呜呼！我生不有命在天？”

纣王显然过分相信天命在己一方，而祖伊却于风雨飘摇的现实中看到“天既弃我殷命”。《逸周书·克殷解》叙述武王即位于商人之社，尹逸册命武王：“殷末孙受，德迷先成汤之明，侮灭神祇不祀，昏暴商邑百姓，其彰显闻于昊天上帝。”命词中指责商纣王对于“德”的轻忽，即不祀神祇，暴虐“百姓”，被上帝知晓，这也构成了周代商的合法性的基石。在《诗经》《尚书》的相关叙事中，上帝乃根据人德来决定王朝的兴衰存亡：殷商后期君主有失，所以上帝决定让它灭亡。周人因为行德不倦，所以代商而兴。相当多的学者注意到，西周时期人们所理解的“德”与后世儒家侧重从道德修养方面作出诠释有所不同。西周时期人们所理解的“德”，从神的方面而言，以人的敬天诚祀为主；从人的方面而言，以获得天的眷顾为主，并无多少后世所理解的高尚的道德立意。《大雅·皇矣》中的“文王之德”，固然有怀柔的一面，所谓“不大声以色，不长夏以革”就是强调文王对刑罚的慎重，但诗篇更主要地还是叙述文王的武功，只不过，所有的武力行为与其成功都是“帝迁明德”所致。《大明》对“德”的理解，也以上帝的赋予为前提。

商人的颂祖诗虽然也是假托上帝立言，但只是概言“古帝命武汤，正域彼四方。方命厥后，奄有九有。商之先后，受命不殆，在武丁孙子”（《玄鸟》）、“帝命不违，至于汤齐。汤降不迟，圣敬日跻。昭假迟迟，上帝是祗，帝命式于九围”（《长发》）。或单方面强调上帝对于商人的眷顾，或强调商汤对于上帝的敬（“祗”）是获得帝命的根由，没有“德”的介入。由此来看，以“德”来诠释天命，解释战争胜利的原因，确实为周文化的特色。

参考文献

孔颖达《周易正义》,阮元校刻《十三经注疏》,中华书局 2009 年版。

李镜池《周易探源》,中华书局 1978 年版。

孔颖达《尚书正义》,阮元校刻《十三经注疏》,中华书局 2009 年版。

刘起釪《尚书校释译论》,中华书局 2005 年版。

陈寿祺辑校《尚书大传》,商务印书馆 1937 年版。

孔颖达《毛诗正义》,阮元校刻《十三经注疏》,中华书局 2009 年版。

吕祖谦《吕氏家塾读诗记》,《钦定四库全书》经部第 73 册,台湾商务印书馆 1986 年版。

朱熹《诗集传》,中华书局 2017 年版。

徐光启《新刻徐玄扈先生纂辑毛诗六帖讲意四卷》,《四库全书存目丛书》经部第 64 册,齐鲁书社 1997 年版。

王夫之《诗经稗疏》,《船山遗书》第 3 册,中国书店 2016 年版。

姚际恒《诗经通论》,中华书局 1958 年版。

陈启源《毛诗稽古编》,《清经解、清经解续编》,上海书店出版社 2014 年版。

戴震《毛郑诗考正》,《清经解、清经解续编》,上海书店出版社 2014 年版。

惠周惕《诗说》,《清经解、清经解续编》,上海书店出版社 2014 年版。

崔述《读风偶识》,《丛书集成初编》第 56 册,新文丰出版公司 1985 年版。

胡承珙《毛诗后笺》,《续修四库全书》第 67 册,上海古籍出版社 2002 年版。

马瑞辰《毛诗传笺通释》,中华书局 1989 年版。
陈奂《诗毛氏传疏》,北京市中国书店 1984 年版。
魏源《诗古微》,《魏源全集》第 1 册,岳麓书社 2004 年版。
周悦让《倦游庵槧记》,齐鲁书社 1996 年版。
方玉润《诗经原始》,中华书局 1986 年版。
王先谦《诗三家义集疏》,中华书局 1987 年版。
吴闿生《诗义会通》,中西书局 2012 年版。
金启华《诗经全译》,江苏古籍出版社 1984 年版。
袁梅《诗经译注》,齐鲁书社 1985 年版。
程俊英《诗经注析》,中华书局 1991 年版。
李炳海《诗经解读》,中国人民大学出版社 2008 年版。
高亨《诗经今注》,上海古籍出版社 2009 年版。
屈万里《诗经诠释》,上海辞书出版社 2016 年版。
余冠英《诗经选》,人民文学出版社 1979 年版。
李山《诗经选》,商务印书馆 2015 年版。
刘毓庆《〈诗经〉二南汇通》,中华书局 2017 年版。
闻一多《风诗类钞》,《闻一多全集》第 4 卷,湖北人民出版社 1993 年版。
闻一多《诗经研究》,巴蜀书社 2002 年版。
于省吾《泽螺居诗经新证　泽螺居楚辞新证》,中华书局 2003 年版。
扬之水《诗经名物新证》,天津教育出版社 2007 年版。
鲁洪生等《诗经集校集注集评》,现代出版社 2015 年版。
向熹《诗经词典》,商务印书馆 2014 年版。
朱东润《诗三百篇探故》,上海古籍出版社 1981 年版。
陈子展《诗三百解题》,复旦大学出版社 2001 年版。
孙作云《〈诗经〉研究》,河南大学出版社 2003 年版。
陈戍国《诗经刍议》,岳麓书社 1997 年版。
张建军《诗经与周文化考论》,齐鲁书社 2004 年版。
洪湛侯《诗经学史》,中华书局 2002 年版。
刘毓庆、郭万金《从经学到文学——先秦两汉诗经学史论》,华东师范大学 2009 年版。

许维遹《韩诗外传集释》，中华书局 1980 年版。

贾公彦《周礼注疏》，阮元校刻《十三经注疏》，中华书局 2009 年版。

孙诒让《周礼正义》，中华书局 1987 年版。

贾公彦《仪礼注疏》，阮元校刻《十三经注疏》，中华书局 2009 年版。

孔颖达《礼记正义》，阮元校刻《十三经注疏》，中华书局 2009 年版。

陈澔《陈氏礼记集说》，《钦定四库全书》经部第 121 册，台湾商务印书馆 1986 年版。

孙希旦《礼记集解》，中华书局 1989 年版。

凌廷堪《礼经释例》，《丛书集成初编》第 34 册，新文丰出版公司 1985 年版。

王聘珍《大戴礼记解诂》，中华书局 1983 年版。

任慧峰《先秦军礼研究》，商务印书馆 2015 年版。

杨伯峻《春秋左传注》（修订本），中华书局 2016 年版。

孔颖达《春秋左传正义》，阮元校刻《十三经注疏》，中华书局 2009 年版。

竹添光鸿《左氏会笺》，巴蜀书社 2008 年版。

童书业《春秋左传研究》（校订本），中华书局 2006 年版。

徐彦《春秋公羊传注疏》，阮元校刻《十三经注疏》，中华书局 2009 年版。

钟文烝《谷梁补注》，商务印书馆 1935 年版。

苏舆《春秋繁露义证》，中华书局 1992 年版。

杨伯峻《论语译注》，中华书局 1980 年版。

刘宝楠《论语正义》，中华书局 1990 年版。

杨伯峻《孟子译注》，中华书局 1960 年版。

邢昺《尔雅注疏》，阮元校刻《十三经注疏》，中华书局 2009 年版。

钱绎《方言笺疏》，中华书局 2013 年版。

迟铎《小尔雅集释》，中华书局 2008 年版。

王引之《经义述闻》，上海古籍出版社 2016 年版。

段玉裁《说文解字注》，上海古籍出版社 1988 年版。

郭沫若《甲骨文字研究》，《郭沫若全集》考古编第 1 卷，科学出版社

2017 年版。

郭沫若《两周金文辞大系图录考释》,《郭沫若全集》考古编第 8 卷,科学出版社 2017 年版。

杨树达《积微居小学述林全编》,上海古籍出版社 2013 年版。

杨树达《积微居金文说》,上海古籍出版社 2013 年版。

阮元《揅经室集》,中华书局 1993 年版。

俞樾《群经平议》,《清经解、清经解续编》,上海书店出版社 2014 年版。

俞樾等《古书疑义举例五种》,中华书局 1956 年版。

司马迁撰,裴骃集解、司马贞索隐、张守节正义《史记》(点校本二十四史修订本),中华书局 2013 年版。

班固撰,颜师古注《汉书》,中华书局 1962 年版。

范晔等撰,李贤注《后汉书》,中华书局 1965 年版。

魏收《魏书》,中华书局 1974 年版。

王国维《今本竹书纪年疏证》,方诗铭、王修龄《古本竹书纪年辑证》附,上海古籍出版社 2005 年版。

陈其荣增订《世本》,《世本八种》,中华书局 2008 年版。

袁宏《后汉纪》,张烈点校《两汉纪》,中华书局 2002 年版。

黄怀信、张懋镕、田旭东《逸周书汇校集注》,上海古籍出版社 2007 年版。

吴树平《东观汉记校注》,中华书局 2008 年版。

徐元诰《国语集解》,中华书局 2002 年版。

刘向辑录,鲍彪注,吴师道校注《战国策》,上海古籍出版社 2015 年版。

张纯一《晏子春秋校注》,中华书局 2014 年版。

张涛《列女传译注》,人民出版社 2017 年版。

赵晔撰,徐天祜音注《吴越春秋》,江苏古籍出版社 1999 年版。

陈桥驿《水经注校证》,中华书局 2007 年版。

孙星衍等辑《汉官六种》,中华书局 1990 年版。

王国维《观堂集林》,河北教育出版社 2003 年版。

吕思勉《吕思勉读史札记》,上海古籍出版社 2005 年版。

吕思勉《中国民族史》,东方出版中心 1987 年版。

郭沫若《中国史稿》第一册，人民出版社 1962 年版。

范文澜《中国通史简编》，河北教育出版社 2000 年版。

齐思和《中国史探研》，中华书局 1981 年版。

宋振豪《夏商社会生活史》，中国社会科学出版社 1994 年版。

晁福林《先秦民俗史》，上海人民出版社 2001 年版。

杨宽《古史新探》，上海人民出版社 2016 年版。

杨宽《中国古代都城制度史研究》，上海古籍出版社 1993 年版。

赵逵夫主编《先秦文学编年史》，商务印书馆 2010 年版。

许倬云《西周史》，生活·读书·新知三联书店 2012 年版。

杨宽《西周史》，上海人民出版社 2016 年版。

李学勤主编《中国古代文明与国家形成研究》，云南人民出版社 1997 年版。

朱凤翰《商周家族形态研究》（增订本），天津古籍出版社 2004 年

钱宗范《周代宗法制度研究》，广西师大出版社 1989 年版。

赵伯雄《周代国家形态研究》，湖南教育出版社 1990 年版。

陈恩林《先秦军事制度研究》，吉林文史出版社 1991 年版。

葛志毅《周代分封制度研究》（修订本），黑龙江人民出版社 2005 年版。

赵世超《周代国野制度研究》，陕西人民出版社 1991 年版。

魏建震《先秦社祀研究》，人民出版社 2008 年版。

王彦辉《张家山汉简〈二年律令〉与汉代社会研究》，中华书局 2010 年版。

马承源释文《孔子诗论》，《上海博物馆藏战国楚竹书》（一），上海古籍出版社 2001 年版。

王先谦《荀子集解》，中华书局 1988 年版。

王利器《盐铁论校注》，中华书局 1992 年版。

汪荣宝《法言义疏》，中华书局 1987 年版。

石光瑛《新序校释》，中华书局 2017 年版。

向宗鲁《说苑校证》，中华书局 1987 年版。

汪继培笺，彭铎校正《潜夫论笺校正》，中华书局 1985 年版。

黎靖德编，王星贤点校《朱子语类》，中华书局 1986 年版。

王震《司马法集释》，中华书局 2018 年版。

蓝永蔚《春秋时代的步兵》，中华书局 1979 年版。

雷海宗《中国的兵》，中华书局 2005 年版。

李时珍《本草纲目》，中国书店 2011 年版。

孙诒让《墨子间诂》，中华书局 2001 年版。

陈奇猷《吕氏春秋新校释》，上海古籍出版社 2002 年版。

何宁《淮南子集释》，中华书局 1998 年版。

王利器《颜氏家训集解》，中华书局 1993 年版。

陈立《白虎通疏证》，中华书局 1994 年版。

黄晖《论衡校释》，中华书局 1990 年版。

王铚《默记》，《钦定四库全书》子部第 1038 册，台湾商务印书馆 1986 年版。

袁珂《山海经校注》，上海古籍出版社 1980 年版。

王贻樑、陈建敏《穆天子传汇校集释》，中华书局 2019 年版。

《汉武故事》，《汉魏六朝笔记小说大观》，上海古籍出版社 1999 年版。

王利器《风俗通义校注》，中华书局 2010 年版。

欧阳询《艺文类聚》，上海古籍出版社 1999 年版。

李昉《太平御览》，中华书局 1960 年版。

范宁《博物志校注》，中华书局 2014 年版。

朱谦之《老子校释》，中华书局 1984 年版。

杨伯峻《列子集释》，中华书局 1979 年版。

郭庆藩《庄子集释》，中华书局 1961 年版。

王叔岷《列仙传校笺》，中华书局 2007 年版。

洪兴祖《楚辞补注》，中华书局 1983 年版。

游国恩《游国恩楚辞论著集》，中华书局 2008 年版。

《俄藏敦煌文献》敦煌号第 12213 号《后汉秦嘉徐淑夫妻往还书》，上海古籍出版社 1980 年版。

赵幼文《曹植集校注》，中华书局 2017 年版。

陈铁民《王维集校注》，中华书局 1997 年版。

仇兆鳌《杜诗详注》,中华书局 1979 年版。

方世举《韩昌黎诗集编年笺注》,中华书局 2012 年版。

曾枣庄、舒大刚《三苏全书》,语文出版社 1999 年版。

萧统编,李善注《文选》,中华书局 1977 年版。

郭茂倩《乐府诗集》,中华书局 1979 年版。

逯钦立《先秦汉魏晋南北朝诗》,中华书局 1983 年版。

黄节《汉魏乐府风笺》,中华书局 2008 年版。

费振刚等《全汉赋校注》,广东教育出版社 2005 年版。

严可均《全上古三代秦汉三国六朝文》,中华书局 1958 年版。

王先谦《王氏续古文辞类纂》,世界书局 1937 年版。

范文澜《文心雕龙注》,人民文学出版社 1958 年版。

王夫之《诗译》,《船山遗书》第 15 册,中国书店 2016 年版。

霍松林《说诗晬语校注》,人民文学出版社 1979 年版。

乔亿《剑溪说诗又编》,《续修四库全书》第 1701 册,上海古籍出版社 2012 年版。

袁津琥《艺概注稿》,中华书局 2009 年版。

王念孙《读书杂志》,上海古籍出版社 2014 年版。

钱钟书《管锥编》,中华书局 1986 年版。

马银琴《两周诗史》,社会科学文献出版社 2006 年版。

朱自清《中国歌谣》,吉林出版集团股份有限公司 2016 年版。

赵沛霖《兴的源起——历史积淀与诗歌艺术》,中国社会科学出版社 1987 年版。

李炳海《部族文化与先秦文学》,高等教育出版社 1995 年版。

李炳海《民族融合与中国古代文学》,东北师范大学出版社 1997 年版。

杨景龙《蒋捷词校注》,中华书局 2010 年版。

汤显祖《牡丹亭》,古典文学出版社 1958 年版。

赵敏俐、吴相洲、刘怀荣等《中国古代歌诗研究——从〈诗经〉到元曲的艺术生产史》,北京大学出版社 2005 年版。

李彬译,[芬兰]E.A. 韦斯特马克《人类婚姻史》,商务印书馆 2002 年版。

甘阳译,[德]恩斯特·卡西尔《人论》,上海译文出版社2004年版。

孙康宜、宇文所安《剑桥中国文学史》,生活·读书·新知三联书店2013年版。

顾颉刚《周易卦爻辞中的故事》,《燕京学报》1929年12月。

顾颉刚《诗经的厄运与幸运》,《小说月报丛刊》,商务印书馆1925年版。

闻一多《姜嫄履大人迹考》,闻一多《神话与诗》,华东师范大学出版社1997年版。

钱穆《读诗经》,《中国学术思想史论丛》卷一,东大图书公司1976年版。

阴法鲁《诗经》,《文史知识》编辑部编《经书浅谈》,中华书局2005年版。

吴小如《通训诂明诗旨——说〈诗经·关雎〉》,《文史知识》编辑部编《名家讲古诗》,中华书局2013年版。

张崇琛《"薇"与〈诗经〉中的"采薇"诗》,《齐鲁学刊》2002年第4期。

虞万里《从简本〈缁衣〉论〈都人士〉诗的缀合》,《文学遗产》2007年第6期版。

李炳海《情感与哲理默契的复合象征——〈诗经〉山、隰对举发微》,《中州学刊》1990年第5期。

刘家和《说〈诗·大雅·公刘〉及其反映的史事》,《北京师范大学学报》1982年第5期。

齐思和《毛诗谷名考》,《农业考古》2001年第1期。

车磊《〈诗经〉中的计量单位》,《中国计量》2014年第2期。

许维遹《飨礼考》,《清华学报》1948年版。

陈梦家《射与郊》,陈梦家《陈梦家学术论文集》,中华书局2016年版。

陈梦家《高禖郊社祖庙通考》,陈梦家《陈梦家学术论文集》,中华书局2016年版。

胡新生《两周时期三类不同性质的射礼及其演变》,《文史哲》2003年第1期。

高智群《献俘礼研究》,载复旦大学历史系《切问集》,复旦大学出版社2005年版。

裘锡圭《玄衣朱襮裣——兼释甲骨文“虣”字》，裘锡圭《古文字论集》，中华书局1992年。

李零《“车马”与“大车”（跋师同簋）》，李零《待兔轩文存》（说文卷），广西师范大学出版社2015年版。

彭裕商《周代猃狁及相关问题》，《历史研究》2004年第3期。

李零《中国古代居民组织的两大类型及其不同来源》，《待兔轩文存》（读史卷），广西师范大学出版社2011年。

黄盛璋《周都丰镐与金文中的莽京》，《历史研究》1956年第10期。

冯汉骥《云南晋宁石寨山出土铜器研究——若干人物活动图像释》，《考古》1963年第6期。

俞伟超《铜山丘湾商代社祀遗址的推定》，《考古》1973年第5期。

李亚农《周族的社会制度》，李亚农《欣然斋史论集》，上海人民出版社1962年版。

杜正胜《传统家庭试论》，《大陆杂志》1982年第65卷第2期。

钱穆《周初地理考》，钱穆《古史地理论丛》，生活·读书·新知三联书店2005年版。

杨善群《周族的起源地及其迁徙路线》，《史林》1991年第3期。

史念海《周原的历史地理与周原考古》，《西北大学学报》1978年第7期。

涂石《“古代婚礼不贺、不用乐”辨》，《学术论坛》1986年第1期。

赵逵夫《论西周末年杰出诗人召伯虎》，载《1993年诗经国际学术讨论会论文集》。

宋振豪《商代婚姻的运作礼规》，《历史研究》1994年第6期。

徐中舒《蒲姑、徐奄、淮夷、群舒考》，《四川大学学报》1998年第3期。

周宏伟《云梦问题的新认识》，《历史研究》2012年第2期。

朱凤翰《论西周时期的南国》，《历史研究》2013年第4期。

李根蟠《从秦汉家庭论及家庭结构的动态变化——兼与杜正胜先生商榷》，《中国史研究》2006年第1期。

晁福林《先秦时期“德”观念的起源及其发展》，《中国社会科学》2005年第4期。

闻一多《姜嫄履大人迹考》，闻一多《神话与诗》，华东师范大学出版社1997年版。

朱光潜《性欲“母题”在原始诗歌中的位置》，马倡仪《中国神话学选萃》，中国广播电视出版社1994年版。

薛芳芸《唐代登临诗初探》，《山西大学学报》2006年第2期。

萧华荣《从〈关雎〉接受史看〈牡丹亭〉的时代意义》，《齐鲁学刊》1991年第2期。